从开始

到现在。

晴空蓝兮 著

CNS PUBLISHING & MEDIA 湖南文艺出版社 HUNAN LITERATURE AND ART PUBLISHING HOUSE 博集天卷 CS-BOOKY

图书在版编目（CIP）数据

从开始到现在 / 晴空蓝兮著. —长沙：湖南文艺出版社，2013.11
ISBN 978-7-5404-6450-9

Ⅰ. ①从…　Ⅱ. ①晴…　Ⅲ. ①长篇小说－中国－当代　Ⅳ. ①I247.5

中国版本图书馆CIP数据核字（2013）第255009号

上架建议：长篇小说·都市言情

从开始到现在

作　　者：晴空蓝兮
出 版 人：刘清华
责任编辑：薛　健　刘诗哲
整体监制：陈　江　毛闽峰
策划编辑：钟慧峥
封面设计：熊　琼
出版发行：湖南文艺出版社
（长沙市雨花区东二环一段508号　邮编：410014）
网　　址：www.hnwy.net
印　　刷：北京京都六环印刷厂
经　　销：新华书店
开　　本：787mm × 1092mm　1/16
字　　数：283千字
印　　张：19
版　　次：2013年11月第1版
印　　次：2013年11月第1次印刷
书　　号：ISBN 978-7-5404-6450-9
定　　价：29.80元
（若有质量问题，请致电质量监督电话：010-84409925）

不管是以前

抑或是现在

哪怕命运给了她重生的机会

而她的选择却一直都没有变

Contents 目录

从 开 始 到 现 在

Contents 目录

楔子

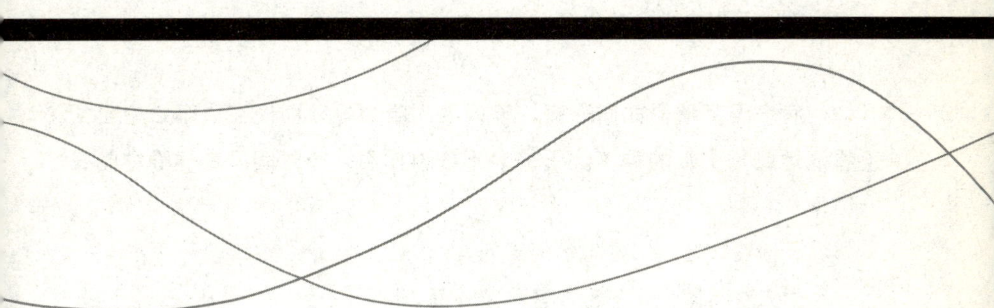

2010年，7月，凌晨。

她终于从昏迷中醒过来。月光又清又白，遥遥地落在窗前，仿佛铺洒了一地的银色碎屑。

病房里有人，就静静地守在角落里，也不知站了多久。她只稍微动了动，对方就立刻察觉了，上前两步叫了声："沈太太。"

她有点茫然，然后才想起之前的车祸。

"沈太太，你醒了。我去叫医生。"

"……等一下。"声音从喉咙里艰涩地滑出来，她感到有些吃力，"发生什么事？"

"你出了车祸。"

"我是问……我受了什么伤？"

“轻微脑震荡。”对方突然停了一下，似乎是在犹豫，片刻之后才说：“没有大碍。”

她的心却陡然一凉，“孩子呢？我是不是怀孕了？”

“是。”

原来之前在手术台上听到的那些模糊的交谈并不是在做梦。

……

她闭上眼睛，有一瞬间，仿佛整个人都被掏空了，身体里仅存的能量也都跟随那个小小的生命一同流失殆尽。

病房里沉默得如同死寂，年轻男人眼力好，即使在昏暗之中也能看清她此刻灰败的神情。于是他不敢再作声，一时间只是静静地站在原地。

“他在哪儿？”她忽然轻声问。

男人难得地怔了下，才答：“外面。”

“我想见他。”

“好。”

病房门被人再一次推开的时候，她才睁开眼睛。

其实根本不用看。那是他的脚步声，即使那样轻，她却还是能够立刻辨认出来。

也不知从什么时候起，月光渐渐被云翳遮蔽，而他穿着黑色衣裤，一言不发地立在那里，与病床隔着不近不远的距离，几乎完全融在那一片黑暗之中。

她看不清楚他的表情，只觉得空气一下子压抑下来。他总是有这个本事，仿佛时时刻刻都有着足以影响旁人的气场。

打从他进门开始，就似乎有只大手扼住了她的呼吸，但她还是不得不开口说：“你能不能放过林连城？”

她等了许久，借着一点微弱的夜光，才终于见他动了动嘴唇，声音却是冰冷的讥诮：“我的老婆三更半夜跟他在一起，出了车祸醒过来，跟我说的第一句话竟然是为他求情？”

她实在有些累了，其实头也仍旧是昏沉沉的，连带着声音也低下去，仿佛无限疲惫："我和他之间早已经没有任何关系了。如果不是你硬要让人逼停他的车……"

她的话没讲完，就只听见他在昏暗中低低地笑一声，嘲讽味十足。

她也觉得没趣，顿了顿，才又低声道："孩子……"

"没了。"他盯着她，答得很平淡，仿佛没有丝毫感情。

其实自从急救手术结束之后，一直都是保镖在病房里守着，这还是他第一次看见她。

他在医院里待了几乎一整晚，却是第一次与她面对面。

狭窄的病床上，她就这样安安静静地躺在那里，看起来苍白而又虚弱。即使盖着被子，整个人却仍显得有些单薄。

他目力极好，隔着这样远又这样暗，依旧看见她垂顺的眉眼，带着显而易见的悲伤。

她是真的在难过。

这么多年，他几乎从没见过她这副模样，孤独无助的、楚楚可怜的，就像一个需要人照抚的小孩子，眼角仿佛还有水光，在暗处莹莹闪动。

她很少哭，从认识的那时候开始，见到她哭的次数其实寥寥可数。

双手插在长裤口袋里，悄无声息地收紧，可他的声音里却听不出喜怒："你求情求得太早了，怎么就没想过，或许林连城已经在车祸中死掉了？"

他的话音刚落下，她就惊疑不定地抬起眼睛，就连呼吸也不禁微微滞住。

这样轻描淡写的语气，不过是因为，一个人的生死在这个男人看来从来都只是寻常事。所以，她一时间也不能分辨真假。

倒是他，似乎被她的反应激到，怒极反笑："看来你是真紧张他。"

她没作声，眼皮又疲倦地一点点垂下去。

“听说林连城的未婚妻已经连夜赶来了，恐怕你不方便再去探望他。”他似乎不愿再和她多说半句话，转身便要离开。

“你别为难他。”她躺在那里，不得不再度开口。

他停下脚步，侧转的身影在朦胧的光线里越发显得修长挺拔，却带着冷漠的线条，“你用什么立场说这句话？”

她咬了咬牙：“我从来没求过你，这次就算是吧。”

“真是感人。”他轻描淡写地感慨，在黑暗中静静地看了她一会儿，便头也不回地开门离去。

Chapter 1
悲欢

台北这个不夜城，她在许多年前就已经领略过它的魅力，这是一个仿佛时刻都在上演着悲欢离合的城市。

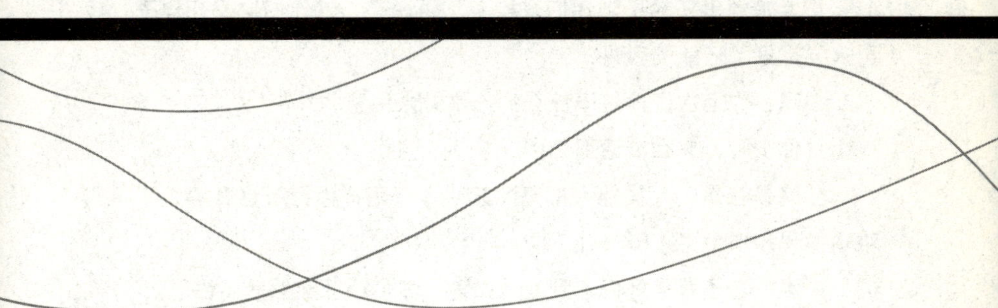

两年后

中国・台北

钱小菲接到短信的时候，她已经翘了小半天的课，此刻正半躺半靠地坐在学校田径场的看台上。场内有人在训练足球，响亮而短促的哨声不时飘过来。

看台上东倒西歪地聚了六七个人，因为天气闷热，男生们都把外衣脱了，而女生则全都是清凉无比的打扮。

钱小菲半眯着眼睛，心思根本没在球场上，只是懒洋洋地望着万里无云的天空，一双雪白的长腿架在扶手上晃来晃去，闲着无聊就勾勾手指，随口招呼：“阿祥，分根烟来抽抽。”

坐在旁边的一个男生皮肤黝黑，紧身背心将胸肌衬得十分发达。听见她开口，他顺手就将整个烟盒扔过去，正巧落在钱小菲的胸口上。那力道不轻不重，但似乎让钱小菲有点恼火，忍不住转头狠狠翻了个白眼。

只见那阿祥嘿嘿一笑，丝毫不以为意，因为嘴里叼着半截香烟，所以说话的声音含糊不清："……你最近不是都在装乖乖女吗？还以为你戒了。"

"在你们面前还装个屁啊！"

"什么时候把你的男人带来给大家认识认识？"

"老娘的事还轮不到你们来操心。再说了，就你们这副死样子，我男人要是见了还能要我吗？"

"嘿，你上次说他是干什么的？是做大生意的？"

"你少管，怎么废话那么多！"

"就是就是。"其他人都开始起哄，"阿祥你打听这么清楚干吗？难道你想和那个男人PK一下？"

"滚！老子就是好奇，到底什么人让我们小菲突然转了性了。"

钱小菲慢悠悠地吸了口香烟，索性把一双腿都架起来，姿态不雅地躺在座椅上，笑嘻嘻地说：

"那也不关你屁事。"

爆粗口对于钱小菲来讲就跟一日三餐一样正常。她有个混社会的哥哥，两年前因为在街头拿刀捅了一个水果摊贩，被送进监狱里去了。

她跟哥哥的那些狐朋狗都熟得要命，从小跟着一块儿混，混着混着也就成了老师眼中的问题学生。去年勉勉强强进了现在这所三流大学，却更是如鱼得水，成天召集一帮同样不好学业的朋友吃喝玩乐、抽烟喝酒，有时候还干点小偷小摸的勾当，偷来的钱就拿去买烟，或是打游戏，正经课程就没上过几节。

家里没人管，老师更是拿他们没办法。钱小菲从小就长得特别漂亮，在她住的那一块，她是鼎鼎有名的大美女，身边总是跟着一帮小流氓任由她呼来喝去。

这样的生活过了十几年，一时间还真改不过来。

不过，她必须改。哪怕是装，也必须装出淑女的模样来。只因为，沈池不喜欢太妹。

其实他也只是随口说过那么一次，但她就记住了。想来也是，没有哪个男人会喜欢太妹。

尤其是像沈池这样的。

不知何时，太阳重新从云层里慢慢钻出来，一场预计中的暴雨并没有到来。大伙儿热得受不了了，商议着去校外新开的冰吧避暑。这时候，清脆的声响从钱小菲的热裤口袋中传出来。

钱小菲像触电般噌地一下坐起来，一边扔了烟头，一边去拿手机。

旁边有人立刻不正经地笑道："情郎有约。"

可是她却不理，一反常态，只是神情严肃地盯着屏幕。

这个短信，她等了快一个上午，如今终于等到了对方的回复。

"今天下午三点半，喜来登。"

将这短短的一句话读了两三遍，钱小菲才捏着手机站起来，不顾同伴的询问，头也不回地快步离开了看台。

酒店离学校距离不算近。在认识沈池之后，钱小菲终于也有条件善待自己了，不必在这样的热天去坐捷运或者乘巴士。

她在的士车上反复照了几遍镜子，直到确认自己脸上的妆精致完美，这才肯罢休。

路上有点堵，的士抵达喜来登大酒店门口的时候，已经是下午三点四十。

在门童的微笑注视下，钱小菲递给司机一张大钞，连找零都没要。她时刻记得此行的目的，打定主意要从现在开始就培养出高高在上的强大气场。下车的时候，她稍微停了停，扬眉笑着对微微躬身弯腰的门童说："谢谢！"然后昂首挺胸走进富丽辉煌的大堂。

旋转门内外的温差巨大，几乎是刚刚踏进门内，一股沁凉的、带着清雅香味的空气便从四面八方包围了上来，直钻入皮肤里。钱小菲轻抚着迅速降温的手臂，略略搜寻了一番，便朝休息区望去。

她并不是第一次来这里。

差不多就在一个月之前，沈池也在楼上的某个套房里"召见"了她。

她知道他但凡过来台北，便都会住在这家酒店里，似乎是一种习惯。

而沈池也是她所见过的拥有最多固定习惯的人。

住什么酒店，抽什么烟，穿什么颜色的衣服，通通都有规律可循。甚至她发现，他拥有无数块手表，却都是同一个牌子的。

这样的男人，是不是也很长情?

她曾这样暗暗揣测过。

他见她的次数不算少也不算多，通常只是找她陪他吃东西，有时候是正餐，有时候则是消夜，不分时间的，有几回都已经是凌晨了，却还接到他的电话。不过，他倒从来不勉强，是她自己心甘情愿的，一是因为他事后总会给她一些钱，有谁会不爱钱呢？二则是因为他太有吸引力了。

这才是最重要的原因。

这个她这辈子见过的长得最好看的男人，浑身上下散发着一种神秘而又成熟的气息，倘若和他相比，她平时认识的那些男孩子，就只是又青又涩的葡萄，咬在嘴里都是酸的。而他，恐怕则是最好年份的佳酿，让她舍不得拒绝任何一次邀约。

一个月前，那是唯一的一次，他将见面的地点放在了酒店套房里。

其实她到房间的时候才发现，他似乎已经醉了，却仍旧叫了一瓶红酒上来，让她陪着一起喝。

“再过两个小时是我生日。”他扬了扬嘴角，随口说。

那是他头一次对她笑得那样温和，她几乎立刻心跳加速。

然而，那个被酒醺得醉人的夜里，却什么都没有发生。最后，他只是让她闭上眼睛。

他的声音微微有些低哑，带着令人无法抗拒的魔力和蛊惑。

她依言顺从地闭上眼，感受到他的手指在眉骨间细细摩挲，竟是前所未见的温柔。

她在心中不由生出点异样的感觉来，忍不住想要睁眼看一看他此刻的表情。只是眼皮刚一颤动，便被他用手掌抚住，“……听话。”他低声哄她，像在哄一个小孩子，声音竟也是那样的温柔。

她好像做梦一样，浑身上下软绵绵地不听使唤，只能乖顺地站在那儿，但又忽然有点惶惶不安，一颗心怦怦跳得厉害，仿佛正有某种猜测呼之欲出，却又一时间抓不住任何念头。

其实她早已经不是处女，也盼望着能和这个男人更进一步。所以，她不知道自己在担心什么，才会心跳得这样快。

后来他终于放开她，温热的手掌从她脸上移开，又恢复了一贯的神情和语气，带着些许冷淡的客气和疏离："我让司机送你回去。"

她只愣了愣，便忽地生出一股勇气，不管不顾地抱住他的腰，说："我不走。"

他刚才那样对她，语气和动作都那样温柔，仿佛给了她肆意撒娇的权利。

他不说话。

她与他对视了一会儿，便笑着重新闭起眼睛，摆出刚才那个姿势，微微仰起脸，轻声要求："亲我。"

其实她只是凭着女性的直觉赌了赌，猜他会喜欢自己此刻的样子。

在这样幽暗醉人的光线里，落地窗外是黑沉沉的夜空和满天繁星，她用自己此生最柔顺的眉睫面对这个男人，她能感觉到自己的睫毛在轻轻颤抖和等待着，最后，终于有温热的唇落在了眉心。

再没有多余的动作，只是落在眉心，那个他刚才用近乎温柔的姿态抚摸过的地方。然而，就只是这样一个吻，竟然会让她觉得缠绵柔情。

前所未有的欲望被点燃，那一晚，她坚持留了下来。

她突然发现自己不在乎他的钱了，反而是沈池这个人，让她有了非得到不可的念头。反正事已至此，她的脸皮从来就不薄。沈池对她来讲太难捉摸和掌控，只能一步一步来。

他现在不碰她，但她相信，总有一天会的。

她先去洗了澡，然后换他去洗。床头柜上的手表刚好指到零点，旁边的手机便短促地响了一声。

那是个未接电话。更确切地说，应该是对方只让电话响了一声便很快挂断了。

浴室里传来哗哗的淋浴水声。

她扭头看了看，因为时间这样敏感，一颗心突然又怦怦跳起来。她并不知道偷看他手机会有什么后果，但终究还是伸手过去，将屏幕重新点亮。

等到几分钟后，沈池擦着头发走出来，她若无其事地一边看电视一边指了指床头柜，说："刚才电话响了。"

她用眼角余光观察他的神情，故意天真地问："是不是朋友要祝你生日快乐？"

可是沈池没回答，随手捞起香烟和手机直接走到阳台上，过了好一会儿才回来，身上还带着新鲜的烟味，脸色十分难看。

她突然有点害怕。他沉下脸来的样子，竟让人莫名恐惧。

"太晚了，今天你在这里睡。"沈池扔开擦头发的浴巾，一边套上衣服一边交代她，又给司机打电话，让司机在隔壁开了一个房间，然后便离开了。

这就是钱小菲关于这个男人的最后的记忆。

因为那晚之后，她再也没见过沈池。她只有他在台北的电话，试过几次，却始终拨打不通。时至今日，她甚至连他是做什么的都不知道，只知道他大方不缺钱，每次来台北，身边似乎都跟着一帮人。至少，每回和她见面的时候是如此。

也不知是好奇心还是好胜心作祟，钱小菲十分不甘愿这个男人就这样突然消失了，就像她不甘愿那晚在酒店套房里没能留住他一样。

她不是什么天之骄女，但在自己的这一方天地里，却从来都是要风得风、要雨得雨的。阿祥他们几个每天变着法儿地讨好她，她都不屑一顾。

可是她心心念念想着的那个男人，却再也不出现了。

钱小菲一向相信自己的直觉，那个午夜来电连日来一直盘桓在她心头，挥之不去。她从来都是这样，想知道对方是谁，于是便立刻行动起来。有一天试探着拨了过去，不出所料，对方是个女人，声音年轻又好听，有一种柔和沉静的味道，又似乎相当文雅，总之是她从来没有接触过的类型。

钱小菲开口就问："你认不认识沈池？"如此单刀直入，浑有一种天不怕地不怕的气势。

电话那头似乎有一丝迟滞，但是并不明显，仿佛是跨过海峡的通信线路有了一点点的延时，紧接着很快便回答她："认识。"照样是那样柔和的声调，不紧不慢，倒衬得钱小菲有些盛气凌人。

于是她便更加理直气壮起来："你有没有他的联系方式？我要找他。"

"请问你是哪位？"

"他的朋友啊。"

"朋友？"对方低低地重复了一遍。

"哎呀，就是关系很好的那种啦！"天气燥热，又有些闷，仿佛要下暴雨似的，钱小菲站在宿舍外头的阳台上，不知不觉已冒了一身汗，从夜市里买来的吊带背心不是纯棉的，此刻又黏又腻地贴在身上。

她有点不耐烦，心想，我是他的什么人，这关你什么事？！

她这个年纪，又是这样环境下长大的女孩子，很多时候并没有太多的顾忌，想到那个午夜时分的来电，于是顺口就反问道："你又是他的什么人呢？"

这一回，电话里是真的安静了片刻。

盛夏的早晨，天空被浓厚的云翳覆盖，远处隐约传来断断续续的雷声。钱小菲一边将颈后被汗湿的头发拨到一旁，一边侧身对着墙角洗漱池前的镜子，欣赏自己傲人的胸部线条和柔软的腰肢，然后才听见电话里那个低静沉和的女声说："我是沈池的太太。"

后来聊了些什么，又或者她什么都没说出口，钱小菲已经记不太清楚了。

她从小到大没人管教，言行举止也随便得不似一般正经人家的女孩子，但到底从未想过与一个男人的妻子在这种情形下通话。

她只听到最后沈池的太太仿佛说："我现在在台北，如果你愿意，可以出来喝杯东西。"

愣了两秒，她才像是突然清醒过来，却怎么也忆不起来在那瞬间的大脑短路中，自己到底说了什么，才会引得对方讲出这句话来。

可她是钱小菲，并不是别人。

没吃过猪肉，还没见过猪跑吗?

不管自己刚才讲了什么，此刻对方的话语不轻不重，却越发显出一种正室要扬威的样子来。

这种情况下，她哪里甘心示弱?

于是她深深吸了一口气，看到镜子里的自己扬起眉梢，爽快地答应下来："好啊！时间，地点？"

"我一会儿短信发给你。"对方还是那样轻描淡写的语气，然后电话便断开了。

所以接下去的一整个上午，钱小菲都在等着短信。

临出门之前，她刻意打扮了一番，令自己看上去更加美丽动人。

其实她还是相当有自信的，正是最好的青春，眼角眉梢都带着最为张扬而热烈的美好，她清楚自己的优势，在情场上从未尝过败绩。

况且，电视剧看多了，那些成功男士的背后，多半不都有一位带不出场的糟糠妻吗?

她这样漂亮，又还这样年轻，那位沈太太无论如何都是不能跟她这个青春少女相比的吧！要不然的话，沈池怎么会看上她呢?

可是不知为什么，在走进辉煌典雅的酒店大堂时，她却突然有了一种莫名其妙的心虚。她始终记得那位沈太太的声音，沉静柔和得没有一丝侵略性，像一汪平静的湖水，可是却又似乎恰恰因为如此，仿佛一切都在掌控之中，一切都深不可测。

进了酒店，钱小菲东张西望了一会儿，终于找到位于大堂东南角的宾客休息区。这个时间，候在那儿的客人并不多，所以她几乎一眼就锁定了目标。

偌大的米白色组合沙发上，只坐着一个女人，穿着浅色衣裤，坐姿漂亮极了。

钱小菲紧了紧斜挎在身上的包，只迟疑了一下就立刻迈开脚步。要见就见，她可不怕这个女人！

她一步步走到近前，午后偏西的阳光从巨大的玻璃幕墙外斜射过来，让她的身影覆到了对方的头底，只见那个原本正低头翻着书的年轻女人终于抬起头来。

“是你吧？上午给我打电话的人。”倒是那个女人先开口说的话。她微仰着脸，只用极快的速度审视了一下钱小菲，似乎就已经确定了钱小菲的身份，然后露出了一个礼貌意味颇浓的轻浅笑意：“坐吧。”她指着对面的单人座说，倒像这里就是自己的家。

钱小菲依言坐了过去，目光却继续停留在对方的脸上。

她不懂何谓礼貌，只是惊诧于眼前的这个人。

她确实没有想到，这个自称是沈池太太的女人竟然长得如此美丽。由于沈池之前的表现，她对这位素未谋面的沈太太产生过许多阴暗恶毒而又轻蔑的揣测，可是却只用了刚才这么一瞬间，她就全盘颠覆了之前的一切想法，甚至情不自禁地认为，在这个世上能配得上沈池的女人，似乎就应该是这个样子的。

“你没有什么想说的吗？”沈太太温和地问。

“什么？”钱小菲被这突来的问题打断了思绪，不禁皱起眉：“不是你叫我来的？”

沈太太翘起唇角，似乎觉得好笑，善意地提醒：“明明是你说要见我的。”

这一下，钱小菲彻底呆了。她甚至带着十分怀疑的态度盯住眼前这个笑容美得不像话的女人，想从她的脸上看出一丝半毫扯谎胡诌的痕迹。

这怎么可能？！

难道上午通话时，在自己大脑当机的短短几秒钟里，自己真的主动提出过这个要求？！

可是沈太太的眼神并不像在撒谎，她甚至看出了她的震惊和疑惑，反倒用一种十分耐心的态度解释道：“明明是你说不相信我的身份，并且你说，沈池从未说过自己已婚，所以希望让我能当面证明给你看。”

这本是一个很无礼的要求，但是从她的口中说出来，却怎么也看不出有半分生气的味道，倒像是在哄着一个不懂事的小朋友。

说完之后，她便对着钱小菲笑了笑："也真是碰巧，我最近来台北办点事情，明天才会飞回去。"

回去?

钱小菲念随心动，脱口就问："回去哪里？"认识这样久，她竟从来不知道沈池是哪里人。

沈太太看了她一眼，说了一个城市名称。

钱小菲的地理并不好，又成天只在自己的小圈子里混，除了台北之外，也只是偶尔去新竹探望一下奶奶，其余地方都没去过，对大陆就更加没什么概念。她只能默默地记下了这个地名，然后才挑眉质疑："你真是他的老婆？"

沈太太似乎愣了一下，才不疾不徐地反问："不像吗？"

钱小菲突然沉默了。

不是不像，而是太像了，像到仿佛不够真实，所以才有此疑问。倘若这对夫妻站在一起，该是怎样一幅令人赏心悦目的画面?

钱小菲看着她，因为距离这样近，这才发现这个年轻的女人笑起来的时候，虽然笑意轻浅，但眼睛里仿佛有会流转的光华。

钱小菲向来自诩眉目漂亮动人，此刻却仍不禁疑心是自己眼花了，又或许只是这玻璃墙外的太阳光在作怪，因为她从没见过眼神如此清润而又诱人的女人。

如果自己是个男人，此刻也一定会被她给迷住的。

坐了这么久，似乎还没能切入正题。钱小菲不由打起精神，眼珠子一转，正想开口，结果却听见那沈太太说："沈池这次没和我一起来。"

钱小菲好奇她怎么知道自己想问什么，同时又觉得，这正室见小三，电视上不都是场面火爆吗？虽然她还算不上是沈池的小三，但如今的情形也太他妈的出乎自己的意料了。

她可是做了万全准备来的，身上的衣服也是自己衣柜里最好的一套了，为的就是撑足面子，可是现在自己不但没有占尽上风，反倒总有一种被对方牵着鼻子走的感觉。

可是，当她抬眼看着那张由始至终都柔和沉静的脸时，又不得不怀疑那只是自己的一种错觉而已。

沈池的太太，在豪华酒店的大庭广众之下，同她见了面，却用着一种最令她不可思议的态度，甚至笑得令人如沐春风。

她心里突然有点发毛。从这女人的身上，她居然看到了一点熟悉的影子。

那是沈池的影子。

两个人似乎都有一种不动声色的力量，能在谈笑间或是沉默间，成功地令旁人惴惴不安。

最终，这场原本就不该发生的谈话到底还是没能继续下去。

只沉默了一阵，钱小菲便打了退堂鼓，站起来宣称："我下午还有课，要先走了。"

这真是一个蹩脚的借口，倘若被阿祥他们听见，恐怕要笑到肚子痛吧，但是此时也顾不上这么多，钱小菲的手指下意识地拧了拧包带。

"好吧。"也不知有没有看穿她的谎言，对座的女人只是换了一个坐姿，并冲她微微一笑："今天很高兴认识你。"既没有问她跟自己丈夫是怎么认识的，也没有为她的突然退场而感到疑惑。

钱小菲动了动嘴唇，发现自己没有对方如此的风度，心中不禁隐隐有些绝望——这一次的见面，或许本身就是一个错误。再往前延伸，那晚在酒店里，她用心记下了沈池手机上的那个号码，恐怕就是灾难的开始。

她在自己的小圈子里向来都是呼风唤雨，仿佛女王式的人物，可是今天却提不起任何一点气场。

这个富丽堂皇的酒店就是一个全新的世界，灯光像星星一样落在平滑的地砖上，从她踏进大门的那一刻起，地面上反射的光芒就仿佛在嘲讽着她的无知和狭隘。

而面前这个平静淡定的女人，则是她这辈子都没接触过的类型。

她甚至忽然有一种预感，担心自己从此之后再也见不到沈池了。一想到这里，这位沈太太脸上从容轻淡的笑容仿佛就成了一种莫大的讽刺，怪不得她看起来一点也不焦虑，完全不像是一个被丈夫嫌弃的怨妇。

走的时候，钱小菲扭过头，连一句再见都没说。

巨大的玻璃墙外，最后一抹残阳也终于在西边沉落下去，少了这一丝温度，酒店冷气森森。钱小菲搓着手臂埋头往外冲，在门口差点与另一个人撞到一起，只听见对方轻轻“哎”了一声，数只名牌购物袋从她身边一扫而过。她心中正自沮丧，连头都没抬，就这么冲出了气派的大门。

大堂一隅，沈凌将下午的战利品扔在地上，往晏承影身边一坐，早有服务生送了冰柠檬水来，她喝了两口，才颇有些奇怪地问：“大嫂，你一个人坐在这里干吗呢？”

承影将茶几上的小说重新拿起来，略微打量了沈凌一眼，随口说：“看书。逛得开心吗？”

“给你买了两块丝巾，等会儿上楼拿给你，看看喜不喜欢。”

“好。”承影抿着嘴角，笑得有些促狭：“你倒是懂得讨好我。”

沈凌闻言顺势就贴上去，挽着承影的手臂，一副少女撒娇的语气：“因为大嫂你对我最好了。”

承影却不为所动：“但是回去之后，你也别指望我替你在你大哥面前说好话。”

“我知道啦。”沈凌做了个鬼脸。心说，只要不是瞎子，任谁都能看出晏承影与沈池之间的关系如何，她又不是傻瓜，才不会去冒死踩雷区呢。

数小时之后，陷入夜幕中的台北市成了璀璨的灯火海洋。从高处望下去，仿佛星光点点，满目琳琅。

承影倚在酒店客房的窗边，感觉到头有些疼。

她这次是来台北参加一场两岸医学学术研讨会的，为期一周，今天恰好是最后一天。

在此之前，她还抽空去祭拜了父亲被安设在台北某佛堂中的灵位。那是姑母设的，当年姑母特意来征求她的意见，说只有这么一个哥哥，而自己年纪大了，以后要回一趟大陆老家总是不太方便，在台北摆个灵位，相当于留个念想。

这样的要求，她无论如何也不能拒绝，当年还亲自陪着姑母，在灵位前点燃了第一炷香。

研讨会议的主办方十分热情，晚上安排所有与会代表在酒店聚餐。席间上的是台湾本地的特产高粱酒，度数有些高，原本以为几杯下肚之后会睡得好些，却没想到反而令她在午夜时分辗转反侧。

最后她觉得渴，又懒得开灯，便借着一点微弱的光亮摸索着床头的水杯，结果不小心直接碰翻了杯子。

手机也在床头柜上，她不得不第一时间跳起来抢救。直到擦干了屏幕上的水渍之后，她想了想，才又重新开机。

其实她平时睡觉一向是不关手机的，因为需要24小时待命，以防医院随时都有可能找她。今天是个特例，她不确定钱小菲会不会在半夜三更突发奇想又给她打电话，而她不想再被骚扰。

这真是一个意外。

承影万万没有想到，自己这么多年第一次重回台北，竟然就会遇上这种事情，就像电视小说里的滥俗情节。

该如何定义那个女孩子的身份?

沈池的新欢? 旧爱? 抑或是逢场作戏的对象?

其实都一样。她捏着手机有些心不在焉，看着屏幕开机被点亮，一分钟后又渐渐地自动暗下去。

房间里异常安静，既没有来电提醒，也没有短信。

钱小菲没再找她。

而她与沈池，似乎也已经有六天没联系过了。

深夜零点四十八分的台北，她一个人倚靠在宽大的玻璃窗边，远远近近的霓虹仍在热闹地闪烁。

台北这个不夜城，她在许多年前就已经领略过它的魅力，这是一个仿佛时刻都在上演着悲欢离合的城市。

Chapter 2
遇见

她始终对他存着一种极其矛盾的感情。这样一个男人，太神秘，太危险，每多靠近一分都会让她感觉自己随时会被化成灰烬。

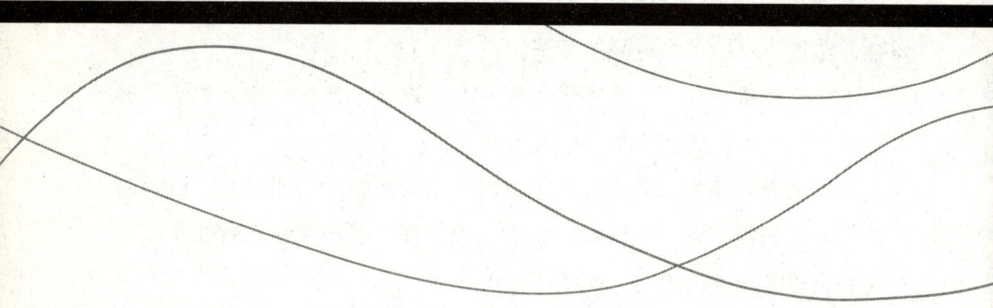

1999年 秋

中国台北

这是一个极其普通的清晨，天刚蒙蒙亮，窄窄的街道上还很清冷，除了响着音乐的垃圾车经过之外，半天都见不到一个人影。

承影起了个大早，站在阳台上梳头发。

不一会儿，就听见楼下传来一阵响动，是姑妈出门去了。她趴在阳台上和姑妈打了声招呼，照例说："路上小心。"

"上课别迟到。"姑妈也冲她扬扬手，声音刻意有些压低，大约是怕打扰到左右邻居。

这是她从大陆转学到台北的第二个月，对周遭的环境还感到十分陌生，仿佛就连呼吸到的空气都是陌生的。

她目前寄住在姑妈家。

姑妈早在二十年前就嫁到台湾来了，在这边陆续生了两个儿子，丈夫在去世之前一直是做海鲜买卖的，家境虽不是很富裕，但也算是丰衣足食。三年前一场交通意外之后，姑妈成了寡妇，自然而然地接过丈夫的生意，每天很早就去市场上开工。

可也正是因为嫁得早，虽是父亲的亲妹妹，但其实她跟这位亲姑妈并不算太熟。记忆中仅有的一两次，也是这位姑妈回大陆老家探亲的时候，喜欢拉着她的手感叹："哎哟，囡囡都长这么大啦，真是又漂亮又乖巧，阿哥好福气……"用的是家乡话，吴侬软语，倒多了几分亲切感。

可那也是很多年前的事了，当时她还在念小学。

如今，与不熟的亲戚住在一起，总让她有些不太自在。她的适应能力并不强，可是没有办法，一切都来得那么突然，甚至没人给她一点准备的时间和空间，她就像一只行李，被托运到了海峡对岸。

所幸学校还不错，老师和蔼、同学友善，台湾的女孩子说话时总带着一股软软糯糯的腔调，像是随时随地都在撒娇，仿佛小时候常吃的那种绵软黏腻的糖果，不由得让人心生亲近和好感。

她转学来的第一周，就和同桌丁丽珍成了好朋友。

丁家是在集市上卖干货的，同承影姑妈家的铺位相距不远，说起来还算是半个同行，大概也正因为这样，两个女孩子才会走得特别近。

以往每天阿珍都会来叫她一块儿去学校，但是今天阿珍请了病假，于是她吃完早饭就收拾好书包独自出了门。

从家里去学校需要步行二十分钟，就当是锻炼身体了。

她今天值日，所以特意提早出门。姑妈家住的地方偏，路上人烟稀少，偶尔有那么几个上班族拎着手提包和早餐袋行色匆匆，直奔巴士站的方向而去。

从家里到学校有一条小路，是捷径，平时阿珍带她走过几次，直接通到学校后门，可以节省不少时间。往常那条路上清静得很，可就是今天，正当她走到路口的时候，冷不防一个黑色人影从眼前极快速地掠过。而她还没来得及看清楚，脚下已是一个趔趄，整个身体就被一股巨大的力量攫住，向着拐弯处的墙角拖过去。

几乎是同一时间，她听见身后不远的地方传来一阵急促杂乱的脚步声，并快速地向自己这边逼近。

“别出声。”耳边传来一个低沉的男声，他靠她太近，仿佛气息都尽数拂在颈边。

她好不容易才回过神来，发现自己正被困在一个十分狭小的空间里，似乎是墙体转角与杂物之间的一个夹缝，恰恰只够两个人挤在里面。

而她想出声也不行了，因为那人的手正牢牢地捂着她的嘴巴。

逼仄的环境下，她的背紧紧抵在身后那男人的胸前，男人也不知用了什么法子，力量节制却又极轻易地就让她一动都动不了。

很快，外面便传来一阵嘈杂的脚步声，大约来了许多人，可惜说的都是当地方言，她一句都听不懂。

但语调中的凶狠和戾气，倒是十分容易分辨出来。

他们藏身的位置很巧妙，恰好是个视觉死角，外头的人找了一圈都没有任何发现，又吵嚷了一阵才渐渐散开。

可是她身后的人一时间却没动，而她在这种莫名其妙的遭遇下，反倒慢慢冷静下来，各种感观恢复正常灵巧，便隐约闻到他身上的味道。

一种清凉的、仿佛薄荷的味道，浮动着碎冰一般，透出丝丝凛冽。

同时，还有极淡的……血腥味。

她心中不禁微微一动。

藏身处光线幽暗，她手脚均被巧妙地制住，最后只能稍稍点了点头，示意他放开自己。

果然，身后那人读懂了她的意思，压在嘴唇上的手掌松开了一些。她深呼吸了两下，这才小心翼翼地扭过头去。

首先对上的，却是他的眼睛。

那是一双漂亮的男人的眼睛，眸色深沉，像无底的幽潭，却又隐隐闪动着锐利的光。

昏暗之中，她看着他，忽然以为自己面对的是一头慵懒而又危险的野兽，明明他什么都没做，可是那份存在感和压迫感却强烈得让人无法忽视。

她很快就将注意力移开来，视线落到他微微扬起的唇角上。

“是你。”低沉的男声从薄唇边逸出来，似乎带着一点笑意。

她静了两秒，却笑不出来。

其实早在闻到那阵似曾相识的薄荷气息时，她就大约猜到是他了。

她和这个陌生而又英俊的男人，并不是第一次相遇。

但她现在没心思回忆十几天前的片段，早上出门时穿的是白色校服，此刻校服肩头被染上了一块暗红色的污渍。

是血渍。

她忽然觉得肩膀微微发凉，是从身体里透出来的凉意。几乎在同一瞬间，她惊恐地朝他直直看过去。

和初次见面时一样，这男人穿着黑色衬衣，乍看之下倒是看不出任何痕迹。她警惕地稍稍往后退了一点，脚跟抵到堆立在身后的障碍物："你……"

“不好意思。”他微微扬眉，表情淡得像在描述天气，“弄脏了你的衣服。”

刚才追来的那群人已经消失得无影无踪了，她不知道他和他们之间究竟发生了什么，也不认为自己应该掺和进来。一大早碰上这种事，除了震惊，她想的更多的则是如何以这副状态走进学校大门。

两人一前一后从夹缝中出来，就听见他忽然开口问："你不是本地人？"

她犹豫了一下，到底还是应了他："不是。"只不过是因为听他的口音也不像是台湾人。

“还在念书？”

“……嗯。”她正苦恼如何遮住衣服上那块血渍，心不在焉地告辞：“我要去学校上课了。”

“恐怕现在还不行。”

她在他的话音中抬起头，还来不及诧异，他便一把捉住她的手，“我需要你帮个忙。”

“干什么？”

巷子僻静，四周压根儿没人经过，而他力量控制得真好，无论她怎么用力都挣脱不得。

如今到了亮处，她微仰着视线，终于能够看清楚他的脸色，虽然平静但略微有些发白，仿佛失血过多。

握住她的那只手，更是温度低凉，覆着一层薄薄的冷汗。

可是，一个失血过多的人怎么还能时刻占据着主导地位？

她想不通，又有点心慌：“你到底要我做什么？”

“我的伤口需要有人帮忙处理。”他停下脚步，转过来看她，似笑非笑道：“放心，我不会拿你怎么样的。”

她不可思议地瞪着面前这个高大修长的身影，因为逆着光，他唇边的那点笑意显得微微有些模糊，她疑心是自己眼花了，不然一个伤口正在流血的人怎么还能够如此轻松随意？

他就这样半强迫式地拖着她，脚步很快地穿过两条街，最后停在一家私人诊所门前。

这条路上多是各式各样小小的店铺，营业时间都还没到，因此显得分外冷清。他探手到门缝下，居然摸出一把钥匙，堂而皇之地开了门。

进屋之后，他顺手打开屋里所有的灯光，又很谨慎地将大门重新锁上。她一边揉着被捏疼的手腕，一边皱起眉头：“你认识这里的主人？”倘若不认识，这种不请自入的行径算不算犯罪？

他却仿佛没听见，只是径直走到靠墙的一面玻璃立柜前，从里面拿出一只黑色的医药箱放在工作台上，才转头看她：“你过来。”

明明是需要她帮助，可是语气却更像是在吩咐下人。不过看他这样一副熟门熟路的样子，倒是打消了她之前的那点疑虑。

她还在原地迟疑，他已经动手脱下衬衫。

没有了衣物的遮掩，男人赤裸着上身立在明亮的灯光下，可以看见结实匀称的肌理线条，以及裹住胸膛的早已被血浸透了的纱布。

“帮我拆下来。”他说。

她看得目瞪口呆，但也不得不硬着头皮上前，接过他递来的剪刀。

冰凉细长的手术剪搁在手里，似乎连带着让心都跟着往下微微一沉。

在过去的十六年里，她从没做过这种事，其实就连看上一眼都觉得可怕。鲜血随着他的动作，仍旧在不停地往外渗，直到她解开一圈又一圈湿润黏腻的纱布，才看清楚伤口的样子。

他的伤在右侧前胸的位置，由上到下斜在那儿，足足有十几厘米，两侧的皮肉向外翻开，狰狞地浸在暗红色的鲜血里。似乎是刀伤，单凭想象就觉得疼入骨髓。可他的反应却令她震惊，除了微微皱眉之外，那张英俊的脸上表情淡定得几乎不像是当事人。

这是她第一次如此接近一个成年男性的身体，更是第一次处理这种事情。她本能地想要转移注意力，可视线却像被胶粘住一样，木然地定格在那道恐怖的伤口上。卷着纱布的手禁不住地轻轻颤抖，她用整齐雪白的牙齿狠命地咬住嘴唇，就连脸孔都不自觉地泛白了。

最后还是在他的指导下，一步一步地完成了整个重新上药并包扎的过程。

她的动作既蹩脚又生疏，完成之后自己竟也冒了一身的虚汗。

而他低下头，似乎是饶有兴趣地检阅了一番她的“成果”，才开口说：“多谢。”

“不客气。”她花了很大的力气才强迫自己找回正常的声音，可是气息仍旧不稳，手也依旧在抖，只好十指交握垂在身前，强自镇定下来，问：“我可以走了吗？”

其实她现在的样子也十分狼狈，校服上沾染的血渍干涸凝固成一块不大不小的褐斑，印在雪白的棉布料子上，格外显眼，是无论如何都遮不住了。而细碎的刘海因为汗水贴在额前，脸色苍白，双眼失神，活生生一副惊吓过度的形象。

他不禁多看了她两眼，幽深的目光仿佛是在审视着什么，片刻之后才回身拾起衬衣穿上，面朝着她一边扣扣子一边说：“我送你。”

她几乎是下意识地脱口而出：“不用了。”抬眼见到他微微眯起的眼角，又不得不轻咳一声解释：“你受了伤需要休息，我自己回家换衣服就行了。”

这个理由真是烂，好像她有多么关心他似的。其实只有她自己心里清楚，眼前这个男人，全身上下都散发着神秘而又危险的气息，直觉告诉她不应该和他靠得太近。

幸好他也没有再坚持，只是似笑非笑地看着她，再次道了谢：“好，今天多谢你。”语气温和有礼，简直就是个谦谦君子，让人无法将他与身上那道狰狞的刀伤联系在一起。

而她则如同获了特赦令，这一回就连客气一下的心思都没有了，只想着尽快摆脱这场莫名奇妙的遭遇。

结果她刚刚走到门边，却听见身后又传来清冽平淡的声音：“你叫什么名字？”

她应声回过头，男人修长的身体闲闲地靠在桌边，漆黑幽深的眼睛里仿佛带着一丝兴味，慢悠悠地自我介绍道：“沈池。”

这样一来，她反倒不好拒绝了，可是又不擅长撒谎，迟疑了片刻，只好如实说：“晏承影。”

“晏承影。”他低声将这三个字重复了一遍，才笑了笑：“再见。”

大门打开，秋季灿烂的阳光一下子涌进来，炫目得令人几乎眼花。

承影对着外面逐渐热闹鲜活起来的世界深深地吸了口气，心里并不希望下一次还会和这个男人再遇见。

这件事就像一个秘密，被深深地埋在承影心里，从没跟任何人提起。

那天早晨她忐忑不安地跑回家，迅速换了身干净的校服，又在水池边处理了脏衣服上的血渍，确定不会被姑姑发现异常后，才匆匆忙忙赶去学校。

最后当然迟到了，所幸老师并没有惩罚她。

到了下午，丁丽珍返校上课，一见面就兴冲冲地凑上来说："告诉你一件事哦，张老师生病了，要请假半个月呢。"

下午他们班正好有节美术课，任课的张老师风评一向不太好，说起话来尖酸刻薄，常把表现欠佳的同学讽刺得体无完肤，并以此扬扬自得。

张老师生病的消息很快传开来，一下子教室里就爆发出欢呼雀跃的叫好声。承影初来不久，还是第一次看见大家这个样子，气氛与自己以前念书的地方全然不同，不禁感到新奇。她拢住桌上的画笔，问："没有老师上课，那我们怎么办？"

"听说会有代课老师哦。"阿珍趴在桌子边，笑嘻嘻地小声说："而且还是个大帅哥！"

看到好朋友一副满面红光，双眼几乎就要冒出小心心的样子，承影忍不住单手撑住脑袋笑骂："你花痴啦！"

"我是花痴呀，难道你不是吗？"阿珍就是那种没心没肺的女孩，喜怒哀乐都写在脸上，从不遮掩。

十六七岁的少女，对帅哥这种动物天生缺乏免疫力。承影一听也来了兴趣，于是两人有一搭没一搭地聊天憧憬着，直到上课铃响。

代课老师十分守时，几乎就在铃声落下的最后一秒，不紧不慢地踏进了教室。

有那么一瞬间，之前还吵吵嚷嚷的课堂像是被突然施了什么咒语一般，一下子安静了下来，空气仿佛被冻结住。

每个人都望着门口的方向，目光里充斥着各式各样的好奇和惊艳。

却只有承影是个例外。

她看着那道修长俊挺的身影走上讲台，只觉得目瞪口呆。面对着新来的老师，周围每个人的眼睛都在发光，就只有她，似乎眼前一片漆黑，两只耳朵嗡嗡直响。

接受着数十双眼睛的审视，那个年轻的男人面不改色，语气淡淡地说："大家好，我叫沈池，你们可以叫我沈老师，也可以直接称呼我的名字。"

低沉清冽的嗓音终于把大家给唤醒了，教室里一瞬间又爆发出一阵极细微的高频率讨论声，还夹杂着数位女生的抽气感叹声。

班长忘了喊"起立"，而他似乎根本不以为意，等待了片刻才继续说："我只是临时代课，也许只上今天这一次，所以就不浪费时间了，我们直接上课怎么样？"

他说这句话的时候，已经将带来的画具放下，两只手闲闲地插在长裤口袋里，慢悠悠地走到第一排课桌边上。

因为那里有个男生提出疑义："老师，你看上去一点也不像老师。"

承影一动不动地盯着沈池，只见那张英俊的脸上露出一丝笑意，"我确实不是，今天只是受到校长托付，临时代一节课。"

他的表情温和亲切，就连声音都斯斯文文，与早上那个浑身血腥气息、眼神锋锐冷淡的强悍形象判若两人。

承影一时回不过神来。

下午的阳光穿透窗户，正好落在他身侧，令他整个人都仿佛陷在光与影的交叠处，愈发显得俊美清隽。

那件白色棉质衬衫被他穿得十分合身，两颗领扣被解开，袖口卷得很随意，但又莫名的有型，配着直筒休闲裤和休闲鞋，看上去比在座的学生大不了几岁。

一听说他不是真正的老师，课堂气氛立刻比之前轻松了不少。之前还在窃窃私语的女生们也明显更加大胆了，除开讨论之外，眼睛直勾勾地盯着这个从天而降的漂亮男人，激动兴奋的神情全都挂在脸上，丝毫不加掩饰。

"真的是超级帅耶！"承影耳边传来阿珍的声音。

她心不在焉地低低"嗯"了声，还在想着早晨的事，结果沈池似乎不经意地忽然调转了目光，视线堪堪从她脸上扫过。

对视大约只有一两秒钟，承影下意识地愣了愣，而他已经不动声色地移开了注意力，转头去解答另一位女同学的问题。

那女生问的是："沈老师，请问你今年多大？"

"我猜绝对不会超过22岁啦！"她旁边的一个男生大大咧咧地插嘴。

"你的眼光不错。"沈池对那男生笑了一下，从侧面默认了这个答案，"希望等会儿画人物肖像的时候，你也能把模特的结构线条画得够精准。"

他一边说一边转身从画夹中抽出一张名单来，随意地扫了一眼，然后便看向所有人："谁愿意自告奋勇当模特？"

见大家都不吭声，他才慢悠悠地补充道："不需要脱衣服的。"

一句半开玩笑的话，令一群少男少女哄笑开来。平时几个调皮的男生开始互相推搡着"举荐"，大约是想看对方出丑；也有条件不错又活跃大方的女生打算自己举手。

结果也不知是谁提了句："沈老师，我看你身材这么好，不如就你来给我们当模特怎么样？"

那人声音颇大，很快就引来四面八方的附和。承影听见阿珍在旁边一个劲儿地低呼："不行了不行了，我要流鼻血了……"

阿珍捂着心口的模样终于让她忍不住笑了声，而沈池也笑了，那双狭长深邃的眼睛在强烈的日光光线下微微眯起来，对这个提议不置可否，只是轻轻抖了抖手上的名单，说："那我就随便挑一位同学了。"

承影忽然就有点担心起来，她不确定刚才那短暂的对视是否让他认出了自己，倘若有，那么他会不会恰好就点中她的名字呢？

她很后悔，早知道当时就随便编个假名字告诉他好了。

结果却是她杞人忧天了。

沈池选中的是一个戴着眼镜的男生，身材略微有些矮胖，长得像成年后的郝邵文，也是班上的活跃分子之一。

那男生被请到前面，坐在高凳上，不得不老老实实当模特。而沈池依旧双手插在口袋里，站在一旁讲解素描要点。

他的声音听起来不紧不慢，就连站姿也十分悠闲放松，不像是在上课，倒更像是午后闲聊。

短短一堂课的时间，几乎所有女生的心都被这个突然出现的年轻男人俘获。

趁大家动笔作画的时候，沈池沿着过道巡视了一圈，中途从承影身旁经过。她刻意垂着眼睫，让心思都集中在纸和笔上，可还是隐约闻到他身上那股熟悉的味道，仿佛新鲜的薄荷浸在浮冰里，又清又冽。

这样的气息带着一丝危险的侵略性，这才是他带给她的真正感觉，而非在这课堂上几十分钟里，令人如沐春风的温和假象。

事实上，在许久之后，她始终对他存着一种极其矛盾的感情。这样一个男人，太神秘，太危险，每多靠近一分都会让她感觉自己随时会被化成灰烬。

Chapter 3
距离

她闭上双眼的时候忽然有种感觉，彼此的呼吸明明近在耳畔，却又仿佛隔了千山万水那样遥远。

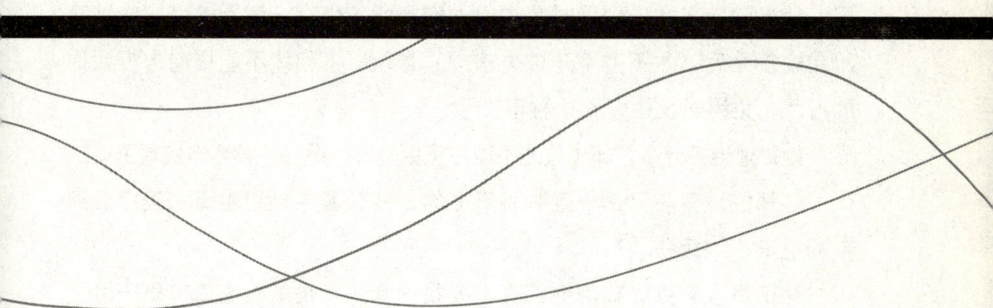

7月末，罕见的强台风“汉诺”在东南沿海一带正面登陆，一夜之间，多个城市遭受到狂风暴雨的猛烈侵袭，云海市也没能例外。

这是承影自台北参加完学术研讨会回来后，第一次在雨天开车。

她将车载广播调大声了些，电台里两位主持人正在连线前方报道，第一时间传递有关这场暴风雨的最新消息。

雨刮器感应着雨量，正用一种极紧促的频率来回摆动着，但风挡玻璃上仍旧视线不清。承影尽量放慢了车速，从医院回来的这一路上事故不断，加上城市排水系统有崩溃的趋势，路面状况已经十分不好，宽敞的马路上车流缓慢，明明没开几公里，却花了平时近两倍的时间。

她倒是不怎么急，常年的职业习惯已经将她修炼得极有耐性。

有一次难得放假出游，她自己开着车去山上打算清静清静，结果车子坏在半路。前不着村后不着店，又不是那种著名的旅游风景区，就是一座荒山，连手机信号都时有时无。

可她只给4S店打了一通电话，便安然地坐在车里看专业书，直到4S店的工作人员赶过来敲她的车窗，这才恍然发觉天色已经擦黑了。

而就在那天晚上，当她坐着店里的车刚刚回到山脚下，陈南他们就赶到了。被齐刷刷的六束车灯一晃，她顿时就觉得头晕起来，换车的时候跟陈南说："我饿了，先找个地方吃饭。"

后来陈南将她送到平时惯去的一家会所，坐在一旁看她慢悠悠地享用完晚餐之后，才不得不开口央求："影姐，下回能不能提前告诉我你的行踪，免得再发生今天这种事。"

她知道他怕什么，却也只是不以为意地哂笑一声："我害你挨骂了？"

"那倒没有。只是一直联系不上你，我领着弟兄们差点把整个云海市翻过来，太费劲。"

这话倒没夸张，陈南他们真心要找一个人，是能在云海市里一寸一寸翻个底朝天的。

虽然心里压根儿没把这次的事故当回事，但后来承影到底还是稍微改了改作风，只要心情不算太坏，平时她都会和陈南保持联络。主要还是不想让一帮子无辜的人难做，毕竟沈池的脾气不是那么好撩拨的，真动起怒来陈南他们未必承受得了。

不过，一想到那姓沈的，承影的头就开始痛起来。她伸手调高了车内空调的温度，顺便关掉电台。

车里安静下来，车窗外哗啦啦的雨声顿时变得格外清晰，连同着此起彼伏的喇叭声，吵吵嚷嚷。

市区里禁鸣已经许多年，可是很多人还是改不了这个习惯，稍不顺畅就长摁着喇叭不放。承影实在被后面那辆车制造的噪音吵得没有办法，额角隐隐作痛之势越来越明显。

前面的车子也是三步一挪，前面的那两盏刹车灯在漫天雨幕里变成两团模糊的红光，令她不禁有点恍神。或许只是那么一秒钟的时间，可是等她反应过来的时候，也只来得及重重踩下刹车，才不至于贴上前车的尾部。

不过几乎也就在同一时刻，她感觉车身震了一下，尽管外面雨声渐大，但仍旧清楚地听到撞击声，来自车后方。

车外是倾盆大雨，后视镜里几乎看不清东西，但承影还是知道后面那辆车里的人很快就下了车。也正因为这样一停，后面几乎立刻便堵成一片，此起彼伏的喇叭声催命般响起来。

刚才那一撞虽然并不猛烈，但似乎足以令承影原本就隐隐作痛的太阳穴愈加紧绷起来。

她皱了皱眉，还来不及做出任何反应，一只手掌就已经用力拍在了她驾驶座的车窗上。

隔着雨幕，依旧能够感受到对方的怒气。承影将车窗降下来一些，雨水飘进来，一同飘进来的还有那中年男人的破口大骂："怎么开车的你！突然刹什么车！……有你这么开车的么！出来祸害别人……"

其实他撑着一把长柄伞，但雨这样大，雨伞根本起不了什么作用，只这一小会儿的工夫，身体就被淋湿了半边，混杂着那张脸上盛大的怒意，整个人显得有些狼狈。

承影皱着眉听他骂完，才问："那你想怎么解决？"她的态度很平静，甚至根本不打算下车去查看撞得有多严重。

也兴许正是这样的表现，反倒让对方以为她完全不懂得如何处理这类交通事故。于是男人的气势不由得又盛了几分，恶形恶状地强调："虽然是我追尾，却是因为你突然刹车，所以你绝对也是有责任的。"最后提出来："不如私了算了。"仿佛一副便宜了承影的样子。

承影不由得重新仔细打量了一下，车外那人四十来岁模样，穿的是件圆领T恤衫，胸前印着一团花花绿绿的图案，下身配着一条卡其色大短裤。衣着随意，眉眼和话语之间也不见半点豁达。

她默然地收回目光，后面已然是喇叭喧天，而她终于被这场近乎无礼的谈判和噪音催得有点心烦起来。

“还是叫交警和保险吧。”她没再理他，也懒得再理论追尾事故的定责问题，只是兀自升起车窗隔绝了对方的面孔和声音，然后才摸出手机来打电话。

她知道，陈南的车一直都远远地跟在她后头。果然，电话打完不出一分钟，车窗便被人再度敲响。

转头看到那两三个熟悉的身影，承影才解开安全带，推开车门走下来。

站在阿峰撑起的伞下，她拎了手袋问：“我先回去，剩下的你们处理行吗？”

陈南点了点头，这才转过去冲着那中年男人一扬下巴，语速不紧不慢：“我们已经叫了交警，是你追尾的，把你的保险公司叫过来吧，动作快点。还有，再把车往旁边移移，挡着后头的人多不好。没听见这喇叭声已经吵翻天了吗？”

中年男人显然被当前的状况弄得呆了呆，目光在这帮突然出现的人中间来回打转，一时间再做不出刚才那副不依不饶的模样来。

承影离开的时候，顺便往车尾看了一眼，只见中间部分凹下去一小块，并不算十分严重。只是这辆簇新的车刚从车行提回来不足两个月，看着让人心里不大痛快。

她今年似乎与车犯冲，前一辆车子刚刚报废，如今这辆又得进修理厂。

果然，到了吃晚饭的时候，就连沈凌都说：“大嫂，要不你最近还是别自己开车了，接二连三出事故，好可怕。”

“这个只是小事故。”承影语气平淡。用人端上刚炖好的花胶乳鸽汤，她接过来喝了两口，才又笑说：“你不要小题大做。”

沈凌却明摆出一副无法认同的样子：“可我觉得这事有点邪呀，以你一贯的技术，怎么会在半年之内连撞两次呢？会不会是大嫂你这段时间太累了？”

“也有可能吧。”

“最近医院很忙吗？”

“稍微有一点。”

“我看你最近都有黑眼圈了，是不是没睡好？”

得到小姑子如此一本正经的关心，承影忍不住笑了笑，“你观察得可真仔细，我自己都没发觉。”

“那当然。你可是我最最亲爱的大嫂。”沈凌一贯的嘴甜。

“哦？最最亲爱的？”承影略略抬眉思索了一下，像是终于想起什么来，冲着面前这个19岁的女孩笑道:“我听说你在学校新交了个男朋友，或许他才应该是你最最亲爱的吧。”

最后那几个字，她模仿的声调和语气都和沈凌极像，又甜又腻，嗲得仿佛有蜜糖渗进人的骨子里。沈凌止不住笑出声来，放下筷子做了个俏皮的鬼脸，眼睛里却流露出骄傲的神气来：“他呀……还远不够格呢，再好好表现个一年半载再说吧！”

“你大哥知道吗？”承影突然问。

“大概不知道。”

承影这时也吃完了，一边离开餐桌一边听沈凌撒娇央求：“大嫂，你能不能替我保密？暂时别让大哥知道这件事。”

“你准备拿什么贿赂我？”她故意逗她。

“你想要什么，随便开口。”

“这么大方！”承影揽住沈凌的肩膀，少女明媚的脸庞近在眼前，微笑的眼角轻快上扬，让她忽然心生恍惚。

沈家这对兄妹，其实长得并不太像，唯有一双眼睛却仿佛一个模子里刻出来的。

瞳黑而深，有一种幽远神秘的气质。

只是如今沈凌还小，又是生性活泼的女孩子，十几年来顺风顺水无忧无虑，所以她的眼睛如同黑水晶般时时闪耀着迷人清澈的光彩，不像沈池。

想到沈池，承影含在嘴角的笑意终于冷却了一些。

这天睡到半夜，床榻的一侧不轻不重地往下沉了沉。

承影有些迷糊，又或许只是不想醒过来，所以她沉默地翻了个身，拿背对着刚刚躺上床的那个人。

在被吵醒之前，她似乎正在做一个梦，梦中的自己还是十七八岁的光景，孤零零地站在一条幽暗的小河边。

那是她家乡的河，贯穿了整个小城，因为没有工业污染，一年四季清澈碧绿。

梦中正在下雨，雨势虽不像白天那样大，但雨滴落在河面上，依旧激起一圈又一圈零碎杂乱的涟漪。

而她什么雨具都没带，早已被淋了个透湿。可她一直在等，十分固执，哪怕冷得瑟瑟发抖。虽然是在梦里，她却仍旧那样清楚地知道自己在等待，等待着某个人的到来。

只是那个人，终究还是没有来，她却已经醒了。

睁开眼睛的那一刻，说不清是失望还是恼火。

其实类似的梦做过不止一次，早应该习惯才对，但在这样深沉静谧的夜里，仿佛黑暗是最好的掩饰，可以遮住一切不欲人知的心思，这片伸手不见五指的无边墨色顺利地勾引出在每一个青天白日里被刻意埋葬掉的情绪。所以，她终究还是忍不住，睁着已然清醒的眼睛，默默地叹了口气。

“醒着？”下一秒，背后传来的声音却将她吓了一跳。

但她依旧没动，保持着方才那个睡姿，不作声。

沈池似乎并没打算勉强她回应，两个人就这样在黑暗里各自沉默地躺了片刻，承影才听见他重新起身的动静。

卧室窗帘遮光效果非常好，外头又是雨夜，所以一丝光线都透不进来。她听到窗边矮柜抽屉的响动，也不知他在找什么。翻找的声音虽不算太大，但这时候再装下去也怪没意思的，于是承影索性支起身来拧亮了台灯。

突如其来的光线叫人有点不适应，沈池略微眯了眯眼睛，然后才往床上望去一眼。承影垂着眼睫，显出有点困的样子来，下意识地回避他的目光，又将滑落的薄被往上拉了一把，直盖到下巴下头，仿佛随口问：“你找什么？”

沈池这时已从抽屉里拿出一瓶药来，走回床头就着水吞了两颗，才淡声说："头有点疼，睡不着。"

他失眠严重，一向需要靠药物才能入睡。今晚又喝了不少酒，此时两侧太阳穴正隐隐作痛。

尽管已经洗过澡，但靠得近了，承影仍能闻到他身上淡淡的酒味。

其实她不喜欢这种味道，但即使再不喜欢，她也不会说出来，只是往自己那侧的床沿移了移。

等沈池重新上了床，她才顺手把灯关掉，突然就听见他问："刚才做了什么梦？"

他的语气似乎漫不经心，仿佛并非十分关心，而只是为了打发入眠之前的这段无聊时间而已。明知如此，可她还是下意识地偏过头去……很可惜，极尽目力，却也只能看见模糊的轮廓。

"没什么。"没让他发现自己的动作，她只是静静地说。

"醒来之后你在叹气。"

"嗯。"

他的感觉向来敏锐，想瞒也瞒不住。只是承影躺在黑暗里，心口仿佛极轻微的一颤，她其实想问问他，这些与你又有什么关系呢？

可她终究还是没有说出口。

而身旁的男人并没有再继续追问下去。这个话题因为她的短暂沉默，就此结束了。

黑夜重新归于沉静，她闭上双眼的时候忽然有种感觉，彼此的呼吸明明近在耳畔，却又仿佛隔了千山万水那样遥远。

半夜里有了这么一出，反倒是承影睡不好了，断断续续地做了好几个噩梦，再醒来时天才刚刚有些微亮。

其实今天轮休，但她还是第一时间起了床，拿上衣服去浴室洗澡。

她这个习惯也是和沈池在一起之后才养成的。

那时候她常常被他折腾得不行，而这个男人则仿佛永远有着旺盛的精力，总是在她还沉浸在梦乡里的时候，就兴致勃勃地翻身压过来，从额头到眉毛，再到嘴唇和胸口，一点一点地吻她、逗弄她。

她在半睡半醒间本就没什么力气，所以总是被他得逞。

等到激情结束后，再一起去洗澡。甚至碰上兴致特别好的时候，站在花洒下他仍旧不肯放过她，于是再来一遍。

这么多年过去了，有些习惯想改也改不了。只是现在与当初不同的是，温热的水柱之下，就只剩下她一个人了。

承影在浴室里待了很久，沐浴完又刷牙洗脸，还顺手将原本就干净的水池刷了一遍，搞出的动静不可说不大。所以等她穿好衣服走出来时，床上果然已经没人了。

也不知沈池是不是被给她吵醒的，此刻正站在阳台上抽烟。

他背对着卧室，只披了件晨褛，连腰带都没系，黑色的丝质衣料将他的身型衬得更加挺拔，又略微显得有些清瘦。

或许他最近确实是瘦了，但承影也仅仅只朝那个背影望了一眼，并没有细看。

虽说时值盛夏，不过这两日受到台风影响，气温降了许多，而且早上雨势仍旧未歇，瓢泼般的雨水被风带着在空中急速飘摇。

阳台是未封闭的。

承影转开视线之前，最后看到的是沈池乌黑的短发，似乎已被水汽沾染得微微濡湿。

连接卧室的那道玻璃推拉门没关严，极淡的烟味顺着那条缝隙飘了进来。承影对烟味向来极为敏感，没什么迟疑，几乎是皱着眉头走过去，不轻不重地将门给拉上了。

那一声响动惊动了沈池，但他并没有回身，只是夹着香烟的手在空中微微顿了顿，才又送到嘴边吸了两口。

天空是无尽的灰，像是被人扯过一块布，随手涂了两笔水墨，便成了现在这迷蒙苍茫的景象。

剩下的半截烟蒂被修长的手指弹出去，在雨中划过一条弧线，很快就不知踪影。

沈池拿出手机给陈南打电话，吩咐说：“你待会儿不用过来了，我今天不出门。”

陈南在那边简洁明了地应了声“好”，沈池收了线，这才返回室内。

等到他下楼的时候，承影已经在餐厅吃过早点。

阿姨见他出现，似乎很有些意外，因为他在家的时间并不多，而在家里用早饭的次数更是寥寥可数。

“今天有燕麦粥配叉烧包，也有牛奶、吐司，您想吃哪一种？”

“都可以。”

就因为这句都可以，阿姨连忙把两份早餐都端了上来。沈池在桌边坐下，又看了眼正准备起身的承影，淡淡地开口问：“你今天不用上班？”

承影微一迟疑，低声说：“轮休。”

戳在一旁的阿姨似乎有点尴尬，垂着手悄悄退了出去。

虽然他们真实的生活状态已经令人惨不忍睹，但承影始终是要点面子的，尤其不想让外人看出端倪。有时候，她也知道这只是掩耳盗铃罢了，在这个家中做事的人，要是连这份眼力见儿都没有，那早就别想干下去了。

但她看着阿姨的背影，终究还是象征性地问了一句：“你今天什么安排？”

这句话的语气其实更像是敷衍，真正关心的意味少得可怜，但沈池还是抬起眼睛朝她看了看，薄唇牵出一个极浅的弧度，似笑非笑道：“我今天不出门。”

这个答案倒让承影有些意外，难得两人都待在家里。她“哦”了一声，想不出什么新话题，半晌才说：“我今天要用书房，下个月有个大手术，需要提前看些资料。”言下之意是，如果没有特殊情况，我们互不打扰。

沈池顺手拿起桌边的报纸，目光已经落在头版头条上了，嘴里无所谓地淡淡应了声：“好。”

在学业和工作这条路上，承影走得可谓是顺风顺水。

除去中途寄住在台北姑姑家的那段时间之外，她从来都是名校里尖子班上的优等生。

其实从小家中没什么人管她。

她四岁时父母离异，对于母亲的印象，在她的记忆中只有极浅的痕迹。只知道五六岁时经常会收到远方寄来的衣服和食物，看起来都很高档的样子，每每都会引来一众小伙伴们的羡慕。

但后来，也不知是从哪天开始的，华服美食渐渐少了，再然后就完全销声匿迹了。

因为母亲再嫁了，去了国外，和新丈夫有了自己的孩子。

当然，这些都是后来听姑姑说起的。

那时候，父亲晏刚因为工作忙，几乎顾不上她。她从上小学起就开始住校，是那种贵族的女子学校，里面硬件条件相当好，同学又多半都十分有家教，小小年纪便开始接受各种淑女式的教育和培训。

长大之后回想起来，承影有很长一段时间都在努力思索，却始终不知道父亲的钱是从哪里来的，居然可以负担起如此高昂的生活费和学费。

她家并不是做生意的，当然更不是高官，只是看上去父亲忙碌得很，有时周末她回家，都不一定能见上一面。

就这样，她在软硬件设施都堪称一流的贵族学校里接受了近十年的熏陶，最后是顶着连续三年综合成绩第一的光环转学的。

去台北实在是一件很突然的事。

某天她正在上音乐课，中途被校长叫到办公室，被告知父亲已经替她办了转学手续。紧接下来，几乎没过两天，一切准备妥当，她就被送上了飞往台北的航班。

送机的那个年轻男人，她压根儿不认识，只知道长相普通，一脸严肃。而最可笑的是，晏刚从头到尾都没有露过面，只是通过电话叮嘱了她一些事情，然后就让那个陌生的男人将她和她的行李送到了机场。

承影不是没有主见的人，也唯有那一次，她感觉自己像只提线木偶般，在毫不知情的情况下被人摆布了，而且摆布得很直接很彻底，短短几十个小时之内就跨越海峡，仿佛与之前的生活全然脱离，从此没了干系。

到台北的第一周，她水土不服，上吐下泻折腾了几次。

半夜发烧实在难受的时候，她会忍不住在心里将父亲埋怨上千百遍。当然，这种事在她清醒的时候是绝对做不出来的。都说女孩子有恋父情结，承影也不例外。在她的心目中，父亲就像山一般高大而可靠，同时又有点神秘。

表面上，晏刚长期在一家外贸公司供职，但是在她面前却从没提起过自己的工作内容。

难得有闲暇，父女俩会坐下来交流，天南地北，想到什么就聊什么。晏刚将她当朋友对待，所以她思想独立得早，也正因为如此，她才隐约猜到晏刚在工作上似乎有难言之隐，于是硬生生克制住好奇，从来都不闻不问。

直到很久之后，父亲在一次执行任务时意外身亡，她才知道他竟然从事了二十多年的情报工作，也就是电影电视中所谓的“黑帮卧底”。

中午十二点半，沈家准时开饭。

沈凌前两日就和同学去了外地采风，要半个月后才能回来。由于陈南他们今天也没过来，偌大的房子便显得有些冷清。

其实这一整个上午，承影复习的效果并不好。中途频频走神，她将这归结于昨晚的噩梦连连以及睡眠不足。

所以吃饭的时候，她也没什么胃口，心不在焉地吃了小半碗米饭，便打算回房间睡一会儿。

倒是沈池，难得在家里吃一餐，此刻正慢条斯理地品尝着阿姨做的一桌好菜，姿态悠闲到了极点。手机搁在一旁，其间振动了数次，他也只是拿视线瞥过去看一眼号码，完全没有理会的意图。

他兴许是不想接电话，可也不知怎么的，承影忽然就想到了之前台北之行遇到的那个女孩子。

她还记得她的样子，个子高挑、脸蛋漂亮，看得出来还十分年轻，大概连20岁都不到吧？说话时语气有些嚣张，没什么礼貌，一看就是平时被人宠惯了，所以才敢那样肆无忌惮。

可是，是谁在宠着她呢？

沈池吗？

能得到这个男人的垂青，在很多人看来确实是一件值得炫耀的事。

这个莫名其妙的猜想令她有那么一点点不舒服，刚才勉强咽下去的几口饭菜也变得更加多余起来了。

她索性放下筷子，一时间却又没有离开座位。

恰好沈池这时也抬起头来，仿佛漫不经心地看她一眼，语气也是淡淡的："你吃得太少了。"

她没有应声，只是盯着那张英俊得过分的脸，突然开口说："我和台北的那个钱小菲见过面。"

"我知道。"沈池只停顿了很短的一瞬便回答她，脸色平静地继续喝着鸡汤，似乎那一瞬间的停顿也只是为了回忆起这个名字罢了。

反倒是她怔了怔，不过很快就反应过来，哂笑一声："你早就知道？但你没提过。"

"你不是也没说？"他终于也放了手中的筷箸，隔着餐桌望向她，"我以为你已经忘了这件事。"

确实是忘了吧，至少她一度也是这样认为的。

不过直到刚才，她才发现自己居然还记得那个女生当天穿的衣服款式。

所谓遗忘，不过是自欺欺人。

也不知为什么，她忽然觉得头有点疼，眉头忍不住微微蹙起来，却尽量维持着语调的平稳："她直接把电话打到我的手机上。我没想到会发生这种情况，也不知道为什么会发生这种情况，但希望不会再有下一次。"

接到钱小菲电话的那一刻，她是真的诧异。她早已不干涉沈池在外面的任何作为，很多时候，她甚至被自我催眠得仿佛从来没有结过婚一样，但是这一回却像是受到了莫大而又直接的羞辱。

竟会有年轻女孩打电话给她直接约她见面，而要聊的，却是自己的老公。

长桌另一端的人没有立刻接话，只是拿那双墨黑幽深的眼睛看着她，目光有些沉，混在雨天的阴霾光线里，愈发透出一丝凉意来。

她靠在椅背里，支起手肘虚按住跳痛的额角，视线微垂，毫无目标地落在地板上。

隔了半晌，才听见低缓清冽的男声传过来："如果我没有理解错，你只是希望以后不会再有人打电话给你？"

他说这句话的时候，语速很慢，几乎是一个字一个字地从那性感漂亮的薄唇中吐出来，声调平淡得没有丝毫起伏，深邃的目光一刻都没有离开过她的脸。

她看了他两眼，不置可否地扬了扬眉，当作默认。

他沉默着，将她的动作全部收入眼底，这才推开椅子站起身，似笑非笑地冷哼一声，修长的身影擦过她的身侧，在扬长而去之前说了句："放心，会让你如愿的。"

这场交谈结束得不算愉快。

沈池走的时候，甚至连手机都没拿。看着那个又开始无声振动的黑色物体，承影也懒得再管，起身返回楼上卧室。

她当然感受到了他最后的怒意，但只是觉得可笑。遇上这种事，自己还没生气，反倒是他先发制人起来了。

她没问他和钱小菲发展到什么程度，但并不代表不想问。

一直以来，她都不相信他在外面没有其他女人。通常他回家很晚，有时候第二天起来，她顺手捡起他头天晚上随意扔在地上的衣服，会闻到上面残留的香水味，或是看见若有若无的脂粉痕迹。

当然，这种事，陈南他们是绝对不会同她说的。

她记得只有那么一次，自己仿佛随口说："昨晚和你在一起的是个女人？"那件隔了一夜仍飘着清淡香水味的衬衫，早被她像扔垃圾一样扔进了浴室的衣篓里。

当时沈池刚刚刮完胡子，冲洗掉脸上的泡沫，正用手指摩挲着清爽干净的下巴，一双眼睛就从镜子里瞟过来看她，唇角挑了挑，表情有些轻佻，语调却是冰冷的："你在意？"脸上的笑容轻浮而又讽刺。

那是他们关系最糟糕的一段时期，一天之中难得说上两句话。一大早的，面对这种局面，她忽然觉得没劲透了，当时就一言不发地直接打开门下了楼。

心中真是后悔，何必要多此一问呢，结果倒换来他的嘲讽。

只是从那之后，收拾卧室的事情全都交给阿姨去做。而他在外头的生活，她半句都不再过问。

只不过，那个钱小菲不同。

她是活生生送上门的，整个人就这样真实地出现在她的面前，眉目清晰，打破了一直以来眼不见为净的状态。

仿佛从那之后，就有了一个具体的形象，让她忍不住会去设想各种场景。

当想象突然有了原型，一切才终于变得真实起来，时不时跳入脑海的，就是沈池与其他女人在一起的画面。

这种感觉糟糕透了。

承影的午觉只睡了一个小时，心里惦记着下个月那个重要手术，很快就从床上爬起来继续对着打印出来的资料仔细揣摩。

快到傍晚的时候，阿姨上来敲门，问她要不要先端碗汤上来，喝完再开饭。

她从一堆专业术语中抬起头，清理了一下思绪，这才发现外面安静得过分。

"沈先生下午就出去了，大概不会回来吃晚饭。"阿姨说。

"哦。"她笑笑："正好我也准备休息，和你一起下楼。"

没有沈池的空间，虽然气息清冷，但压抑感也顿时少了许多。

承影在客厅的落地窗前站了一会儿，雨仍在下，天已经黑下来了。

Chapter 4
缘分

直到若干年后，在遥远的西南边陲城市里再次相遇，让从不相信命运的他都不禁觉得这世上或许真有缘分一说。

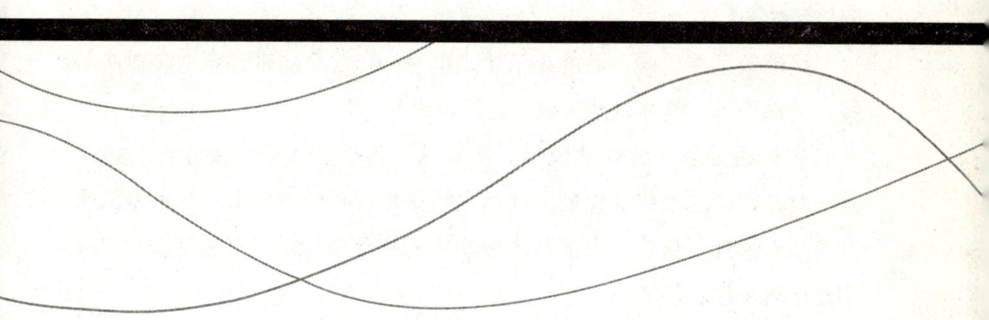

云海市最高档的私人会所建在西山半山腰，距离繁华的城中心很远，彻底与喧嚣隔绝。一路山道蜿蜒而上，山下是星光点点的霓虹，大半个城市的夜景尽收于此，而半山却常年雾气缭绕，清静得仿佛另一个世界。

今夜当班的经理是个中年女人，亲自领着服务生送了酒和果盘进来，笑嘻嘻地说："沈先生好久没过来了。"

独占了一整排宽敞沙发的年轻男人此刻正陷在晦暗交错的光影深处，修长的双腿交叠，一只手臂向后搭着沙发靠背，另一只手则随意放在膝盖上，面上表情不甚清晰，只"嗯"了一声算是回应。

经理早就习惯了这样的态度。

这家会所招待的客人本就不多，个个都似上帝，随便得罪任何一位都不会有好下场，因此每一位的脾性和爱好早就被他们摸得一清二楚。

有些客人亲善和蔼，有些客人则傲慢冷淡，另外还有一些，就比如眼前这位尊神，却是完全要看他当日心情的。

心情好的时候，他甚至会同他们开上几句玩笑。

不过今夜经理察言观色，很快就决定还是少开口为妙。

环绕着主位的两侧沙发上，陈南他们已经开始动手往杯子里倒酒。见经理还候在一旁，其中一人略抬起眼，随口吩咐说："叫几个人进来陪着玩骰子。"

经理应了声，向身后的小子比了个手势，才又面带笑容地转过头解释："很不巧，肖冰这两天病了，所以没来。"

这句话，是对着沈池说的。所以话音落下，大家都没作声，过了好一会儿，才见那张英俊的脸孔从光线深晦的暗处露出来。沈池微微倾身，从陈南那里接过一只酒杯，慢悠悠喝了两口，才似笑非笑道："你倒是记得清楚。"

天花板四角都装着柔和的射灯，此刻有一束正巧打在他的脸侧，映在那双漆黑的眼里，闪闪烁烁。

莫名地，经理的心跳快了两拍，因为听不出这句话是夸奖还是别的什么含义，只觉得他眼中那点轻忽的笑意深不可测。

叫来陪玩的人还没到。

沈池一边喝着酒，一边用搭在沙发靠背上的手指轻轻敲击着，看似散漫，却又一下一下极有节奏。

经理不动声色地往旁边挪了两步。

倘若换作平时，倒也不至于如此如履薄冰，只不过她猜他今天情绪不佳，于是一时间也不方便再接话。

可是那个肖冰，她也是绝对不会记错的。自从一年前被沈池看中之后，几乎就成了沈池的专用。时常被带出去吃消夜或兜风，再由专车送回来，可见确实得宠得很。

至少，她在这里没见过第二个人能有肖冰这样的待遇，能得到沈池这样长时间的垂青。

而她只是奇怪。那个姑娘综合条件并不是最好的，身材不够火辣，才情也排不到第一，唯一出众的恐怕只有那一副眉眼，如同得到上天的眷顾，实在是生得好极了，盈动迫人，顾盼神飞，时时刻刻都像是含着一汪泉水，在会所幽暗的灯光下更是显得璀璨夺目。

她不知沈池是否也是看上了这一点，反正她记得，几乎是第一次见面，肖冰就顺利得到了他的关注。

不多时，门被敲响，很快就有五六个姑娘鱼贯而入。

其中有几个在这里工作得足够久，早与陈南等人相熟，主动就坐到他们身边去。最后剩下一个短发瓜子脸的，站在房间正中央左右看了看，迈向主沙发的脚步显得有些迟疑。

“怎么，难道我会吃人？”沈池陷在沙发深处，左腿搭在右腿上，仍是那副看似悠闲随意的姿态，仍是那种要笑不笑的表情，微微眯起眼睛睨过去。

经理忙笑着打圆场：“陈洁是新来的，对规矩还不熟，请沈先生多包涵啊。”一边拿手在那纤细柔软的腰上连扶带掐地向前推了一把，示意她快些过去。

这时有人笑说：“哟，也姓陈，南哥，和你是本家啊。”

陈南这边已经和一个女人摇上骰盅了，哗啦啦的骰子撞击声不绝于耳，只匆匆抬头扫了一眼，笑笑没说话。

那个叫陈洁的姑娘在经理的催促之下终于坐在了沈池身边，离了却有十几厘米远。

沈池微微一笑，喝了口酒才转头看她：“我看上去很可怕吗？”

“不会。”陈洁连忙摇头，拿起矮几上的空酒杯，倒了半杯洋酒进去，双手捧着举到沈池面前说：“沈先生，初次见面，我敬您。”

灯光下，那张瓜子脸显得有些孩子气，五官清秀，细眉细眼的，就连嘴唇都有些单薄，泛着淡淡的珠光粉色。

这副长相倒让沈池觉得莫名的熟悉，可一时间又想不起曾在哪里见过。

他看着她拘谨的模样，拿起杯子象征性地饮了一口，才抬眼对经理说："谢五是不是在隔壁？刚才进来，我好像看见他的车。"

经理知道他和谢长云熟，有时候在这里碰上了，都会两间并作一间，最后一道离开。于是便交代："是的，晚上谢先生领着一位朋友来的。"

沈池了然："他那边有客人，我就不过去了。你去跟他讲，有空过来坐坐。"

经理很快就出去了。

沈池不再作声，只是看着其他人玩得热闹，半晌才忽然开口问："多大了？"

坐在旁边的人压根儿没反应过来，直到他转过头来看她，才愣了愣，细声说："22。"

22……

在心中将这个年龄默默重复了一遍，沈池无意识地晃了晃酒杯，琥珀色的液体在幽暗的灯下折射出神秘而漂亮的光华。

他与晏承影在台北分别，之后又在中缅边境重遇，那一年，似乎她也是二十二岁吧。

算起来明明只过了六七年，可是有的时候回想起来，那些事情却又仿佛已经隔得太久远。

其实，无谓的人和事他向来都不太上心，可唯独关于她的一切，无论过去多久，却始终还是记得清清楚楚。

* * *

那一年，在看似平静的中缅边境线上，22岁的晏承影，再一次闯进他的世界。那时候的她，漂亮得像一道极光，强烈炫目，照进他早已灰暗不堪的世界里。

台北一别，他曾经以为再也不会遇见。

然而那一天，她居然就那样笑意盈盈地突然出现，背着手微微仰着脸："沈池，好久不见了。"似乎惊讶，又似乎有更多的喜悦，眼眸里尽是光华闪动，竟比远处跳跃的篝火更加明亮。

彼时，他刚刚完成一桩交易，从畹町抵达芒市，受邀留下来参加一年一度的泼水节和篝火晚会。

邀请者也是醉翁之意不在酒。

那几年沈家势力扩张极快，他将触手伸向西南边境，难免要给当地人一些情面。

他对这类活动兴致不高，总共也就在芒市停留了一天两夜，却在最后一个晚上，看见她出现在篝火晚会上。

4月的云南，气候闷湿。

他喝了点酒，其实并没有醉，可是看到她那双星光般璀璨的眼睛，突然就有点恍惚。

很多记忆涌上来，竟然全是关于她的。

那个十六七岁的少女，穿白衬衫和蓝色半裙，放了学就回亲戚家做作业，乖得不得了。

和他是两个世界。

他依稀记得那是她在台北的姑姑家。因为他曾经在那栋小楼下等过她一次。

三更半夜，她是偷溜出来的，穿着最简单的T恤和牛仔裤，仍旧有些惴惴不安，压低声音询问："这样穿行吗？"

他将重型机车发动起来，油门轰得低沉作响，丢了个安全帽给她。

后来她向他承认，那是自己有生以来第一次坐着机车兜风。其实她不说，他也能看得出来，因为自始至终，身后那双手都将他的腰抱得牢牢的，并且当他们擦着汽车呼啸而过时，耳边传来的是预料之中的尖叫声。

他觉得好笑，下车后看着她发白的脸，挑着唇角问："怕了？"

"才没有。"她喘息未定，一手捧着安全帽，一手将几缕发丝拨到耳后，"只是不习惯。"

可是，这样简单的一个动作，却忽然叫他心猿意马起来。一路上，烈风激起她的长发，有好几次从他脸颊边擦过，带着若有若无的清香，让他觉得很痒，仿佛一直痒到心里去。

半年之后他离开台北。临行前的那一晚，他看见她卧室的灯光一直亮到深夜。她趴在桌前复习功课，然后似乎是拿了衣服去洗澡，等到再出现时，手里多了个电吹风，就倚在窗台边吹头发。

她的头发很长，绸缎似的又直又黑，大概不容易吹干。

那是台北的夏天，空气里弥漫着桂花的香味，有一点像她发梢的味道，有种隐约的清香和甜美。

在那晚之前或之后，他都没干过类似的事情。他花了几个小时的时间，只是倚靠在她家街道对面的院墙边，一边沉默地抽烟，一边看着那盏灯光最后熄灭。

直到若干年后，在遥远的西南边陲城市里再次相遇，让从不相信命运的他都不禁觉得这世上或许真有缘分一说。

他忍不住眼里带着笑，看着她的眼睛问："过得好吗？"

"还不错。"遥遥的火光之下，她笑得眉目舒展，告诉他自己是来旅游的。

"一个人？"

"嗯，背包自助游。"

他没再说话。

不远处的篝火晚会热闹非凡，阵阵欢笑和歌声飘过来，忽然听见她说："……好饿。"语气低嚅，似乎十分委屈，就像个可怜的小孩子。

结果到了市区找到餐馆，才知道她竟连晚饭都还没吃上。

"一个人出来旅行，更要保证营养和睡眠，免得病倒在途中也没人照顾。"他坐在她对面，一边抽烟一边教给她基本常识。

她不擅吃辣，滇菜口味又偏重，酸辣还带着微微的麻，让她忍不住停下来连灌了几大口饮料，然后才腾出工夫来应他："其实这就算是毕业旅行了。我对这一带挺感兴趣的，好不容易找到机会，下次再想来，也不知要等到什么时候了。"

"你今年大学毕业了？"

"是啊，不过我是本硕连读，所以苦日子还没到头。"

"念的什么专业？"他似乎是被她孩子气的形容和表情逗笑了，在淡白的烟雾后面微微眯起眼睛问。

“医科。”

他愣了愣，才倾身将一截烟灰弹在烟灰缸里，淡淡地评价道：“救死扶伤，伟大的职业。”

她点头承认：“这也是我的理想。”

“不错。”他的语气很平淡，只因为想起自己所干的行当，这样鲜明的对比，显然有些滑稽和讽刺。

吃完饭后，才知道她当晚要住在一间民宿里。

他只思索了片刻，便说：“晚上你跟我走。”

她仿佛被吓了一跳，瞪着明亮的眼睛看他。

他觉得好笑：“你在乱想什么？我是担心你一个女孩子不安全。走吧，我替你安排住的地方。”

他姿态悠闲地往回走，很快就听见她跟上来的脚步声。

其实民宿未必真的不安全。只不过，在这块土地上，大庭广众下她突然出现在他身边，早已不知被多少双眼睛盯上了。

最后他在酒店里给她开了一间房，就在自己房间的隔壁。

分手前将房卡交给她，并嘱咐：“有事给我打电话。”

她记下他的手机号码，挥挥手，愉快地道了晚安。

第二天一早，他用房间电话将她叫醒，吃早餐的时候问她：“你接下来想去哪里？”

其实她也没有特定的计划，倒是想顺道去瑞丽转转。

他听后觉得好笑，自己几天前刚从那边过来，但还是不动声色地说：“一起吧。”其实只是因为昨晚回房后接到的消息，似乎真的有人在伺机而动，而他不想拿她去冒险。

这次西南之行，他带了自己的车队，十数辆改装路虎浩浩荡荡排成一字开在路上，看得她几乎目瞪口呆。

“你到底是干什么的？”

“卖车的。”他这句玩笑说出口，就连前排副驾座上的陈南都忍不住回头望了一眼，然后又立刻憋住笑，若无其事地转过脸去。

“我不信。”她似乎突然想到了什么，于是侧过身冲他勾了勾手指，示意他靠近一些。

天高云阔，白天的阳光很好，透过车窗毫无保留地洒在她身上，给乌黑的头发铺上一层淡淡的金铂。

她的头发似乎比在台北时短了些，可依旧又顺又直，仿佛上好的丝缎。而她侧着身，背对着耀眼的光线，微抿着嘴角笑得有些俏皮。

一如当年。

在轻微晃动的车厢里，他看到她光滑漂亮的脸颊弧度，竟像是有些不真实似的。沉默了片刻，他才朝她的方向移了移，很随意地配合她的高度微微低下身。

耳边擦过轻微的气息，带着一缕特殊的甜香，“你好像还欠我一次兜风和一顿甜品。”

她的声音很低，显然是不想让前排的人听见。他顿了两秒才轻笑起来，也用同样压低的声音说：“我记得。”

在台北的时候，她似乎坐机车兜风上了瘾。明明平时看着如此乖巧的一个女孩子，却偏偏对这种行为产生了极大的热情。

每回夜里兜完风，他便带她去一家路边的老牌甜品店，吃上一碗再送她回去。

通常也不只是他和她，还有他的一帮弟兄们，各自带着女伴。其实就只有她与这个圈子格格不入。在台北不到一年，她就成了校花，加上成绩优异，体育文艺又都拔尖，简直就是那种最标准的好学生，与这帮穿皮裙染头发打七八个耳洞的女生自然不是一类。

可她偏又混得如鱼得水，和大家称兄道弟，相处得十分融洽。

不过，最后一次集体活动，他却爽约了。

他离开台北的时候很突然，几乎连个招呼都没打，就这么走了。

他没想到她还记得，这中间明明已经隔了五六年。

就像他也没想到，当时间在那次西南之旅过后又滑过了五六个年头之后，自己对往事却依然还是记得这样清楚。

＊＊＊

当谢长云推开门进来的时候，桌上的数瓶洋酒都已经空了。

沈池微眯着眼，坐着没动，只是很随意地抬了抬手指，招呼他："坐。"又笑道，"听说你前阵子不在国内。"

"昨天刚回来。"谢长云坐下来，解了袖扣，将衬衫袖子随意挽起来，显然是已经将客人送走了，所以才会如此放松下来。

旁边已有沈池的人倒了半杯酒递过来，叫道："五哥。"

谢长云在谢家排行老五。

他家家族大，堂兄弟姐妹算在一起至少也有二三十号人，又都是"长"字辈，叫名字反倒不如叫排行来得简便。于是从小到大，相熟的朋友几乎都没有称呼他大名的习惯，沈池手底下的人随沈池，见面一律恭敬地喊一声"五哥。"

送走了客人，谢长云也悠哉下来，让经理把自己存的酒拿过来，就坐在这个包厢里一直混到凌晨。

最后出门的时候，似乎大家都有些醉了。沈池的脚步略微有些不稳，走出没两步就被一双手给轻轻扶住。

他侧头看了一眼，是那个整晚都坐在旁边的细眉细眼的女孩。

"沈先生，您小心。"依旧是细细的声音。

他盯了她两秒，才抽出手臂来，拍拍谢长云的肩说："路上慢点。"

谢家的司机开着车先下山，车灯在蜿蜒的山道上忽闪两下，很快就驶远了。

沈池半躺在车厢后座，等车子启动，才叫了声："陈南。"

陈南连忙答应，同时从副驾座上转过头，还以为他有什么需要，结果却只见他微闭着眼睛，慢悠悠地问了句："看过《花木兰》没有？"

这个问题问得有些莫名其妙。

陈南怀疑自己是不是喝得太多所以听错了，正犹豫着要不要回答，就听沈池继续低声说："是好莱坞的动画片，《花木兰》。刚才坐在我旁边那个女孩，长得还真是像。"

陈南仔细想了想，倒真没怎么注意那位姓陈的"本家"，不过倒是想起另外一件事来："以前我帮嫂子买过挺多动画片原版碟，也许家里还真有这一部呢。"

他怀疑沈池也在家里看过，不然他平时哪有机会接触这种东西？

沈池这回没再说话，只是若有若无地低低"嗯"了声。

其实陈南晚上也喝了不少酒，脑筋不比平常灵光，平时在沈池面前提到承影是个不大不小的忌讳，兄弟几个都尽量避免此类话题，可是他今晚舌头微微打结，就连思维都似乎结在一块儿了，自然顾忌不到这个，顺口说完了仍旧没察觉。

过了好一会儿，他见沈池一直不说话，才又问："哥，要喝点水吗？"

沈池维持着半躺半靠的姿势没动，依旧闭着眼睛，声音有些低哑地吩咐："车窗打开。"

其实外头还下着雨，车窗降到一半，雨水就夹杂在风里一下子全都飘了进来。陈南怕他着凉，从座椅下拿了常备的薄毯，下了车绕到后座，探身进去给他盖上。

他倒是一动不动，呼吸有点沉，看样子像是真的醉了。

到了家里，阿姨迎上来，沈池反倒像是清醒过来了似的，大步上了楼。

主人房是个大套间，外头起居室的墙角亮着一排夜灯，主卧室里却是黑漆漆一片，他在卧室门口犹豫了一下，才终于推门走进去。

借着极淡的一点光亮，可以看见大床上那个侧身微蜷着的身影，从姿态来看，应该是背对着他常睡的那一侧的。

他就这么站在卧室中央静静地看了一会儿，才开始动手脱掉衣服和长裤。

淋浴的冷水打在皮肤上，与被酒精灼烧着的滚烫血液相抵触，换来一种微妙但又不太舒服的感觉。他晚上没吃饭，又喝了许多酒，此时只觉得胃里空得难受，草草冲完澡，头发只随意擦了两下便扔开浴巾走出去。

这一番动静其实不算太小，但床上的女人似乎根本没有被他吵醒，进来时她是什么姿势，现在依旧是。

现在是凌晨两点四十五分，她的作息早已与他不同了。

面对面的时间少，说话交谈的机会更是少。

他走到床边，手掌扶在她有些单薄的肩头，将她轻轻地扳了过来。

果然，他只刚刚碰到她，她的身体便僵硬了一下。

她醒着，或许一直都醒着。

只是装睡罢了。

黑暗里谁都没说话，但承影已经不得不睁开眼睛了。

这才发现他离得很近，近到一种几乎危险的距离。他的身上是清凉的淋浴液的味道，可是呼吸间却有淡淡的烟草和酒精味。

她下意识地皱起眉头想要偏过脸去，可是下一秒就被他强硬地扣住了下巴。

还来不及出声，温热的唇便已经压了下来。

一瞬间，她有些怔忡，或许是因为这突如其来的动作，又或许，仅仅是因为这过于熟悉的气息。

身体的反应最原始，也最诚实，从来都不会说谎。她熟悉他的气息，早已经深入骨髓，可又偏偏因为这两年长期的疏远，而令她有点恍惚。

黑暗中，他就单腿半跪在床沿，一只手压住她的肩，另一只手则扶着她的脸。她不自觉地伸手去抵，却碰到他赤裸而又肌肤微凉的胸口。

她像是触电般的，只在上面停留了一秒便下意识地缩回手，继而改成用腿去挡。

他虽喝了酒，但力道仍旧控制得极好，在她有所动作之前就已经用自己的腿压住了她的膝关节，不疼，却令她连动一动都困难。

就这样，几乎只在两三秒之内，她就被他轻而易举地压制在了身下。

可她不明白他今晚到底想要干什么。

他们太久没有接吻，甚至连拥抱都不曾再有，夜夜睡在同一张床上，可是中间却像有一堵无形的高墙，隔绝着彼此身体的触碰、体温的交换。

无数个夜晚，她在梦魇后醒过来，借着极淡的月光，看到的都是他的背脊。

明明伸手可触，近在咫尺，却又仿佛隔了跨不过去的万里迢迢。

数不清有多少次，她都自己宁愿陷在梦魇中不要惊醒。因为这样的感觉太难受，甚至比在噩梦中还要令人难受。

他和她之间，一切早已变得陌生，甚至陌生得可怕。所以，当他的唇在她的唇上辗转摩挲，最后即将撬开她齿关的时候，她终于不顾一切狠狠地抬起手肘向他击过去。

她没学过任何武术招式，这一下却结结实实撞在他的胸口。

他竟然没有防备。

她听见他在黑暗中极低的闷哼了一声，也不知她这一下是撞到了哪儿，但想必是真的痛，连压在腿上的力道都不由自主地放松了，于是她便趁着这个空当，想要逃下床去。

可是脚还没沾地，就又被他扔回床上。他这下似乎是动了真怒，因此动作不算温柔，摔得她头昏眼花。她在短暂的晕眩过后简直气急败坏，也不知从哪里生出来的力量，腾起身来就拍亮了床头的开关。

刺目的光线一下子洒满整个房间。

两人都不自觉地偏过头去，待到眼睛适应之后，她气得身体颤抖，几乎咬牙切齿地怒吼："你想干吗？"

沈池裸着上身，心口的位置还有一块不大不小的红痕，显然是刚才被她用力撞的。他的肩头隐约残留着水珠，乌黑的短发因为半湿着，在额前随意地垂下来，便让眼神显得有点模糊。

他毫不客气地一把拉过她，哂笑一声，冷着脸反问："你觉得呢？"

大概他也动了真怒，这一下力道极大，她猝不及防，站在柔软的床上本就重心不稳，几乎是整个人被拽到他跟前，挣扎中脚在床沿踏空了，就这么跌下床去。

毕竟是一个成年人的重量，又从高处突然跌下来，就连沈池都控制不了。最后她背朝后倒在地板上，一只手仍被他牢牢握住。她只觉得生疼生疼的，哪怕在那千钧一刻，他用自己的整只左手垫在她脑后做了缓冲，撞在地上的时候依旧疼得她眼冒金星。

沈池用一边膝盖撑着地，见她嘴唇都抿得泛白了，却依旧躺在地上一动不动。他以为这一下是摔到哪里了，正要低头仔细检查，她却一脚蹬过来，同时挣出了被自己握住的那只手。

他顺势向旁边退了一点，眼睛却仍旧看着她，看她微微吸着气自己从地上爬起来，安然无恙，他这才一手扶住床沿，不动声色地慢慢撑起身。

她的脸色仍是白的，也不知是因为疼痛还是生气，不住喘息着，一双眼睛却已经从之前的慌乱和盛怒中冷却下来，目光冷得仿佛能淬出浮冰。

她已经很久没有这样面对面地直视他了。

面对着他，她沉默了良久，最后才像是下了狠心，终于咬着牙一个字一个字地说出心里话："你在外面碰完别的女人，就别再来碰我。我觉得很脏！"

接下去的一周，承影主要在门诊坐班。

医院的门诊永远是最忙的地方，从早上八点开始叫号，一直到下午五点半，护士不间断地将病历递进来，喝口水的工夫都没有，就连中午也只留了十五分钟的吃饭时间。

在食堂排队打好饭菜，承影就近找了个空位，不多时身侧就有人落座，是住院部的护士长金娜。

"听说了吗，李主任离婚了。"金娜一边吃饭一边低声说。

"心内的？"

"嗯。昨天你不在，有同事看见一个年轻女人用车送他上班。后来一打听，据说年初就离了，现在这个还是省台的主持人。瞒得可真够严实的。”

“哦。”承影与当事人打交道不多，倒也不好太八卦，只随口说了句：“世事难料。”

金娜哼了声，“我看是男人都靠不住。混到主任这个位置，人也这个岁数了，居然就抛弃原配了。”

“你怎么知道是他抛弃的女方？”承影觉得好笑。

金娜一愣，转头看她：“一个女人四十来岁，轻易是不会主动提出离婚的吧？”

“那也未必。”承影用最快的速度草草吃了两口饭，收拾好餐盘起身之前才说：“也许是破碎的感情让人不堪忍受，与年龄和性别无关。”

金护士长看着她离开的背影笑了两声：“……搞得好像你深有体会似的。”

她举起一只手冲身后摆了摆，很快地往门诊去了。

晚上本没她什么事，但她还是找到值夜班的同事，主动提出换班，然后打电话回家告诉阿姨。

“您今晚不回来？”阿姨似乎有些意外，在电话那头仿佛犹豫着又追问一句：“那明天呢？”

“明天还有白班。怎么了？”

阿姨还没作声，听筒里就传来其他人说话的声音，好像在问有没有冰块。

承影听出那是沈池的人，也不觉得奇怪，陈南他们几个没事的时候都会聚在家里喝茶聊天。以前她兴致好，偶尔还会亲自下厨给他们做饭，将这一帮大男人喂得心满意足，竖起大拇指连番称赞。

电话那头不时传来讲话声和脚步声，看来今天人挺多，她想了想便主动结束了通话。

晚上拿着杯子出去倒水，就听见一群小护士正围坐在一起讲鬼故事。

大概其中有一个是新来的实习生，被她们逗得连连惊叫。

她走过去，拿杯子在台面上轻敲了敲，提醒说："你们小声点。"

"晏医生。"主讲的那个护士姑娘抬起头，脸上笑嘻嘻地："我们在给小刘说这家医院的历史呢。"

"什么历史？"她不禁皱眉嗤笑："全是无聊的人胡乱编的，你别故意吓唬小朋友。"

那实习护士小刘脸都有点白了，一副既害怕又好奇的模样，缩在她们几个中间，小心翼翼地向她求证："晏医生，她们说的到底是真的还是假的啊？"

"当然是假的。你胆子那么小，还敢听？你们几个，也别都聚在这里了，一整个晚上叽叽喳喳的多不像话，小心明天病人投诉。"她连哄带唬地又交代了几句，这才感到口袋中手机在振动，看见这群小护士散开干活去了，便走到一旁接电话。

陈南说："影姐，你的车弄好了，明天我叫人帮你开回来。"

她早已不许他们当面称呼她大嫂，就为了这个，沈池手下的一帮人很是花了一些时间去纠正。

"好。"她应了声，但这种事有必要非得这时候打电话说吗？

果然，那边停顿了两秒才问："你跟我哥昨天打架了？"

这个词用得很新鲜，令她都忍不住笑了两下："打架？你认为我打得过他吗？"

"那为什么……"陈南轻咳一声，突然就停住了。

"有话就说吧。"

"我是说，昨天送他回来的时候还好好的，怎么今天突然就腰伤犯了，而且左手关节也有点小伤……"

这段时间医院的信号不好，听筒里的声音忽远忽近的，她愣了愣，后背抵着走廊的墙壁，握着手机不作声。

昨晚那样闹了一场，她感觉元气大伤，在浴室里待了很久，等到出来的时候卧室里已经空无一人。

大概沈池是睡到客房去了，因为她没再听见楼下有汽车发动的声音。

而对于她最后说的那句话，他根本没有回应。

每个当医生都有或多或少的洁癖。可她受不了他的触碰，这与职业却没有任何关系。

只要一想到，他也许已经将所有的宠爱都给了另一个女人，又或是很多个女人，就足以让她开始排斥他。

谁说占有欲只是男人的专有属性?

她认识这个人的时候，并没有想到过十年后的今天，他们之间竟会沦落到现在这般境地。

曾经只属于彼此的感情和甜蜜，如今有了太多不相干的介入，忽然就从无价之宝跌到一文不值。

站在静悄悄的走廊上，承影莫名有些难受，她已经有很长一段时间都不允许自己因为这个人而难受了。

情绪沉下来，耳边听到陈南的声音："……喂，你在听吗？"

她心不在焉地低低"嗯"了一声："你现在还在家里？"

"对啊。"大概是嘴里叼着烟，陈南含糊地应道："我让人去接了个推拿师傅来，这会儿应该正在路上。"

"好，我在值班。"她顿了顿才说："明天回去。"

Chapter 5
记忆

那些尘封已久的记忆，平时被深深地锁在脑海的最深处，轻易不肯也不愿再翻动它。可是就在今晚，坐在喧闹嘈杂的路边，她才发现自己的记忆力原来竟是这样的好。

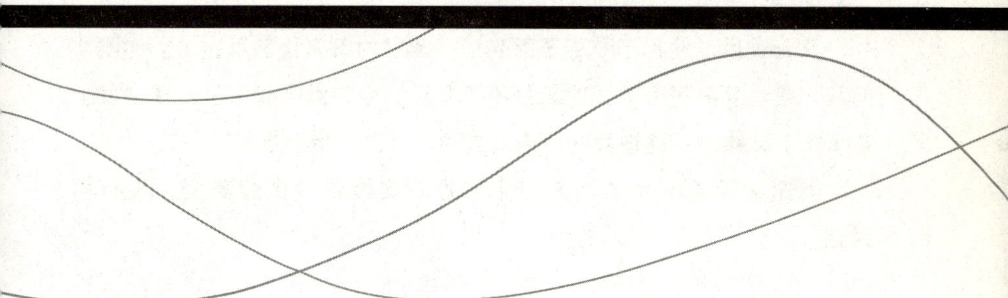

第二天是陈南亲自来医院接承影下班的。

上次在雨里被追尾的车子拿回来了，那样的小刮擦，修好后半点痕迹都看不出来，还跟新的一样。她站在车尾心想，可惜感情和车不同，裂了再补比登天还难。

路上陈南把大致的情形讲了，原来是沈池昨天一早亲自给他打的电话，说自己起不来床了。

“这两天天气不好，一直下雨，我原本就在担心他会不会旧伤复发。”说完他侧头看她一眼，“你们……没事儿吧？”

承影右手支在车窗边，撑着头，不动声色：“既然你好奇，昨天为什么不直接问他？”

陈南夸张地做了个投降的动作，笑道：“姐你饶了我吧！我也是好心才打听一下，要我当面去问我哥？我可不嫌自己命长。”

她笑了笑："好好开车。"半晌才盯着前方，不经意地问："现在怎么样？"

陈南愣了一下才反应过来，"哦，你是问我哥的情况？"

她斜着瞟去一眼，懒得接腔。

他嘿嘿笑了："其实你也不是不关心他嘛。"

"再废话，你就立刻下车，我自己开回去。"

谁知她话音刚落，陈南果真就把车沿着路边停了下来，跟她说："我去买点东西，你等一下。"

几分钟后，他拎了个袋子回来："家里的镇痛膏药用完了。你刚才问我，我也只能说今天比昨天好不了多少。中午勉强起来了，在沙发上靠了一下，结果还是被我扶回床上去的，自己一步都走不了。"

承影将架着的手收回来，十指轻轻交握着放在膝盖上，没有再说话。

到家的时候阿姨正在做晚饭，客厅俨然变成了牌局现场，四个男人围在茶几边打扑克。见到她回来，纷纷抬头叫了声"影姐"。

她点头，望向陈南，后者却难得做出一副无辜的表情，举高了手中的纸袋："需要我替您拎上去吗？"

她忍不住横去一眼，冷着脸接过来，上了楼。

沈池果然睡着客房里，她进去的时候正好听见他在讲电话。

声音略微有些低，仿佛带着倦意，但每句话都简洁明了，到最后他说："好，明天见。"

明天？

她下意识地看了看手中的膏药，没注意到自己已经将眉头皱了起来。倒是沈池，将手机扔到一旁，大概是之前听见门口有声音，这时便转过头来。

前天晚上在卧室闹出的动静不算小，只不过这两年，两个人似乎都已经达成了某种默契，都学会了如何在彼此的排斥中继续维持着相敬如宾的表象。

所以，他们很少去翻旧账，过得一天算一天，哪怕几个小时前脾气上来了冷言冷语互嘲一番，天一亮便又可以不咸不淡地聊两句天气和交通。

从没有事先商量过，但每一次的不愉快似乎都恰恰卡在一条临界线上，那是条危险的临界线，线内和线外将导向两种完全不同的结局。

不过前晚，在积压了许久而突然爆发的情绪下，她似乎感觉自己已经越线了。几乎是出于直觉的提醒，所以她在说完那句话之后便不肯再多说一个字，而是转头离开了难堪的现场。

窗外是烟雨蒙蒙的薄暮，成串的水珠从玻璃上慢慢滑下，模糊了原本绝佳的风景。

明黄的灯光照在他的脸上，没什么表情，却越发将他的眉目衬得清俊异常。

他将她从上到下很快地扫了一眼，最后沉沉的目光落在她脸上。

她抿了抿嘴角，若无其事地问："还是起不来？"边说边走进室内。

其实他此刻平躺着的姿势并不利于腰伤的恢复，俯卧应该会更好些。

她走到床边，才去看了眼窗外连绵的雨水，忽然有些心浮气躁，也不知这场台风带来的阴雨天气究竟还要持续多久。

对于她的问题，沈池没有回答，只是语调平平地问："手里的是什么？"

"膏药，镇痛的。"她看他一眼，似是下了很大决心才在床沿偏坐下来："现在感觉怎么样？"

"还好。"他没再看她，微微闭上眼睛说。

这样的对话和场却让承影有些恍惚，仿佛曾经也有过类似的情形。

只不过那一年，她半蹲在床边，而他趴着，一只手还捏着她的掌心，语气安抚："还好。"

可是哪里好了？明明受了那么严重的伤，明明腰上还缠着白色的纱布，刺得她眼睛都疼了。彼时她还在医学院念书，成绩最好的就是解剖学，可那是头一次，她发现自己竟然也会害怕，怕得手指尖都在轻轻颤抖。

这样的手，估计连手术刀都拿不稳吧。

当时，他没说太多话，又或许是真没气力多说，便只是用微凉的手掌覆住她的手。这样的安抚似乎有着极为神奇的力量，终于让她渐渐镇定下来。

那天她就坐在床边一步都没离开，一直看着他因为疲惫而沉沉睡去。其实她知道情况一点也不乐观，至少不像他说的那样轻描淡写，因为他的掌心温度低凉，始终带着冷汗。

当时，那难熬的一整夜，她心里想的是什么?

时间隔得太久，承影发现自己已经快要记不清了。

强迫自己回过神，她把手上的东西整理了一下，便说："陈南说昨天医生过来留了药，你转过去，我帮你按。"

他没反应，明明听到了却不愿搭理。

她深深吸了口气，耐着性子，又叫了他一声。

他依旧闭着眼睛："我动不了。"语气平淡得仿佛是在说着旁人的事，只有眉头微微蹙了蹙，似乎不愿意承认，又似乎不大耐烦。

她没想到这次居然会这么严重。最后只得扶着他，很轻很慢地协助他换了个体位，让他趴在床上。

过程相当艰辛，完成这一系列动作，身下的床单已经乱成一团。

按摩手法还是当年他初受伤后学的，特意请教了中医院的师姐，练习了很久才敢在他身上动手。

她记得那时候他还取笑她："白天是不是没吃饱，轻得像只小猫在挠痒。"

其实她只是不敢用力而已。心中将他看得太贵重，每一下都小心翼翼，难免失了专业水准。

药油的特殊气味很快就在房间里飘散开来。

她搓热了手掌才放上去，明显感觉到床上的人微微震了震，大概是因为痛。

不知怎么的，她心里忽然升出一丝莫名的快感。

其实从这个角度，只能看见他后颈伏贴的短发。他屈起一只手臂隔在前额和枕头之间，所以任何表情都被隐藏起来了。

第二下，她又加了两分力，猜测他是否已经皱起眉头。

整个按摩持续了十五分钟，他始终一声不吭，最后反倒是她全身起了一层薄汗。

用手背蹭了一下垂落在脸侧的发丝，她站起来说：“我去洗手。”

等到洗完手又换了件衣服回来，发现沈池正试着自己起身。

“你再乱动，估计明天哪儿也别想去了。”她冷冰冰地警告了一句，这才意识到自己的手已经伸出去一半，在空中僵了僵，到底还是扶住他的胳膊。

沈池似乎也愣了一下，可是眼睛并没有看她，只说：“明天让医生再过来一趟。”

她明知道他想干什么，但也只是动动嘴唇，没接话。

他自己的身体，自己负责好了，关她什么事呢?

按摩加药油似乎起到了迅速而短期的效果，沈池勉强从床上起来之后，撑着墙壁略微走了两步。但仍旧不能上下楼梯，所以晚饭只能端到房间里来吃。

承影这时候才想起路上陈南说的话，医生诊断是阴雨天气再加上突如其来的外力拉扯，才会导致如此严重的旧伤复发。

前晚她跌倒在地上，其实倒被他消去了大半的力道，所以自己毫发无伤。

不过，这一切本就是因他而起，所以她根本没有半点内疚或感激。

一整个晚上，楼下客厅里都热闹非凡，显然是有人真的将这里当成赌场了，玩得起劲了，谈话声、笑骂声不绝于耳。

承影去洗澡之前顺路拐到楼梯口，倚在护栏边朝下面看过去，随口问：“谁赢了？”

“南哥。他说一会儿要请我们吃消夜。”

陈南大概刚从大门口抽完烟回来，手上还攥着一把牌，笑着招呼几位送钱的财神：“少废话，打完最后一局大家赶紧撤了，别吵着大哥和影姐休息！”

“我倒无所谓。”承影转了个身，边往房间走边叮嘱：“你们慢慢玩，走之前把客厅给我收拾干净了就行。”

结果等她从浴室里出来，楼下已经变得静悄悄一片，显然人都走光了。

阿姨也已经睡下。她拿着干毛巾擦了一会儿头发，就听见隔壁传来一阵异常响动，走过去一看，原来是玻璃水杯掉在地板上摔碎了，而始作俑者正半靠在床头，既没有能力弯腰，也似乎根本没有打算弯下腰去收拾残局。

看到她走近，他也只是淡淡地说了句：“麻烦你了。” 手中的书本随着话音落下又翻过一页。

几乎是从她今天傍晚进门开始，他便始终是这副不冷不热的腔调。其实，从很早之前她就发现，这个人总有一种特殊的本领，当他不想和你亲近的时候，只需要用最简单的表情和语气，就能将彼此隔出千山万水的距离。

几十个小时之前，他还捏着她的下巴，无视她的挣扎和反抗，似乎不顾一切地强迫她做出最亲密的举动。

然而此刻，却又像在对待一个陌生人。

不过，她已经习惯了。

当习惯的时间过长，就会演变成麻木。她现在就在盼望着这一天的早日到来，盼望着自己终有一天会不再介意他的任何表情和话语。

她拿了块吸水抹布来，半蹲在地上微低着头，面色平淡地回敬：“不麻烦，这本来就是我的义务。”

床上的人半晌都没接话，只有书页翻动的细微声响。直到她收拾干净地板，才听见他微微低沉的嗓音：“明天一起吃晚饭，我让人去医院接你。”

她直起身来，见他盯着书本似乎看得专注，很快便想了个拒绝的借口：“我明天未必能准时下班。”

“那就请假。”他说得很果断，似乎这并不是建议，而是一个决定。说完，眼睛终于不紧不慢地抬起来，目光落在她脸上，“你就当是再尽一次义务好了。”

那双眼睛太过深黑，仿佛无底的潭，幽幽地望不到尽头，此刻却露出一抹显而易见的嘲讽情绪。

“好吧。”她怔了怔，与他静静地对视两秒，才忽然笑着答应下来，只是这份笑意太浅，并没有到达眼底。

客房的床很软，并不适合腰伤伤患睡觉。她本来还犹豫着要不要将他扶回主卧里睡，不过既然已经连着尽了两项义务，她就不打算再给自己增添负担了。

掉头离开之前她甚至平心静气地对他说了句“晚安”。

第二天醒来，连日的雨水终于停了，窗外竟是一片金灿灿的阳光，耀目得刺眼。

她开车出门，才走出十来米远就与另一辆车交汇而过，陈南坐在车里，旁边是沈家的家庭医生，是来给沈池做痛点封闭的。

一整个上午，当医生在沈家忙活的时候，承影正哄着一位小朋友躺到床上检查身体。

“来，乖乖躺好，一会儿阿姨给你糖果吃。”

“痛……”六岁半的小男孩苦着一张脸，从进门开始就不停地喊着背疼。

迅速做完常规检查之后，承影建议家长先带孩子去拍片。

男孩的母亲看上去有些慌乱，眼睛红红的，抱起儿子一个劲儿地说：“他昨天一直说背痛，我还以为他是不想去上钢琴课找的借口，还把他骂了一顿。医生，你检查出来到底有什么问题啊？为什么他会痛得整晚不睡觉？”

小男孩趴在母亲肩头，一张苍白的小脸无精打采。承影开完单子交给那位母亲，温言安慰："你先别着急，先去拍个片子看看再说。"又在他们离开前轻轻捏了捏小男孩的手，塞给他一根棒棒糖，笑说："你真是个坚强的小男子汉，这是阿姨奖励给你的。"

可是片子出来了，结果却并不理想，甚至让承影大吃一惊。

六岁男童的脊柱边有个十分明显的阴影。

那位母亲已经哭得泪如雨下，惹得小男孩一个劲儿地拉着妈妈的衣领，呆呆的，似乎被吓到反而忘了喊疼。

看着那张不知所措的小脸，承影心中微微发紧，很快就安排他们去做进一步的检查和扫描。

一大早就遇上这种事，病患又还那样小，难免让她的心情受到些许波动。直到傍晚离开医院时，她还记挂着那个小男孩的检查结果。

当年她还在医大念书，她的导师是国内神经外科赫赫有名的权威，在一次公开教学中，导师说："医生要有一颗慈悲心，但又绝对不能让这份慈悲影响到你们的思维和情绪……要时刻谨记，面对患者，你们是一名医生！也只是一名医生！当你们在用专业技能去救人的时候，同情、悲伤，以及任何一种情绪都是多余的，甚至是拖后腿的。你们手里拿着手术刀，首先要割除的，就是这些多余。"

她在此后多年间反复忆及这段话，可惜却无法百分百地按照导师的训诫去当医生。

她有一双稳定的手，但始终做不到心如止水。

甚至常常会想，如果真能用手术刀割除那些多余的情感，是否自己此刻早已与沈池摆脱纠缠？而且，手术刀那样锋利，只要够快够准，应该不会太疼。

来接她的车就停在医院的地下停车场，见到她下了班从电梯间出来，车灯忽闪了两下，立刻缓缓从车位里驶出来。

恰好有不怎么相熟的同事看见，挽着自己的男朋友，竟然一边走上前来打着招呼一边好奇地问："晏医生，你老公？"

承影笑笑："不是，只是一个朋友。"

"哦，听说你老公是做大生意的，应该比较忙哦？都没见过他接送你上下班。”

带着八卦之心上手术台是否比带着同情更危险?

承影依旧好脾气，笑容完美得像极了某牙膏广告中的女主角：“他经常出差，确实没什么空。我开车技术还不错，而且一个人上下班，时间上比较自由。”车子已经缓速驶到跟前，她冲同事略摆了摆手：“我还约了人吃饭，有空再聊。”

同事好奇地往车里张望了两眼，无奈玻璃是特制的，从外面根本看不到里面的样子。

承影上了车，似乎有些疲倦，连声音都低了几度，问：“去哪儿？”

司机报了餐厅的名字，她便不再说话。

吃饭的地方是一家环境私密的日料店，总共也就七八个包间，连大厅都没有，老板一向都只拿来招待熟客的。

狭长的走廊迂回曲折，过道两侧每隔十余米便挂着一盏日式红灯笼，一路走过去，隐约可以听见淙淙的流水声，低沉悦耳，一时又找不到源头在哪里。

侍者穿着素雅精致的和服，微弯着腰，替承影拉开包厢门。

沈池已经到了，与他面对面坐着的，则是一对陌生的年轻男女。

她的目光略略扫过去，只见他坐姿毫无异常，脸上的表情似乎也十分放松，看来都是医生的功劳。他这样强行令自己迅速好转，倒让她不由得对今晚客人的身份有了些许兴趣。

能让沈池放弃休养硬撑着来见面的人，来路和来意估计都不会简单。

心思默默转了几圈，她人已经走到沈池身旁坐下。

“韩睿，方晨。”沈池微微笑着介绍：“我太太，晏承影。”

“你好。”对面说话的那个年轻女人穿着一件宝蓝色丝质连身裙，这样格外挑人的颜色，却将她衬得肤白胜雪、明艳照人。

承影对着她客套地笑了笑：“很高兴认识你。”

“他们刚从国外度假回来，昨天在香港转机，是临时把目的地改成云海的。”沈池微微侧转过身子，难得地对她说了很长一段话：“我跟韩睿认识很久了，不过近几年各自忙各自的，也没什么机会见面，就连他结婚我都恰好没时间去现场。这次难得聚一下。”

“怪不得。”承影的样子看上去仿佛是真的有些遗憾，又仿佛娇嗔，对着沈池抱怨：“说起来，好像你有很多朋友都是我不认识的。”声音倒是不大不小，保证每个人都听得清清楚楚。

沈池不由得又侧过头多看了她一眼，微不可见地挑了挑眉，旋即便伸出一只手从后面握住她的腰，笑得很是轻松随意：“看来你是在控诉我这个老公当得不够称职了。”

“嗯。”承影的身体极适时地往前倾了倾，不着痕迹地避开触碰，亲自拿起茶壶为两位客人添茶水。

她做这件事的时候似乎很专注，因此显得十分客气有礼，就连眼睫都微微垂下，只盯着温热的水流徐徐落入杯中。

“有时候是挺不称职的，就像今天还有同事问我，为什么从来没见你接送我上下班。”

她说话的时候并没有抬起眼睛，语气中似乎有些不满，但又更像是在熟人面前的打情骂俏。沈池从旁边盯住她的侧脸，一时并不接话，只是眼睛里的笑意有些高深莫测。

倒是对面的方晨轻松地反问：“这个时候，男性不是应该立刻以工作太忙为借口，并主动承诺送上一份礼物以安抚一下妻子吗？”她笑着望向沈池，后者已经收回目光，一边拿起茶杯递到唇边，一边不紧不慢地得出结论：“看来这套程序是韩睿惯用的。我没试过，不知道好不好用，效果如何？”

“不是特别好。”方晨状似遗憾地摇摇头，“男性在创造力和想象力上总是有所欠缺，而追求新意却又是女人的天性。供需不对等，矛盾就由此产生了。”说完，她转过头，一本正经地询问身侧的人：“你觉得呢？”

几乎是一进门，承影就注意到了，眼前这个姓韩的男人身上似乎有种十分特殊的气质，冷峻、清凛，话不多但存在感太强，强大到让人几乎无法忽视。

可是这个时候，她却看见他轻笑出声，用半是调侃的语气说："我怎么感觉今天是在开批斗大会？早知道应该让你们自由活动，我和沈池单独见面就好。"

谁知方晨立刻煞有介事地点头："这个提议不错。"又笑着跟承影商量："不过现在我饿了，等一会儿吃完东西，不如你陪我出去逛逛？"

"没问题。"能远离某人，承影正求之不得。

于是结束了正餐，她们稍做休息便自行离开，留下两个男人借着叙旧为由谈正事。

和室的一角熏着淡香，带着一种不知名的神秘的气味，袅袅环绕在私密的空间里。沈池不喜欢这种香味，但方才大约是因为承影就在他身边，鼻端拂过的倒多半是她身上的清香，成功地分散了他的注意力。

这时她一走，他就让人将熏香小炉整个端了出去，才又从口袋里摸出烟盒来，分给韩睿一根。

明亮的火光倏忽跳跃起来，映在那副清俊平静的眉眼间。

韩睿单手随意地支在矮桌上，夹着已经点燃的香烟却并没有抽，只是看着他，半真半假地调侃："想不到你倒是体贴得很。"

沈池将打火机扣在桌上，缓缓吐出一口烟雾来，才漫不经心地抬眼问："什么意思？"

"当着你老婆的面，你怎么一根都不抽？我记得你从前可不是这样的。什么时候也开始顾及女人的感受了？"

"我终于有绅士风度了，不好吗？"沈池不置可否，只是似笑非笑地反问。

"好不好，我说了可不算数。"韩睿很快就收起了调侃的神色，语气微正："有笔生意，我这次来是想问你有没有兴趣一起合作。"

"说来听听。"

沈池仍旧保持着方才那副漫不经心的表情，一双眼睛在淡白虚缥的烟雾背后微微眯起来，慢条斯理地弹了弹烟灰。

韩睿却没说话，只是拿右手食指蘸着茶杯里的茶水，在深褐色的桌面上写下两个字。

和室的小窗半敞，正对着葱郁的店家后院，是整个店里位置最佳的一间。低垂的夜幕之下，院落安宁静谧，竟连一丝虫鸣都没有。

淡淡的水渍落在封了漆的檀木桌面上，隔了好一会儿才渐渐干掉。

直到最后那一笔不轻不重地落下，沈池的眉峰随之微微一挑，仿佛是沉思了两秒钟才问："你想和谁做这笔买卖？"

"我一直都想把生意带向正轨，这种事情能不碰就尽量不碰。只不过美国那边的情况太复杂，我养父所在的是一个庞大的家族，堂表兄弟、子侄加起来有不少人。虽然目前那个家族的生意是由我说了算，但难免还是有人会有其他的想法。"韩睿顿了顿，直视着沈池："最近被我知道，他们当中有人私下在向中东多个国家的反政府武装提供武器，用取得的资金来补给他们新开辟的毒品交易市场的资金链。这些人中不乏家族元老级的人物，没有万全的准备也轻易动他们不得。而在中东方面，无论是国家政府还是当地的反政府武装力量，我知道你一直以来都与他们保持着良好的合作关系，你是他们的贵宾。所以，这次我是想通过你的渠道，帮忙找出这些人来。我要的是具体名单，以及下一次的交易时间。"

"哦？"沈池听完，不动声色地笑了笑："照这样讲，你养父家族里的某些人，倒是进了我的地盘抢生意了。"

韩睿对这话未置可否，他将燃得剩下半截的香烟叼在嘴边，伸手拿起先前那杯茶，将茶水缓慢尽数倒进茶桶中，仿佛是被烟雾熏燎的，寒星般的眼眸不自觉地微微眯起来，因为叼着香烟说话，所以声音显得有些含糊，又仿佛是漫不经心："……我听说你最近在云南那边遇到些棘手的事情，如果你不介意，我可以插手替你解决掉。"

和室内有片刻的静默。

修长匀称的手指在桌沿不紧不慢地叩击了两下，最后沈池终于淡淡地笑起来："这可算不上是我们的合作，大约只能算是个交易。"

“对，就是一笔交易。”韩睿说得更加直接：“我们各取所需，你觉得如何？”

“我原本是准备自己去一趟云南的。不过现在看来，这一趟倒是可以省下了。”

“那么一个月之内，你会得到满意的结果。”

“一个月啊……”沈池停下来思索了两秒，“我这边可没办法给你同样的时间保证。”那张过分英俊的脸上表情似乎有些遗憾，语气里却是半分愧疚都没有。

韩睿微微一笑，也不介意：“不急。这么多年都等了，也不急于这一时。”

“好。”沈池亲自执了茶壶，为对面的空杯子再次添满茶水，笑道：“那就祝我们交易愉快。”

“这不是第一次，但希望是最后一次。”韩睿举起茶杯示意了一下。

“世事难料，我从不说这种话。”沈池的笑容里带了点高深莫测的意味，端起茶喝了一口，这才一边捻熄烟蒂一边接起振动了半天的手机。

对方在电话里汇报：“……影姐和韩太太去了东城夜市，我们一路远远跟着，现在她们两个人似乎在找大排档。”

“大排档？”沈池低头看了看腕表，随口说：“随她们吧，你们盯紧一点就行了，别出岔子”

“知道。”

“去吧。”他挂断了手机，又不禁再一次确认了一下时间。

离她吃完晚饭才过了一个小时而已，怎么饿得这么快？

可是，这两年她同他在一起的时候，食量看上去却总是小得可怕。

所以他已经很少和她一起吃饭了。面对着他，她一副食不知味的样子，只会令他也没了胃口。

想到这些，他下意识地又从烟盒里抽出一支烟来，点燃的时候只听见韩睿说：“什么时候有空去我那里，你还没见过我儿子吧。”

“儿子？”拢着火焰的手在半空中顿了顿，他抬起头来说：“你什么时候当了爸爸，我都不知道。”

“那小子两周岁还不到，带出来不方便。”

“那要恭喜你一声了，明天先帮我带份礼物回去送给小家伙，改天我再去看他。”沈池淡淡一笑，动作熟练地合上打火机。眼底被这簇倏然明灭的火光映衬得幽黑深远，他微偏过头，漫不经心地抽了两口烟，隔着一层虚白的烟雾，看向窗外的夜景，一贯淡漠稳定的眼神难得显得有些缥缈。

几乎是同一时间，承影终于领着方晨在一家大排档门口坐下。

连接女性之间友谊的捷径通常只有两条——购物和食物。

方晨用纸巾将泛着油光的折叠桌面略擦了一遍，又和承影一起拿开水烫了碗筷，才听承影说：“这家的烧烤是全云海最一流的，你待会儿一定要尝尝。”

“你对这里很熟悉？”方晨饶有兴趣地环顾四周，明明夜幕才刚刚降临，但这家店的生意已经好得不得了，摆在门口的桌子有八成都被占满了。四周灯火通明，几个服务生正整箱整箱地往外搬啤酒。

承影将烫好的碗筷一一摆上，说：“我刚到云海的时候常常来。”

“你不是本地人吗？”

“不是。”

“那你跟沈池是……”

“在我来云海之前就已经认识他了。”仿佛是猜到方晨的意思，承影微微顿了一下才说：“但我最初会定居在这里，只是因为工作的原因，跟他没什么关系。”

“原来如此。”方晨说：“听沈池讲，你是医生。”

“嗯。”

方晨让人开了瓶啤酒，倒上两小杯，笑道：“这个职业很好。来，我敬你吧。”

“敬什么？”承影微微弯着嘴角，等待下文，心情看似不错。

“敬救死扶伤！”

清脆的玻璃杯相碰的声音，却令承影有点恍惚，她喝完酒才鬼使神差般地回忆起来："救死扶伤这个词，沈池第一次知道我的职业时，好像也是这样评价的。"

"是吗？"方晨只当是打发时间，边吃东西边好奇地问："你们是怎么认识的？"

"在台北，我认识他的时候，还在念高中……"

多么奇怪，对着一个尚算陌生的女性朋友，她似乎反倒能够坦然地聊一聊自己与沈池之间的事情。

那些尘封已久的记忆，平时被深深地锁在脑海的最深处，轻易不肯也不愿再翻动它。可是就在今晚，坐在喧闹嘈杂的路边，她才发现自己的记忆力原来竟是这样的好。

明明已经隔了这样久，但她竟然全部都记得。

Chapter 6
重叠

他与她之间，隔了万水千山的相遇，之后又隔了漫长无际的分离，就像两条正反抛物线，如今再度重叠在同一个点上。

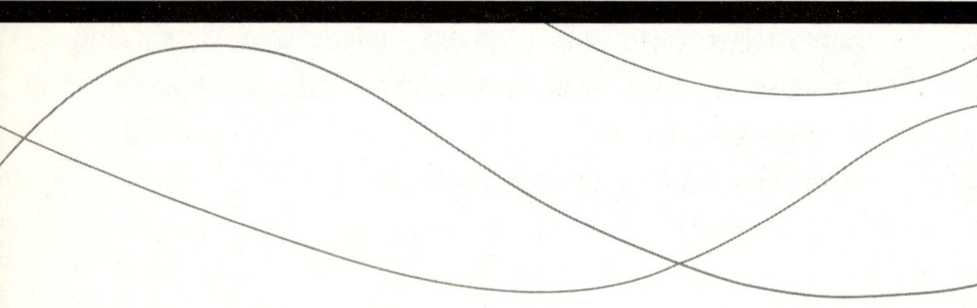

其实早在那个清晨，沈池带着刀伤胁迫她替自己包扎之前，他们就已经见过一面了。

那时候，她刚到台北还没多久，最先认识的倒是沈池身边的一个弟兄，名叫宋钧。

宋钧是当地出了名的小混混，当时也不过才十七八岁，明明是个长相清秀的大男孩，可偏偏性格顽劣反叛，打架闹事总少不了他。某次他在学校大门外头乱溜达，冷不防撞见刚刚放学的承影，之后便发动了猛烈而直接的攻势，连着好几次约她吃饭看电影，却都被她巧妙地避开了。

谁知她越是躲，他就仿佛越是觉得有意思，最后竟发展到蹲在校门口特意堵她，一天两次，并乐此不疲。

要说一点都不害怕，那是假的。

初到台北，在那样一个陌生的环境里，她似乎总是缺少安全感。班上也有玩得要好的女同学，听说了她的情况，便自告奋勇每天陪她上下学。

可总难免有落单的时候。

那天死党阿珍不在，她下完自修课，远远就看见那个已经很熟悉的身影，穿着白T恤和浅蓝色的破洞牛仔裤，染着一头黄毛，正靠在大门口的墙壁边抽着烟。昏黄的灯光下，又隔着一些距离，其实他的面孔不甚清晰，倒是左耳垂上的耳钉闪闪发亮。

连续一个礼拜都被这样精神折磨，承影几乎有种濒临崩溃的感觉。她不明白自己怎么就招惹上了这种人，像个牛皮糖，甩都甩不掉，简直如影随形。

偏偏那天晚上特别黑，月亮被云翳遮得严严实实，沿途的路灯光线幽暗，她抱着书包越走越急。可是，无论她走得多快，身后始终有人跟着自己，不远也不近，就那么亦步亦趋地跟着，偶尔还会吊儿郎当地吹声响亮的口哨，轻浮地喊她的名字，明显就是以捉弄她为乐。

她觉得自己简直是受够了！既不想回头搭理，又实在烦得要命，心中很有一种明天就去办理休学手续的打算。

所以，当她拐进回家必经的那条小路，却险些不小心撞进一个陌生怀抱的时候，几乎是下意识地，她想都没想就伸手抓住对方的手臂，语气恳切地求救："请你帮帮我……后面有坏人跟着我，我很害怕！……"

事后想起来，这样的求救，本身就是一种极为危险的行为。

夜那样黑，路又偏僻，她甚至还没来得及看清楚对方的长相，就已经将那个人当成了救星。

其实是她低头走得太急，撞到他的时候，因为距离太近，她甚至能够闻到他身上有很淡的烟草味，混在另一种冰凉的、仿佛薄荷一般的气息里。

碎冰一般，凛冽而沁人。

初夏的一阵夜风沿着墙角悄然拂过。

她走投无路般抓着他的手臂，触到的是棉质的衬衣衣料，十分柔软，还带着陌生男性的体温。而说话的同时，她也微微抬起头，终于有时间看清楚那人的脸。

此时，遮蔽满月的云层恰好被微风吹散开来。

天际那一点隐约的银白月光正好就扫落在他的侧脸上，年轻而又英俊的线条被勾勒得无比清晰。她看见他微微垂下目光，也正同样地看着自己，眼底是一片异乎寻常的深亮。

她慌不择路，而他却无比镇定，只淡淡地看了她一眼，并没有伸手推开她，而是不紧不慢地转移了视线，朝着她身后看过去。

仿佛有人壮胆，她也跟着回过头。

宋钧不知何时已经停下了脚步，隔着十余米的距离，脸上还是一贯散漫不羁的表情，只不过语调忽然变得正经了，耳垂上的耳钉闪了闪，很快便开口喊了声："老大！"

她一时还反应不过来，就听见身旁的年轻男人说："这么晚了，你在这里做什么？"

这个人有一副极其好听的声音，在深夜的空气中慢悠悠地划过，带着近乎慵懒的磁性。而她却只是愣了片刻，手便微微一抖，仿佛被人拿开水烫了一下，十分迅速地从他的手臂上滑了下来。

她往旁边退了两步，不禁一脸戒备地重新打量着眼前这个男人。

他穿着黑色长裤和黑色的棉质衬衣，袖口随意地半卷着，一只手还插在裤子口袋中，看到她瞬间受惊的表情，他似乎觉得好玩，薄唇边露出一点十分轻微的笑意。

* * *

"这么说来，是英雄救美了？"方晨听得有趣，忍不住笑着打断道。

"也算不上。我倒是情愿当时没被他救。"

因为想到后来的种种，承影说这句话的时候心思曲折迂回，可方晨哪里听得懂，只当她是开玩笑，不禁感叹："这样的相遇方式称得上浪漫了，倒像书里的情节。"

承影端起酒杯，冰啤顺着喉咙一路滑下，但那一点苦涩却始终缠绕在舌根久久不退。

她换了个话题，问方晨："一会儿还想去哪儿逛逛？有什么东西想买的吗？"

"你陪我去买玩具吧。"

"玩具？"她似乎有些讶异，"你有孩子了？"

方晨弯着眼角笑起来，放下筷子："怎么，不像吗？"

承影打量了她一下，摇了摇头。

其实是真的看不出来，大约是因为方晨身材保持得太好，根本不像生过孩子的人。承影有点走神，耳边就听见方晨问："你呢，有孩子没？"

她怔了怔才说："……没有。"回答这两个字的时候，气息不禁有些凝滞，仿佛一时间酒气上涌，冲得她胸口犯堵，就连鼻腔都难受起来。

第二天下午，沈池亲自将韩方二人送去机场，看着他们过了安检，他才摸出手机来，按下快捷拨号键。

等待音响了很久，就在他准备挂断的时候，听筒那边才传来一声平淡的应答。

他说："方晨让我转告你，有空去C市玩。"

"……替我谢谢她。"

他听见那边声音嘈杂，似乎正有人大声争执，便问："出了什么事？"

"没事……几个病人在为插队的事吵架……我不和你说了，先这样吧。"

听到沈池应了声"好"，承影才挂掉电话，再度皱眉看着那几个堵在门口争吵不休的男男女女，终于忍不住拿水笔在桌面上敲了敲，示意他们安静：“请你们到边上解决完了再回来，别影响后面的人看病。”又吩咐站在一旁劝架的小护士：“把他们带到外面去。”

吵架的人当中，有个中年男人的嗓门特别大，立刻不服气地叫嚷起来：“刚才叫号的时候你们根本没人应，现在明明已经轮到我们了，凭什么要把我们赶到外面去？”

他一手揽着自己的妻子，大步流星地挤了过来，对承影说：“医生，我老婆发烧头痛，你快点给她检查一下！”

结果他话音未落，另一拨人也马上冲了上来，堪堪挡在他与承影之间，堵得密密实实。

他们人多，看样子都是兄弟姐妹，同样不甘示弱：“你可真好意思说！我们在外面排队的时候，你和你老婆还没来呢！”

“……就是啊！我们刚才只是带老太太去了趟厕所，回来就发现你插队！怎么，你还有理了你？”

“谁让你们集体往厕所跑的？叫号叫过了能怪谁？我看你们这就叫占着茅坑不拉屎！”中年男子骂得口无遮拦。

“怎么说话呢你！”

那一家人只一个女的护着老太太，其余几个都已经沉了脸色，冲上前指着中年男人。

中年男人却冷笑连连：“老子就骂你，怎么了！”

……

一群人挤在急诊室里吵得不可开交，脾气竟一个比一个暴躁，很快就伸出手去互相推搡。

承影被堵在座位上进退不得，本想开口劝阻，但声音早已被淹没在一片叫骂声中。这时又有两个护士从外面匆匆跑了进来劝阻，可都是年轻女孩子，不但拉扯不住反倒被推到一旁。

最后也不知是谁先动的手，大约是气得急了，竟随手抄起承影桌上的一只笔筒，朝对方扔了过去。

这一下，彻底乱了套。

只听哗啦啦几声声响，能被拿来当作攻击武器的东西全都遭了殃。承影的手边原本有只喝水的玻璃杯，她这一整天因为忙，也没顾得上喝几口，此时却被人狠狠举起来。

几秒钟之后，玻璃撞击到墙面的声音伴随着几声此起彼伏的低呼，终于让菜市场般的诊室短暂地安静下来。

玻璃碎片和着水花四溅纷飞，有个小护士惊叫道："晏医生！"

承影用右手按住右边额角，然后翻开手掌一看，竟是一片鲜红的血渍。

之前还在大打出手的肇事双方此时都不禁呆住了，只是微愣地看着几个护士挤到承影跟前问询察看。

原本只想攻击对方，却没料到误伤了医生。

承影吸了口气，皱着眉头摆了摆手，说："没事。"她一边绕开那两家人往外走，一边冷静地交代："小李，你们几个把这里收拾一下，顺便等保安过来。我去处理一下伤口。"

她到了护士站，让人替她冲洗伤处。没想到伤口竟比她猜想的要深，做完消毒处理后又缝了两针，压上纱布才算了事。

"这算不算工伤？"包好伤口后，她对着镜子照了照，不免苦笑着自嘲。

行政主任过来看了之后，特意批准她休假一天，又打算安排车子送她回去。

她婉拒了院方的照顾，坚持自己开车回家。

其实额角还是疼，之前又流了不少血，车子开到半路上，竟觉得头晕目眩。

最后不得不靠在路边停下来，她趴在方向盘上歇息了片刻，才拿出手机给沈池打了个电话。

事实上她很少主动向他寻求帮助，即便真有困难，也只是首先打给陈南。只不过，今天、此刻，她疑心自己真是失血过多所以犯迷糊了，要么就是因为通话记录里沈池的名字恰好在最前面，所以自己才会这样顺手地拨给他。

他到得很快，甚至快得出乎了她预料。

车子临时停靠的地方并不好找，而她又头晕想吐，根本没本事把周边的环境描述得太详细，可他居然这么迅速就找到了她。

从车里被扶下来的时候，她感觉到他的目光在自己覆着纱布的额角停留了一会儿，俊秀的眉微微皱起来。她以为他会说些什么，但他最后一个字也没说，只是将她送到他的车上。

家中的阿姨知道她的习惯，为避免伤口沾水，只得在浴缸里预备好了热水，又仿佛是担心，于是特意叮嘱："您这伤口遇不得水的。"

承影打起精神笑一笑："我知道啊，别忘了我是医生。"

可是医院里病菌那么多，不洗澡实在没办法上床休息。

潮湿的蒸汽氤氲在浴室里，梳妆镜上模糊一片。她脱掉衣裤，又拿手在镜面上擦出一小块来，正看着额头上那恼人的白色纱布，玻璃门突然就被人打开了。

沈池的出现令她吓了一跳，条件反射般地去拿架子上的浴巾遮挡，却听见他在身后说："到底怎么回事？"

"病人之间有纠纷，不小心伤到我的。"她拿浴巾在胸前象征性拦了一下，才转过身："这种问题可以等我洗完澡出去后再问吗？"

沈池没作声。

她就站在他面前，咫尺之遥，全身上下近乎赤裸，莹白的肌肤在热气包裹下泛着一种仿佛象牙般柔润的光泽，也因此更显得额角那一块有些刺眼。

他问："流了很多血？"

"嗯。"

"痛不痛？"

"……还好。"她突然沉默下来，隔着迷蒙的水汽，触到他沉沉的目光，心底的某块地方竟似微微有些松动，只因为他说这两句话的时候声音很低，低得近乎温柔。

可是，温柔?

这多么不现实。

他与她之间，仿佛早已没了这两个字存在的空间。

所以，这一切都只是幻觉吧。

这浴室里的雾气太重太潮湿，柔化了彼此的眼神和声音，仅仅只是这样而已。

谁知她心里的念头未歇，就见他走到浴缸边微微弯下身体，拿手指试了下水温，回头说："过来。洗完了早点上床休息。"

她却愣了愣："你不出去?"

他看她一眼："你不是一直头晕吗?我不想你待会儿晕倒在这里。"

见她仍旧站在原地没反应，他索性走过去，直接伸手拉开她挡在胸前的浴巾，半搀扶半强迫地硬是将她塞进了盛满温水的浴缸里。

他的动作有点蛮横粗暴，可是她也没什么力气同他抗争。

其实她确实头晕，而且浴室里空气不太流通，越发让她感到精神不济。

但更多的，却是吃惊。

她整个人浸泡在水里，他就站在浴缸边，倒让她有点不知所措起来。

可他仿佛没有察觉她的心思，只是半蹲下来，撞上她更加讶异的眼神，他的语气反倒是轻描淡写："我帮你洗，或者我看着你洗，你选哪个?"

能不能两个都不选?

但话到嘴边却又被全数咽下。不得不承认，洗澡的时候还有人旁观，确实不是一件令人愉快的事。

那只温热的手掌隔着湿滑的浴液在光裸的背部不轻不重地游走。

随着水温的下降，浴室里热气也在逐渐减少。可承影坐在那里，却仿佛越发的头重脚轻。

近乎密闭的空间里，没有人讲话，只有偶尔的水花激荡声。额角隐隐作痛，痛得什么都思考不了，却又似乎在这瞬间回想起了很多事情。

从前倒是经常一起洗澡。

淋浴，或是浴缸，他们都试过。在水里仍旧激情缠绵，仿佛难以分开的连体婴一般。

那个时候不管当着他的面做什么，好像都是十分正常而又自然的事。浓情蜜意，能将两个人融为一体，不分彼此。

她总喜欢隔着淋浴下的水流同他接吻，眼睛被水冲得睁不开，于是只依靠嘴唇和手指去细细密密地感受对方。

那是最真实的接触，也是最直接的表达。

那样的吻和爱抚，让她每每都不忍结束，总会生出地老天荒的梦想。

那些往日的零碎片段一一从脑海中掠过，仿佛发黄老旧的电影胶片，极缓慢地倒带。最后，她竟似有点迷糊了，分不清时间和空间的距离，身体微微偏过去，将下巴搁在他的肩头，缓慢闭上眼睛，“很晕。”

她的语气低微模糊，其实更像是梦呓的呢喃，湿润的眉睫都在极轻地颤动着。而他也只“嗯”了一声，很快便放掉浴缸里的水，又扯过浴巾将她整个人包住，打横抱了起来。

她仍没睁开眼睛，脸颊若有似无地贴在他颈边，低低地提醒了句：“你的腰伤……”

他没作声，将她抱到卧室床上躺好，自己才在床边坐下来，说：“你睡一会儿。”

他的样子似乎是想离开了，她“嗯”了声，手指原本还拉扯着他腰侧的衣料，这时不禁慢慢松开来，沉默地收回到薄被下。

谁知没过片刻，指尖却被他伸手进来握了握。

她没动，连呼吸都是轻微均匀的，隔了好一会儿才听见他的声音：“还痛吗？”

正值傍晚。

落日的余晖透过宽敞明亮的落地玻璃，倾斜着洒在床畔。

她闭着眼睛摇了摇头，动作极轻。

仿佛此刻是一场梦境，是这样的久违。所以她没有睁眼，生怕梦会醒，更怕眼里突然涌起的莫名疼痛会以另一种形式倾泻而出。

伤口下的血脉一下一下跳得很快，其实是有一点痛的，但她一声不吭，手指在被子下面微微动了动，仿佛犹豫和挣扎，但最终还是与他缠绕得更紧。

……

日影偏移，光线一点一点从床沿溜走，悄无声息。

彻底清醒过来的时候，承影才发现天色已经完全黑了下来。她朝左边侧着睡的，枕着沈池的手臂，而他就在她身后，似乎也睡着了。

她睡得太沉，竟然不知道他是什么时候上床来的。

他的一只手臂被她枕着，另一只则搭在她的腰上。

这样亲密的睡姿，上一次是什么时候，她居然已经想不起来了。

她动作很轻地翻了个身，没想到只这样一个微小的动静，就把他给吵醒了。

沈池一向浅眠，在黑暗中又目力极好，看到她正睁着亮晶晶的眼睛望向自己，似乎精神比下午好多了，便问："睡醒了？"

"嗯……几点了？"

她想去找手机看时间，结果搭在腰间的那条手臂已经先一步探到她这侧的床头柜上，拿过手表看了看，"八点多。"

她"噢"了声，心里有些挣扎，但始终还是躺着没动。

卧室里黑漆漆的，两个人静默了一会儿，才听见沈池说："起来吃点东西。"

他的声音仍旧很淡，却适当地化解了她的尴尬。多么可笑？曾经最亲密的两个人，如今这样睡在一起，竟会让她尴尬。

到了楼下才发现客厅里热闹得很，沈凌居然回来了，大包小包的行李都扔在地上，正让用人逐一拿到房里去。

承影有些意外，走上前问："不是说要去半个月吗？"

"中途发生了点不愉快，大家就趁早散了。"沈凌眼尖，立刻说："嫂子，你额头怎么了？"

“哦，被碎玻璃划破了，没什么事。”

“怎么这么不小心啊？”

“意外而已。”承影拉着她的手往餐厅走，“你刚回来，晚饭吃了没有？”

“没呢，饿坏了。”

“那正好，大家一起吃。”

沈凌眨了眨眼睛，朝身后的沈池望去一眼，笑得有些奇怪，语气也很奇怪：“你们这么晚了也都还没吃晚饭吗？”

这二人几乎是一起从楼上下来的，又都穿着睡袍，很难不让人有别的联想。

果然，承影怔了怔，低咳一声说：“我刚才在睡觉。”

沈凌却是一副不大相信的模样，但碍于沈池在旁，她不敢太过放肆，于是嘻嘻一笑，说：“开饭开饭。”

似乎是默认了沈晏二人关系终于破冰，沈凌晚上的心情格外好，破例多吃了半碗饭，又直夸饭菜味道香，让厨房阿姨很有成就感。

饭后她声称要去锻炼跳操，把多余摄入的能量消耗掉，很快就识趣地躲回房间去了。

承影回过身，隔着客厅的整面落地窗，可以看见沈池正在外面院子里抽烟。院中灯火通明，照着围墙边的花圃，一片鲜妍灿烂，好似天边云霞。

他正背对着这边打电话，从她的角度，只能勉强看到小半个侧脸。可也不知怎么的，就在她莫名出神的时候，他却似乎有所察觉似的，突然转过身来，目光堪堪与她对上。

她像是吓了一跳，竟然有种秘密被人发现的感觉，眼神下意识地飘忽开来。片刻之后，便听见门口传来响动，沈池走进来，身上还带着淡薄的烟草味。

他停在她面前说：“我有事要出去一下。”

“好。”

她本想转身上楼，结果又被他叫住，说：“一位朋友今晚摆生日宴，我给忘记了。刚才来电话说他们刚换了场，让我无论如何都要露个面。”

他的语气很平淡，仿佛只是随口解释，她却顿住脚步，忍不住多看了他两眼，才点点头，再度应了声：“好。”

此刻的气氛有点不同往常，因为沈池似乎并没有打算立刻离开，只是接着问：“那你呢？晚上要做什么？”

她仍旧看着他，犹豫了好一会儿，似乎有些不习惯：“不知道，看会儿书吧。”

“要不要和我一起去？”他突然提议。

她听得心中微微一动，但到底还是摇摇头，指着自己的额头，难得地半开玩笑说：“我这样子太难看，不方便出门。”

结果沈池却只是挑起眉毛轻笑了笑：“有我在，谁敢评论你？”

确实，在云海绝对没有人敢随便评论她，就因为她是沈池的太太。

她在嫁给他之前，对他平时做的那些生意了解得并不算太多。要不是那次他遇袭受了严重的腰伤，她大概还会被瞒得更久一点。

也是直到那一次，她才恍惚醒悟过来，他们其实根本就是活在两个不同的世界里的人。

她出身清白，父亲从事警察工作，虽然需要常年深入犯罪集团打探消息，但始终干干净净、清廉正直，直至去世也是因公殉职。而她自己一路走来，念名校、学医术治病救人，深受导师喜爱，前途一片光明。

可是，他呢？

他一手掌控着云海乃至整个东南地区的地下交易命脉，出行必定有大队人马相随，甚至，应该还有一些她到目前为止仍不清楚的灰色地带，是任由他翻手为云，覆手为雨的。

可是她偏偏还是嫁给了他。

大学毕业那年的云南之旅，几乎改变了她人生的整个轨迹。

那一趟旅程，让阔别多年的二人重新相遇。仿佛冥冥之中自有一双强有力的命运之手，从海峡对岸的台湾岛，跨越遥遥几千公里的距离，一路牵引推动着，终于还是让他们在西南边陲的某个小城里再度见面了。

＊＊＊

那天他陪她从芒市到瑞丽，浩浩荡荡的车队行驶在路上，她笑嘻嘻地提醒他："你好像还欠我一次兜风和一顿甜品。"

而他亦是笑："我记得。"

结果到了瑞丽，他第二天就请她吃当地的甜品。

她觉得这人真是无赖，心中略有不满，只能一边吃着不怎么正宗的红豆沙一边抱怨："……你可真会打发人。"

"怎么了？"他似乎有点好笑地看着她，深黑的眼底仿如墨色一般浓郁，可她还是看清楚了他眼睛里的轻松愉悦。

"欠你的，一样一样慢慢还。"他说："我会守信用的。"

她用眼角睨了睨他，终于孩子气地哼了声："那就姑且先相信你了。"

可是后来他回到云海，而她则在北方继续念书，云南的短暂相遇，倒更像是另一场擦肩而过，缘分看似神奇美妙，却戛然而止。因为在那之后，他和她各自生活和忙碌，半点联系都没有。

时间就像流水一样划过，匆忙而无声。

医学院的研究生课程十分紧张，有一天突然接到他的电话，距离他们分开已经过了整整两年半，而距离她与林连城分手，则恰好是七个月。

她发现，自己与沈池的每一次见面，都像是毫无征兆的从天而降，让人措手不及。

她赶到校园外头见他，由于是一路小跑，一颗心跳得有些急促凌乱。最后远远看见那个高大修长的身影，融在冬季清冷的暮色里，那一瞬间仿佛被定了格，周围人来人往，空气中飘荡着烟火气息，而她要见的那个人，就安静地站在那里，像一幅画、一帧照片，就这样深深地刻在了往后多年的记忆里。

他也不知从哪里弄来一部黑色重型哈雷机车，停在校门口，十分抢眼拉风。

正好是晚餐时间，不少学生结伴去校外的餐馆觅食，路过都要停下来多看两眼，甚至还有男生吹起口哨，嘴里大赞一声“酷！”

她跑到车边双眼放光，想想觉得不对，忍不住回过头问：“这车能上路吗？好像会被抓吧！”

沈池将香烟掐灭了，无所谓地说：“试试就知道了。”

这是他们这一天的第一句对话。

明明这样久没见，可是如今碰面，却像是昨天才分开一般，对待彼此的态度竟然那样自然熟稔，让承影自己都暗暗惊讶。

戴上头盔，她从后面紧紧抱住他的腰。机车迅速狂飙起来，凛冽清新的风从耳畔两侧呼啸而过。她凑在他肩头，大声地指着路。

其实这样的重型机车肯定是不被允许上路的，因此她引着他往偏僻处去。

城市正在扩建，新城一带尚是个大工地，人烟稀少。北方的马路又直又宽，车子开在上面几乎一点阻碍都没有。

他们迎着西面逐渐下沉的夕阳，倒有一种追赶着落日的感觉。

最后，沈池将车停在江边，两人摘下头盔和风镜。

这条江贯穿了整个城市，是这里居民的水源。江面上平静地折射着最后一线余晖，细小的波光正自微微粼动。

江边风大，带着一种干燥刺骨的冷，从承影的脸颊边掠过，早已将她的头发拂得乱七八糟。

方才车速太快，她虽戴着手套，可十根手指还是冻得冰凉，动作都变得不怎么灵光。结果她正低着头跟手套较劲，旁边便伸过来一双手，直接将她的双手握住，轻巧地替她摘了手套。

沈池的动作十分自然，偏偏又因为太过自然，倒透出一股难以言喻的亲密。并且这份亲密很正经，就像他平静自若的表情一样，没有丝毫狎亵的意思。

她说了声："谢谢。"同样淡定自若地调转了视线，双手从后面拢住头发，将它们随意绕了两圈，再用一根发圈扎住。

沈池望着平静无波的江水，突然说："你今年24岁了吧？"

她点点头，不明所以地再度看了看他。

他淡笑一声："和16岁的时候没什么区别。"

她不太明白他的意思，到底是指行为举止，还是身材长相？

"其实我已经很多年没骑过车了。"他又说。

"那你这么多年都在干什么？"

其实她只是顺口问的，没想到他偏过头来，视线落到她的眼睛里，似笑非笑地说："你应该不会想知道的。"

他越是这样讲，反倒越是勾起了她的好奇心。

其实她并不傻，虽然涉世未深，但多少也能猜出一二来。那趟云南之行，阵仗大得已经足够让她吃惊了，如今他在这里弄来一台限量版的哈雷，又堂而皇之地开在大马路上，一副有恃无恐的样子招摇过市，总要有点底气，才能做出这种事来。

可是他看上去似乎真的没兴趣对她解释自己的职业，只是顺手将头盔递还给她，"走吧，带你去吃饭。"

他是第二天一早的航班，来这一趟仿佛只是专程为了兑现承诺的。

而她为了他，也翘掉了晚上的两堂基因分子生物学。

打电话给舍友帮忙应付点名时，他正好在旁边，似乎听得有趣，墨黑的眼眸微微闪了闪，待她挂掉电话才问："下午我找你的时候，你在干什么？"

"解剖实验。"她一边说一边切了一小块牛排放进嘴里。

"不怕血腥？"他看了她一眼，又看了看带血丝的牛肉。

"不怕。"

"你确实具备做医生的素质。"他朝旁边比了个简单的手势，立在一旁的白衣服务生立刻上前给杯子里添了些红酒。

她皱了皱眉，有些为难：“再喝下去我就要醉了。”

其实是真的不胜酒力，仅仅小半杯的红酒，已经让她有了轻微的眩晕感。

坐在对面的英俊男人笑了笑，向她保证：“我会把你送回去的。”

他晚上住在喜来登，吃饭的餐厅就在酒店一楼，晚饭结束后她本想自己回去，可他已经安排好了车子，就等在酒店外头。

宽敞的车厢里暖意熏人，她微微有些头晕，但又并没有醉。

夜色被霓虹点亮，盛世繁华，仿佛一帧帧彩色照片，迅速地向身后掠去。

她把外套脱了搭在手边，在酒精在侵蚀下，撑住额角任由迷糊的思绪放空，呼吸渐渐有些发沉。

也不知过了多久，就在她差一点睡着的时候，忽然听见有人叫自己的名字。

她的反应还有些迟钝，慢半拍似的侧过脸去。

车窗外交错而过的光影落在男人英俊的脸上，使他的表情看上去不太真切。

其实就连声音也不大真切清楚，仿佛太低了，又太温和，同傍晚江面上那凛冽的寒风截然相反，不轻不重地，恍恍惚惚地从她的耳边和心头擦过，像是带着催眠作用，醺得她愈加昏昏欲睡。

于是她就这么半眯着眼睛，像只吃饱喝足的小动物，懒洋洋地靠在椅背里，侧过头低低地问了声：“……嗯？你说什么？”

暖气将她的脸颊烘得白里透红，像是丰润多汁的水蜜桃，在最成熟诱人的这一刻，就近在沈池触手可及的范围内。而她尤不自知，只是目光迷蒙地望着他，那双眼睛里仿佛盛着一层水雾，倒映着身侧倏忽闪退的霓虹夜景，盈盈悠悠，流光溢彩，竟似比满天散落的繁星更加璀璨。

她见他半天都没说话，正欲昏昏沉沉地睡去，却被一只手不轻不重地扣住了下巴。

沈池在她有所反应之前就已经俯身过来，压住了她的嘴唇。

他的唇上还带着隐约的红酒味道，混合着身上某种凛冽沁人的古龙水气息，很快就以一种强势而又不失温柔的姿态，尽数向她侵略席卷而来。

她只略微向后退了退，立刻就发现避无可避，因为后脑正被他用另一只手抵着，而她甚至不知道他是如何做到的，居然可以如此轻易地，就已将她整个人都圈在了自己的势力范围之内。

安静昏暗的车厢里，他沉默而又专注地吻着她，仿佛那一刻，天地之间只唯有这么一件事才是最重要的。

而他的技巧太好，很快就用舌尖灵巧地顶开了她的嘴唇，继而是齿关，几乎是以极其迅速的声势顺利地攻城略地。而她，似乎只是下意识地反抗了一小会儿，便心甘情愿地丢盔弃甲、束手就缚。

也许是因为酒精，也许是因为听从了身体本能的意愿，她慢慢伸出手去扶住他的腰侧，在暖烘烘的气氛里，闭上眼睛用迎合的姿态表达了自己的意见。

虽然，他在吻她的时候，好像并没有征求她的意见。

……

最后他终于肯放开她。

两人之间的距离稍稍拉远了些，他的手却仍旧扶在她脑后，看着她喘息未匀的样子，似乎觉得好笑，忍不住就问："再来一次如何？"浅浅的笑意映在深黑如墨般的眼底。

她微微抿住嘴唇，在闪烁的霓虹光线中看着他，忽然说："两年半。"

这三个字很突兀，但他只用了片刻就明白了，修长的手指从她唇边擦过，难得地向人解释："我有一些很重要的事情要做。"

"那么，现在终于都做完了？"

"差不多吧，所以就立刻赶过来实现当初的承诺了。"

他半开玩笑地捏捏她的脸颊："时间是隔得久了点，说实话，也有些超出我的预期。"

她不置可否地"哼"了声。

他很快就换回之前那个被中断的话题："我们休息一会儿再继续？"

车里虽然有隔屏，再没有第三个人能听见他们的对话，但她还是忍不住小声骂了句："流氓。"

他不以为意，反倒哈哈大笑，半是宠爱半是调侃："只要你喜欢就好。"

* * *

这就是她与沈池之间的开始，似乎很突然，又似乎是那样的理所应当。

他与她之间，隔了万水千山的相遇，之后又隔了漫长无际的分离，就像两条正反抛物线，如今再度重叠在同一个点上。

Chapter 7
燃烧

她终于相信那句话：燃烧越是炽烈的感情，消亡也越是迅速。

如今回想起来，竟然恍恍惚惚，久远得像一个不真实的梦。

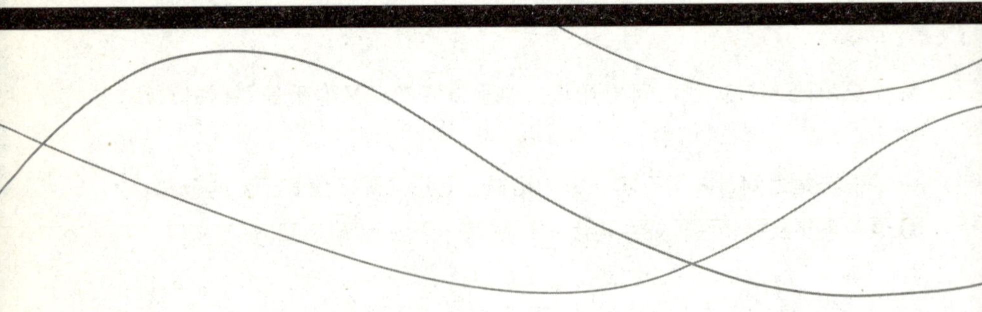

谢长云的生日宴热闹非常，刚结束了饭局就又立刻开了牌局，沈池到那儿的时候，寿星的手气正旺，颇有一副大杀四方的气势。

房间里莺声燕语，每个男人身旁都伴着至少一位年轻漂亮的女士，有人和牌便娇声叫好，银铃般的笑声满场飘荡，将气氛烘托得恰到好处。

沈池只在那里坐了半个钟头，谢长云以为他晚上还有别的事情要处理，也就没多留他，只是说："你今天缺席，改天补啊。"

"没问题，再约。"沈池答应得爽快。

可是等他坐进车里时，倒让一直等在外边的众人都吃了一惊。谁都没想到他结束得这么快，陈南不由得向他确认："哥，咱们现在就回家？"

还没到十二点，这几乎是这一两年以来最早的一次。

沈池翻着杂志漫不经心地“嗯”了声，吩咐：“回家。”

结果回到家，才发现承影已经睡了，却不是在卧室里，而是睡在视听室。

幽暗的房间，背投上画面闪动，他站在视听室门口看过去，播的居然是部动画片。只用了两秒钟的时间，他便想起来了，片中那个细眉细眼而又活力十足的东方女孩形象，是好莱坞制作的《花木兰》。

他曾经陪她看过一回，因为也只有那么一次，所以倒是印象深刻。

那个时候，他甚至怀疑自己娶了个长不大的孩子回家。家里的影碟有多半都是动画片，而她每回都看得津津有味，并且企图同化他：“来来，成年人要保持一颗童心不容易，这是最有效的手段之一。”

他却只是笑：“童心是什么？我从十岁之后就不需要这东西了。”

这样回答让她很是不以为然，“那你十岁之后都在做什么？”

可是他不肯说，也不想说给她听。

即便结了婚，他仍旧认为不该拿那些肮脏的东西去污染她正常单纯的世界。

在他十二岁那年，家族中一位最有权势的长辈亲自对他进行训练，不单是体力或武力，他被训导最多的，反倒是精神力量。

那位长辈问：“你有信念吗？”

他以为无所谓，有没有信念都无所谓，反正自己的人生已经被规划好了，而继承这一切只是一个任务而已。

可是许多年之后他才真正明白，有些路，倘若没有某种信念的支撑，根本没办法顺利地走下去。

沈家不是他一个人的，可他却背负着几乎所有的责任，有太多的人和事需要依靠他的力量得到庇佑，而他自己却始终孤身一人。

所以，只好给自己找点事情做，才不至于在这条漫长的道路上行走得太过无聊。所幸，他花费的时间并不长，很快就找到了目标。

当晏承影出现的时候，他一成不变的灰暗生活才仿佛陡然鲜活有趣起来。她似乎活在一个与他截然不同的世界里，活得色彩健康、积极明媚。

这个女人就像一束奇异的光辉，能照进任何一个深黑的角落。

他曾以为自己拥有许多东西，可认识她之后，却又忽然觉得自己其实什么都不曾拥有过。

而从那时开始，他的信念，除了庇佑那些需要得到他庇佑的人以外，就是保护这道光，不让它在自己的世界里消失掉。

销假之后上班，承影又得到了来自院方领导的亲切慰问，并被补发了一笔慰问金。数额虽然不是太多，但院方已算是将此次突发事件处理得相当妥善了。

同事们纷纷起哄，要求请客。承影免不了咬着牙齿“控诉”：“这可是拿我的鲜血换来的，你们居然也忍心！一群没良心的！”

但还是很快就挑了个时间，拿这笔钱出来请这两天代班的同事们吃了餐饭。

其实伤口还没拆线，仍在恢复期，一切辛辣刺激性的食物都要避免。她不想留下疤痕，只得自觉忌口，全程只拣清淡的吃。

结果一群人酒足饭饱了，其中一位同事才透露：“其实今天是我农历生日，待会儿我请大家唱歌吧。”

在场的这几个平时关系本来就好，又难得全都不用值班，正好凑在一起享受欢乐时光。承影借着伤口推托了两下，但最后还是被生拉硬拽地给弄到KTV去。

昏暗的走廊和包厢，光影摇曳，音响声震得耳边嗡嗡直响，用一种极尽喧嚣的方式隔开了外界其他的纷乱。

她甚至已经不记得上一回来这种地方是什么时候了。似乎是刚上班的第一天？科里领导做东，替她和另一位新人举办了一个热闹的欢迎仪式。别看都是医生，喝起酒来却毫不含糊，男男女女酒量都大得很，那晚她被灌得七八分醉，最后还是沈池亲自开车来将她接了回去。

想起那个人，她下意识地将手机从包里找出来。

竟然还真有一通未接来电，是他的。

她盯着屏幕看了两秒钟，周围太吵闹，两个同事正在男女对唱《广岛之恋》，男声有些走调却不自知，唱得全情投入，场面有些搞笑。最后她还是切换到短信功能，刚打了一个字上去，突然就有人凑过来趴在她肩头，大声问：“……承影，你唱什么歌，我替你点！”

她正在考虑措辞，冷不防被吓了一跳，手一滑直接就将短信发送了出去。

那条只有一个“我”字的短信孤零零地显示在屏幕上，既突兀又怪异。她有点无奈，转过头同样扯着嗓子回答：“我不唱，我要出去打个电话。”

结果刚刚走到包厢外头，沈池就再度打了过来，问：“怎么了？”

她连忙解释说：“刚才不小心按错了。”

“你在外面？”对比之下，他那边倒是显得十分安静。

“嗯，几个同事在唱歌。”她往前走了几步，一直避到走廊转角处，喧嚣声才渐渐小下来，前面就是盥洗室，两个男人从她身边经过，带着一股浓烈刺鼻的酒味。

她顿了顿才又说：“稍晚一点回去。”

“那你玩吧。”他说着便要挂电话，结果她想了想到底还是“哎”了声，问：“你刚才找我有什么事？”

电话那头极短暂的安静了一下，只听见打火机点火的声音，他大概是在抽烟，所以声音变得有些含糊不清，仿佛在笑，又仿佛没有，只是语调微微上扬：“没事就不能给你打电话？”

“哦。”她怔了怔，“那……回家再说。”

盥洗室外头装修得优雅豪华，洗手盆晶莹剔透仿佛水晶，幽幽地折射着暗蓝的灯光。两侧的墙壁上贴着浅金色墙纸，远远看着像是浮雕，每一朵花纹和线条都是精致的艺术品。

四周无人，承影将手机握在手心里，肩侧轻轻抵在墙边。

也许刚才他只是随口那样一说，但是对于她，却仿佛陡然掉进了另一个时空之中。

其实这是她的习惯，接到电话总是会先问："找我有事吗？"

而在早些时候，他也经常带着笑反问："没事就不能找你了？"

"那你就是想我了，承认不承认？"因为关系亲昵，就连撒娇都是肆无忌惮的，她才不管他在哪里、身边有什么人，一定要听见他亲口说声想念，才肯心满意足地罢休。

可是这些终究还是都过去了。

她终于相信那句话：燃烧越是炽烈的感情，消亡也越是迅速。

如今回想起来，竟然恍恍惚惚，久远得像一个不真实的梦。

承影回到包厢里，正好有人点了首《滚滚红尘》。曲子开始时，原音还没来得及消去，娓娓的女声就从音响里如水般流泻出来。

起初不经意的你，和少年不经事的我……

她听着歌词呆了呆，沙发那边已经有人冲她招手，大呼小叫地："承影，快快快，赶紧过来玩游戏。"

"玩什么？"

"喝酒，真心话，大冒险。"

"我伤口还没好呢。"她无奈地指了指额角，"要喝你们喝。"

"不喝酒也行，但是游戏你要参与。"

在场的几乎全是二三十岁的年轻人，平时工作压力大得很，难得出来放松一下，一个个全都放得很开。

真心话游戏做了两轮，已经有各式各样的辛辣问题冒出来。承影早就打定主意，因此轮到她时，毅然选择大冒险。

"你确定？"主持者许亮是个刚毕业的男生，故意托着下巴奸笑两声。

承影笑嘻嘻地点头："小朋友，你这副表情可吓不倒我。"

"你就不怕我让你站在桌上跳段脱衣舞什么的？"

此言一出，众人立刻一阵起哄，就连举着话筒唱歌正投入的那位也忍不住停下来看热闹。

承影乐了，挑了挑眉毛："我小时候舞蹈学得还不错。"

许亮大概没想到她会这样大方，不禁连连摇头感叹："真没看出来呀，承影姐。"然后又改了主意："作为本院院花，跳舞这种事也太没挑战性了，不够看啊。"

"难道还有比脱衣舞更劲爆的？"旁边有个同事忍不住吹了个口哨。

"有。"许亮盯着承影，笑得不怀好意："承影姐，我想让你和美玲来个法式热吻。"

美玲也是个新人，刚从国外留学回来，思想做派都十分开放。听到主持人的要求，她只想了两秒钟便同意配合，并且兴致盎然地吆喝："……这个机会应该是咱们全院男人都梦寐以求的吧？你们还不赶紧拿出手机来，明天把视频放到医院论坛里，也好让我尝尝万众瞩目的滋味。"

许亮望着承影，越发得意："承影姐，愿赌服输啊。"

"你是担心我耍赖吗？"承影悠闲地靠在沙发上，眼睛在幽暗的光线下泛着盈盈笑意。

她与美玲之间原本隔了一只宽大的茶几，果盘、酒瓶、骰盅乱七八糟铺了一桌。她倾身将手里的水杯放下，冲旁边的同事挥挥手："让让。"然后绕过同事的腿，顺利挤到美玲面前。

旁边已经有人开始起哄，她却只是笑："需要多长时间？"

"至少……三十秒。"大约是没想到她这样干脆，连许亮本人都有些傻眼了，但又很快地重新兴奋起来："当然，如果你要更久一点，我们也不介意的，对吧？"

他转头问大家的意见，结果话音还没落，承影就已经捧着美玲的脸俯下身去。

尖叫声……

口哨声……

鼓掌叫好声……

几乎在短暂的停顿之后一齐爆发出来，吵得天花板都快被掀掉了。

居然还真有人拿出手机来拍照拍视频，甚至因为太激动，不小心撞翻了茶几上的酒瓶，清脆的玻璃碎裂声很快就被湮没在一片嘈杂声中。

等到承影完成任务，众人的热度还远没散去。

她直起身，转头对许亮扬了扬眉，问："合格吗？"

其实她的神情颇有些得意和挑衅的意味，可是许亮被噎得半句话都说不出来，最终只能心服口服地点点头。

美玲则抚着自己的嘴唇，连连感叹："承影姐，你老公可真幸福。"

"谢谢夸奖。"承影退回到自己的座位上，好整以暇地环视四周，笑道："表演结束，请大家继续后面的游戏。"

就因为这爆炸性的一幕，使得场内气氛瞬间涌到高潮，众人对方才亲眼所见意犹未尽，这场聚会直到凌晨才终于散场。

请客的人去刷卡结账，剩下的大部分都喝多了，三三两两勾肩搭背地往外走。

承影迟了一步，最后一个离开房间。她今天没喝酒，但也没开车来，作为唯一一个清醒的人，她心里正盘算着等下要如何送走那一帮醉鬼，结果刚刚走出包厢就被人拦了下来。

身后厚重的包厢门很快就悄无声息地掩住，走廊上光线昏暗，又已经这样迟了，她有点心不在焉地抬头，费了点力气才看清对方的容貌。

那是个很普通的中年男人，穿着打扮仿佛经理模样，彬彬有礼地对她笑了笑："沈太太，我们老板请你去喝茶。"

那笑容并不是真心的，但语气却是十足的温和。承影有点莫名其妙："我和你们老板认识吗？"

“恐怕不认识。”那男人又笑了声：“不过，沈先生应该认识的。”

承影只怔了片刻，很快就理出头绪来。

她的那帮同事早就走远了，这会儿估计已经出了大门。不过幸好，那些人都不在场，也省得被无辜牵累。

她下意识地往后退了一小步，说：“如果你想找沈池，我可以替你联系他。至于我，没有三更半夜同陌生人喝茶的习惯。”

她说着便要拿出手机来，结果却被对方恰到好处地伸手阻拦住：“电话迟些再打也没关系，请沈太太别让我老板等太久。”

就这样，几乎是半强迫性的，承影被那人直接带至楼上一间超豪华的私人包厢里。

包厢中是清一色的男性，有个年轻男人独自霸占着一整张沙发，正跷着二郎腿抽烟，一见到她，似乎很开心，抬手比了比自己对面的位置，说：“难得沈太太大驾光临，请坐。”

他说话腔调文绉绉的，其实就连长相也是，白净的脸上戴着副黑框眼镜，不像是在社会上混的，倒更像是大学或高中的老师。

承影的目光在他脸上停留了片刻，才说：“你怎么会认得我？”

他笑了声，倾身掸了掸烟灰，却是答非所问：“我这里有上好的冻顶乌龙，你坐下来尝尝，我们聊聊天，顺便等沈池过来。”

自从踏进这个房间，承影心里仿佛有一根弦，始终都绷得又紧又死。这是面对未知的危险而产生的警惕，是身体的本能，就好像心跳加速、手心发冷，都是出自本能。

因为，她不知道自己面对的究竟是怎样的局面，而且在此之前，她也从没遇到过这种情形。

她与沈池结婚近三年，可是直到今时今日，才终于第一次被人强迫着面对这种局面。

这是否能说明，沈池平日里将她保护得足够好？

她嫁给他，却依然能够活在自己的世界里，就好像被人抽了真空，她和他的世界被隔绝得相当彻底，除了工作和家庭的寻常烦恼之外，向来不会有其他乱七八糟的人和事打扰到她。

她过的，是和任何一个普通女人都一模一样的普通生活。

所以，她早就习以为常了。甚至在今天之前，她从来都没有意识到，嫁给沈池这样的男人当妻子，是要经常面对这种突发状况的。

就像她从没意识到，或许自己这么多年来，一直都在被人刻意保护着。

装着手机的包包被紧紧攥在手里，如今听说沈池会来，承影的手指下意识地松了一些。连带着一起松动的，似乎还有心里的那根弦。

她挑了个不远不近的地方坐下来，既不作声，也不喝茶，只是安静地等待。

这间包厢里大约有七八个男人，分散站在各个角落，个个站得笔挺挺的，就像一尊尊木无表情的雕像。

不知道沈池在外头的时候，他身边的人是否也是这样?

承影只是忽然发现，自己对他的了解还真是少之又少。

宽大的茶几上摆着颇为雅致的茶盘茶具，而烧开水的声音是这房间里唯一的响动。

那男人也不勉强她，似乎只要看见她肯老实坐在那儿就足够了。他仍旧跷着脚，慢悠悠地晃着，自顾自地品着茶，样子很像是等待好戏开锣的看客。

时间一分一秒地滑过去。

云海市不算小，但这家KTV就在市中心，沈池若要赶过来，怎样也都该到了。

“多长时间了？”男人又点了支烟，侧头问旁边的手下。

答话的正是方才将承影带上来的那个经理模样的人，他看了看手表，说：“已经过去四十分钟了。”

“我当时跟他约的是半个小时，最多半个小时。”男人将那张斯文的脸转向承影，仿佛认真地打量了她一番，才啧啧有声地开口说：“放着这么漂亮的老婆，沈池不至于不担心吧？况且我也没听说你们夫妻关系不好啊，他这会儿怎么一点也不急？”

“你问我没用，我不知道。”承影无所谓地笑了笑：“也不知道你在电话里是怎么跟他讲的，或许是让他不高兴了，所以故意不来。”

她只是强自镇定，其实心里也不清楚沈池此刻到底在干吗、到底有什么打算。

她被扣在这里，像个人质，更像是被摆在砧板的鱼肉，有种任人宰割的感觉。她完全相信，眼前的这个陌生男人只要动一动小指头，她随时都有可能性命不保。而她，甚至连反抗的余力都没有。

这样的感觉真是糟糕透顶，随着时间的流逝，不但对方的耐心被耗尽，就连她自己，都有些沉不住气了。

可是那个男人大概没想到她会用这种态度讲话，不免又多看了她几眼，最终才似笑非笑道：“沈池的眼光真是好，选的老婆不但人长得漂亮，胆子也够大。我喜欢！”

承影却垂下视线，不再接话。

时间逼近凌晨一点。

安静的空气终于被一阵铃声划破。

男人掐了烟头，慢条斯理地将摆在茶几上的手机拿起来，然而屏幕上显示的名字却令他皱了皱眉，显然这并不在他的预料之内。

“什么事？”他接起来问。

听筒里没人应答，只是传来一阵女人低弱的哭泣声。

他几乎是瞬间便坐直了身体，心里已经有了隐约的预感，又重复了一遍：“说话！”

“何俊生，你这么急做什么？”沈池的声音终于传过来，似乎还带着不紧不慢的笑意：“要不要先猜猜我现在在哪儿？”

承影远远看着，也不知道究竟发生了什么，只能看见那何俊生脸色微变，阴晴不定，倏忽间却又翘起嘴角，露出个冷笑：“沈池，我请了你老婆来喝茶，你就去找我老婆？好啊，无所谓，大不了我们一个换一个，你老婆长得那么漂亮，比我家那个可要强多了，算起来我也不吃亏嘛。”

……原来是沈池。

他终于还是出现了。

承影下意识地微微屏住呼吸，想要从何俊生的话里得到更多的讯息。

“一个换一个当然不亏。”沈池捏着手机，垂下目光，瞟了眼蹲在地上瑟瑟发抖的三个人影：“只是看来你的耳朵不太好使，难道刚才没听出来，你的小老婆和儿子也在哭吗？”

他将手机越过栏杆，伸到江面上，夜晚巨大的风声从听筒边呼啸而过。五六秒钟之后，他才又收回手，重新把手机贴近耳边，轻描淡写地下了最后通牒：“二十分钟之内，如果我太太没有安全到家，我就把你老婆、情人和私生子全部沉到江里去喂鱼。”

挂断电话，沈池把手机扔给陈南，自己背过身去点了支烟。

夜晚江上风大，他微微垂着脸，尽管已经避开风势，可接连拨了好几下打火机，却怎么也点不着火。最后他仿佛终于失去了耐性，合上打火机，将香烟折成两段扣在手心里。

陈南看着他的样子，不禁有点担忧：“姓何的怎么说？”

何俊生的老婆和情人早已被沈池的一番话吓得魂不附体，正蜷缩着身体蹲靠在栏杆边上，连哭声都扭曲了。而那个只有三岁的何家小男孩，因为折腾了一晚上，刚才又哭得累了，此刻正倚在母亲怀里昏昏欲睡。

“你跟我走，留几个人下来做事。”

沈池头也不回，大步流星地就往车边走。陈南这边得到吩咐，也一刻不敢耽搁，迅速交代好了便跟着坐进车里，犹豫了一下终究还是说：“万一那姓何的王八蛋……”

“那就让他们陪葬。”

车子已经启动，码头的灯火渐远，车厢里昏暗一片。沈池的声音从后座暗处中传出来，冷酷得仿佛来自北地极寒的冰原。

陈南沉默下来。直到车子驶入市区主干道，他才又问：“我们现在是回家，还是先去找姓何的？”

因为他也拿不准，此时此刻，承影是否已经安全离开了那个地方?

在这段时间里，何俊生没再打电话过来，承影也没有。虽然只是短短的几分钟，但任何可能都会发生，也有足够的时间发生。

可是这句问完之后，陈南等了很久也没听见回答。他忍不住转过头，却瞥见沈池微微侧着脸，幽沉的目光只一径望着窗外飞速掠过的景象。

车窗外头其实什么都没有，除了一闪而过的路灯，街景单调枯燥得仿佛无数帧相同的照片。

沈池的视线是虚的，并无目标，脸上没什么表情，只有薄唇紧抿，仿佛思虑极重，又仿佛心不在焉。

陈南犹豫再三，到底还是没再出声打扰。

他跟在他身边这么多年，还是头一回见到他这种状态。

“先绕到王朝KTV外面，看看情况再回家。”陈南刚刚压低声音吩咐完司机，后座就有手机铃声传过来。

手机屏幕上的光照亮了沈池的脸，他很快便接起来，只听见那道熟悉的女声在安静的背景下说：“我坐上计程车了，正在回家的路上。”

“好。”

不知怎么的，这样极其简单的一个字却似乎耗费了他很多力气才得以说出来，所以他的声音听上去有些低哑，停了停才又问：“你有没有事？”

“没事。”承影坐在车里，其实整个人身心俱疲，难免有点脱力，但还是敏感地察觉出来：“你的嗓子怎么了？”

他似乎愣了愣，才低声说：“可能烟抽得太多。你到哪条路了？”

承影报了个路名，其实离家已经不远了，但仍旧被他要求不要挂断电话。

“我大概会比你晚到几分钟。就这样让电话保持畅通，进了家门再挂。”

“后面没有车跟着我，应该没危险了。”她转头确认了一下。

“听话。”

“……好吧。”她握住手机应允。

在经历了这一场有惊无险之后，他在电话里的声音又低又沉，融在深浓寂静的夜色里，带着让人无法拒绝的命令式的温柔，而且，是久违的温柔。所以，她竟真的没有力气去拒绝了。

家里的几个用人都不知道今晚发生过什么事，就看见男女主人前后脚进门，中间只隔了三五分钟不到。

承影先上了楼，阿姨已经在浴室里替她放洗澡水。她径直进衣帽间，将上衣脱下来。

她晚上从医院下班时，只穿着最简单的T恤衫和牛仔裤，如今上半身只剩下内衣，裸露在外的左手手臂和肩膀上还残留着浅红的印记，是被那个姓何的男人捏出的指痕。

她不知道那男人受了什么刺激，在与沈池通完电话之后，他立刻当场将手机摔了个四分五裂。手机零件弹落一地，电池重重地砸在她脚边。

她惊了一下，眼睁睁地看着他迈开大步走到自己面前，然后被狠狠地一把拽起来。

他的力气很大，动作又野蛮，几乎要将她骨头捏碎了。那张斯文白净的脸孔也扭曲起来，眼神阴鸷地足足盯住她几十秒。就在她以为对方恨不得把自己撕个粉碎的时候，他终于恶狠狠地开口吩咐手下，说：“让她走！”

他说得一字一顿，手上也不断加力，明明看得出已是十足的愤怒，但到底还是重重地把她推向门口。

这段记忆很不好，她闭上眼睛，摇了摇头，想要努力把它赶出脑海。

这时候，衣帽间外传来轻微的响动，隐约听见有人同阿姨讲了两句话，旋即，熟悉的身影就出现在了落地镜里。

承影没想到沈池会突然进来，还来不及捡起脱掉的T恤，沈池就已经走到跟前。

她的皮肤本来就白皙通透，一点瑕疵都没有，仿佛一块莹润上好的美玉，如今那几道手指印横亘在那儿，便显得格外刺眼。

果然，沈池的眉头不悦地皱起来。

她从镜中看着他，刻意轻描淡写："没关系。"说着就想去拿起衣服穿上，结果却被沈池伸手挡住。

"有没有受伤？"他沉着声音问，听起来倒比电话里更加低哑。

"没有。"

"除此之外，他们还怎么对待你了？"他的手指不轻不重地抚在那些红痕上，像是无意识地摩挲。

"真的没有了。"

因为沈池的动作，她不得不转过身来同他面对面，也因此将他脸上的表情看得清清楚楚。

她能看见他微微皱着的眉心，也看见他因为怒意而沉下的嘴角，而那双深邃明秀的眼睛里，更仿佛正蕴藏翻涌着无数种情绪，却都只牢牢凝固在她的脸上。

相对密闭的空间里，他们已经很久没有这样近距离地看着彼此。

她有些不习惯，又仿佛陌生。

他凝视着她，目光就像一团黑洞，又深又沉，似乎尽头正有风暴在汇聚和涌动，铺天盖地，将她紧紧包裹住，让她感觉自己即刻就要被吞没了。

所以，她下意识地想要拉开他的手，这才发觉他的手很凉，从手心到指尖，竟然比她的还要凉，仿佛是出过一层汗，又干了，温度才会变得这样低。

她怔了怔，很快就被他反手覆住。

他一手握住她，另一只手扶在她的颈后，不发一言地直接低头吻下去。

他的吻又急又密，甚至有些粗鲁，只想以此证明什么，似乎也只有这样才能证明她的存在和完好。

其实他就连动作都是粗鲁的，三两下就将她推到了衣橱边。

“你……”

她后背顶住橱门，只能趁着喘气的工夫勉强发出单个音节，却又很快被他重新夺去呼吸。

他仍旧默不作声，一边吻她一边褪下她的牛仔裤。

“阿姨还在……”

“已经走了。”他的气息擦着耳畔，手掌从白玉般光洁的肌肤上划过，从胸口到腰，再到大腿……

他的手指和掌心上有一层薄茧，那是长期体能训练和操纵枪械的结果，与她光滑的皮肤形成鲜明的对比，却又恰恰是因为这份略微粗糙的触感，更加引得她轻轻战栗起来。

忍不住。那是身体的本能，已经超出她的控制。更何况，在心里面，她发现自己还是想念他的。

或许，是从发觉自己这些年来一直被他保护着开始。

或许，是从身陷未知的危险开始。

又或许，是从他进门出现在镜子里的一刹那开始。

她发现，其实自己一直在想他。

最后她只穿着内衣裤，被他横抱着走出来，扔到卧室的床上。

之前阿姨只帮忙开了一盏落地灯，遥遥立在靠近阳台的墙角，昏黄的光线被笼在薄薄的纱罩之中，朦胧得近乎虚幻。

大床柔软，她整个人仿佛陷进一团云锦里。而沈池半跪着跨坐在她身前，已经将上衣脱掉，赤裸的胸口有一道长长的疤痕，几乎延伸到肌肉紧实的腰腹，其实疤痕的颜色已经很淡了，那是她在许多许多年前，曾经亲手替他处理过的。

借着暧昧不明的灯光，她忍不住伸出手去触摸那道伤疤，像是在触摸久远的记忆，许多情感轰然袭来，而他已然俯下身，整个人覆在她的身上，继续细细密密地与她亲吻。

彼此的曲线逐渐贴合。

他的动作终于缓了下来了，不会再像刚进门时那样急迫。此时，她整个人都在他的怀抱里，以一种全然被占有的、极为安全的姿态，承受着他耐心而又温柔的爱抚。

……

最后一切结束，他拨开她额前微微汗湿的头发，问："要不要去洗澡？"

他的声音低沉，带着一丝喑哑，性感得要命，而她已经很久没做，是真的倦极了，只觉得体力都仿佛被榨干耗尽，只一味赖在被子里摇头，连眼睛都不愿睁开。

他低低笑了声："我抱你去？"

承影从床上起来的时候，才发觉手脚发软，竟然真的一点力气都没有。结果，不但是被沈池抱着进了浴室，就连之后的洗澡，也是由他动手完成的。

这样的日子，以前也是有过的。

如今一切重来，恍如隔世。

万万没想到何俊生的插手，倒为她和沈池之间成就了一个契机。

至于中途，中途发生过的那些不愉快，她忽然间觉得不应该再去仔细回想。

Chapter 8
两面

但她当时太天真，想法也单纯，还以为一切本就应该如此健康阳光，居然从来都没去怀疑过阳光下还有阴暗面。

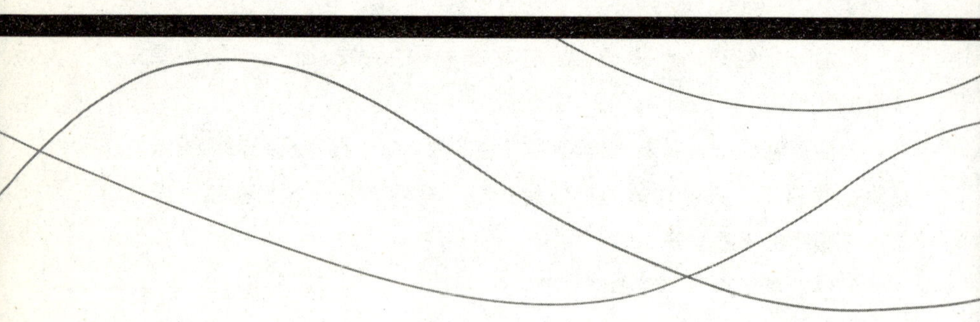

几天之后，何俊生在云海市的几个主要场子陆续被人捣了。那些都是明面上的生意，再怎么损失也是有数的。事实上影响最大的，还是何家在地下交易市场中的连连受挫，数桩天价买卖中途流产，亏失的不只是金钱，还有一系列连锁的不良反应。

陈南猜测："何俊生以后应该不敢再轻举妄动了。"

沈池漫不经心地把玩着打火机，伴随着清脆的机械开合声，火光照在他的脸上，分不出表情是喜是怒："这些年我跟何家向来井水不犯河水，何俊生还没接替他老爸的位置，就已经这么嚣张了。这种人，怎么能留？"

"明白。"陈南想了想，说："何俊生还有两个亲弟弟，另外，几个叔伯堂兄弟目前也为争位斗得不可开交。"

"那不是正好？"沈池哂笑一声，"何家也不愁后继无人了。至于何俊生，以后我不希望再在云海看见他。”

他从转椅中起身，走到落地窗前，表情冷淡地向窗外看出去，这个夏季已经到了末端，却依旧骄阳似火，空气都仿佛被炙烤得微微扭曲起来。

“最近省剧院是不是正在上映芭蕾舞剧？”他突然回过头问。

陈南先是愣了愣，然后才觉得好笑：“我是粗人，可不懂那些，从小到大从没踏进过那种地方。”

“你去帮我订两张票，明晚的。”

“好。”临出门时，陈南才又转过身来追问了句：“和我嫂子一起去？”

沈池笑了笑，挥手催促：“多事，赶紧去。”

结果演出却没能看成。

那是荷兰皇家芭蕾舞团受邀在中国巡演的最后一场，剧目经典，且机会十分难得，承影从小就偏爱芭蕾舞剧，这一回虽然很想去，但临到下班之前，医院却收了个重要的病人。

由于对方身份比较特殊，一入院就立即召集了专家组开会，详细研究病情。

承影和另外几名年轻同事被钦点，留下来旁听。

她在会议室里不方便打电话，只得中途抽空悄悄摸出手机，给沈池发了条短信。

过了几分钟，收到回复：你专心开会。

再简洁不过的语言，倒是十分符合他的性格。她收起手机，抬起头，有点心不在焉地看着前方大背投上的病灶影像，心里想的却是，她和他之间，似乎终于又回到了当初。

病人的家属也加入了旁听，最后讨论会结束，一行人浩浩荡荡从大会议室里走出来。院长在走廊上站定，同病人家属中的一位握了握手，态度郑重：“请放心，我们将尽快确定出一套最保险有效的治疗方案，在此之前，我们随时保持联络沟通。”

“好，那就麻烦各位了。” 和院长握手的男人穿着深色衬衣西裤，看起来不过三十来岁，似乎是临时从外省赶回来的，风尘仆仆，但神情沉着镇定，仿佛有一种天生的领导气势。

他转头吩咐跟随自己一起过来的工作人员：“你去安排一下晚饭，再让人送洗漱用品过来，今晚我陪床。”

承影临下班之前，又随教授去查了一次房。

高级病区内，那位新来的病人独自占了一整层。病房外头有人守着，见到医院专家过来，很有礼貌地帮忙打开门。

躺在病床上的老人已经睡着了，看上去单薄而又安静，只有床头的监控设备在无声闪烁。借着微弱的灯光，承影依稀能看见他脸上深深浅浅的皱纹，仿佛沟壑，纵横交错根植在那里，永远也不会再褪去。

风烛残年。

联想到这个词，忽然让她感到不太舒服。

老人的一只手臂还搭在被子外头，她下意识地就走过去，动作轻巧地替他盖好。

之前由院长亲自出面接待的那个男人也已经进了病房，正低声同教授交谈，瞥见她的动作，他似乎停下来多看了她两眼，但很快就又收回了注意力。

最后回到休息区洗手换衣服，等到一切收拾妥当，承影才拎着包匆匆走出医院。

灯火通明的大楼外，有车灯朝她闪了闪。

因为对方距离近，倒把她吓了一跳。

经历过上次何俊生事件，她对某些状况才似乎终于后知后觉。原来，自己生活的环境远远不是表面上看起来的那样单纯。

这其中，有多少暗流涌动，又有多少危机四伏？任何一个错漏或失误，都有可能危及性命。

作为一个医生，能够做到看淡生死，却又偏偏会将生命看得极为宝贵。每一天，身后的大楼里，那么多的人拼尽全力，也不过是为了从死神手里抢回一条又一条的生命。然而，她所珍而重之的东西，在某些人的眼中，又算得了什么呢？

轻如草芥罢了。甚至，杀一个人，就和踩死一只蚂蚁一样简单。

车灯很亮，她几乎看不清车牌，于是不禁在原地呆了呆，心中莫名地涌起一阵恐慌。

她一直没动，对面的车门很快就打开了。

直到沈池走到面前，她才仿佛回过神来："你怎么来了？"

"我发的短信，你没看到？"

手机之前调成了静音，她倒真是完全没注意。

沈池往她脸上多看了两眼，才说："特意来接你的，走吧。"

夏末秋初，空气中还残留着最后一丝热度。

她因为刚才的恐惧，身上起了一层薄汗，此时进到车里被冷气一吹，禁不住微微打了个颤。

沈池难得亲自开车，车子很快便驶离医院。

"吃了没有？"

"嗯。"她还有些走神，先是虚应了声，半晌才又说："还没有。"

这样魂不守舍的应答，很快就令沈池转过脸来，奇怪地看了她一眼，"怎么了？"

"没什么。"

她只是伸手去调小了冷气，车窗外的光影落在脸颊上，映衬得脸色仍旧有点泛白。

他微一皱眉："你在害怕？"

她没想到他的观察力这样好，竟然敏锐得只用了片刻工夫就察觉了。她只是不作声，直到车子稳稳停靠在马路边。

没过几秒钟，立刻就有四五个人赶到车边，沈池冲着窗外摆了摆手，示意没事。

她这才恍然，之前自己一直心不在焉，所以没发现前后都有车辆随行。

“说吧，怎么了？”沈池单手撑在方向盘上，微微侧过身来看她。

他们距离太近，又是在这样密闭有限的空间里，她不得不迎上他的目光，只觉得自己的任何一点小心思都无所遁形。

可她不愿讲，也不知该从何讲起，只能微微抿住嘴角，一言不发。

谁知他静静看了她一会儿，忽然就说：“上回是个意外，不会再有第二次。”

这是一个保证。

他一眼就看穿了她内心深处的恐惧，于是给了一个保证。

其实，没有谁能够百分之百预测未来的事，但是这句话从他的嘴里说出来，居然带着令人信服的力量。

她的目光震了震，情绪复杂地落在他脸上，像是用了很大力气才勉强点点头：“我知道了。”

“你要相信我。”他语气平静地纠正，同时伸出手，拨开她额前垂落的发丝，笑了一下，仿佛是宽慰：“如果以后我都来接你下班，你会不会安心一点？”

明明是安慰，但语气中不自觉地带了点温柔的宠溺。他们的关系才刚刚缓和，已经许久没有这样亲昵了，倒让承影有些不太习惯。她没避开他的手，只是故意“哼”了声：“刚才就是你突然出现，才吓到我的。”

沈池见她情绪平复，于是不再继续这个话题，重新发动了车子，随口问：“想吃什么？”

“无所谓。”

他说：“正好我也还没吃，我带你去吃农家菜？”

她有点讶然，转头看了看他，才轻笑：“好。”

车子朝着郊外开去。夜色低垂，在这样的天气里，难得可以看得见星星，零星散落在遥远的天际。

她在路上想，或许他已经不记得了吧，第一次在云海，他请她吃的就是农家菜。

还是他的一个朋友自己包下的山头，建了一个农庄，养些土鸡土鸭，又自己种了瓜果蔬菜。那山庄是不对外营业的，只招待主人的好朋友们闲暇时玩乐。

而那时候，她刚刚到医院实习，还带着点小孩子心性，下了急诊的夜班，甚至没来得及补眠，就兴致勃勃跟着上山来玩。

那天不但吃到正宗的农家土菜，最后还抱了几个又甜又大的西瓜回去。

那也是头一回，她被正式带进沈池的圈子。虽然，那个圈子与他真实生活的，截然不同。

但她当时太天真，想法也单纯，还以为一切本就应该如此健康阳光，居然从来都没去怀疑过阳光下还有阴暗面。

不过，都已经是那样久远的事了，他应该早就忘了吧。

她想着旧事，不禁有点出神，直到听见他的声音："我可能会离开国内一段时间。"

"去哪儿？"

"中东。"他似乎想了一下，才决定告诉她。

"哦。"其实一点也不意外，因为过去他也经常外出，有时是在国内，有时是出国去，少则几天，多则几个月。她本来早就习惯了，可是这一回，恰好是在她的某种危机意识觉醒之后，一时间不禁有些犹豫，嘴唇轻轻一动，但没发出声音来。

而他似乎察觉出来，很快地侧过头看了看她："想说什么？"

她深吸了口气："我想问，你去中东干吗？"

说这话的时候，车子正好驶到目的地，顺利地穿过院门，停在饭庄前的空地上。有人迎出来，打断了他们之间的对话，而沈池也不知是有意还是无意，没再继续这个话题，只是示意她下车。

是饭庄的主人亲自出来迎接的，承影看得出来，他和沈池的关系似乎非常熟稔，见了面也没过多的寒暄，直接就说："我下午刚上山去打猎，你晚上就来了，还带了这么多人，可真是会挑时候。"

沈池笑笑："介绍我太太晏承影给你认识。"说着就伸出手臂揽住承影，一边往室内走，一边跟她说："老凌以前是特种兵，在中缅边境服役了十几年。不过我认为他的厨艺比他的枪法还要好，一会儿你多吃点。"

说是老凌，但其实这个男人并不老，最多不过三十五六岁。不过承影却有些惊讶，因为眼前这个身材中等、面貌普通的开饭店的男人，倘若放在人群中，肯定是会被湮没的，却没想到他从前居然有过那样特殊的职业。

而老凌则好像习惯了这种调侃式的赞美，脸上笑嘻嘻的："那今晚我一定要亲自露两手，你们自己先进去口喝茶，很快就可以开饭了。"

沈池真当这里是自己的家，也不需要服务员帮忙，直接叫了陈南进来泡茶。而其他跟着一起过来的七八个弟兄就在院子外头一边抽烟一边聊天。

饭庄地处僻静，几乎是依山而建，四周也没有什么多余的建筑，晚上更是少有人走动，夜幕之下甚至能听见隐约的虫鸣。

"你们是怎么认识的？"承影对这个地方很感兴趣，对那位凌老板更加感兴趣。

"十年前，我在缅甸办事，碰巧救过他一命。"茶香随着滚烫的热气，很快氤氲开来，沈池握着茶杯，语气轻描淡写，"后来他退役了，是我建议他到云海来做点小生意的。"

"为了方便彼此照应？"

他似乎有点惊讶，不由得多看了她一眼，然后才低笑着承认："也可以这么说。我们关系很好，不过平常联系得不多。"

"何止是关系好。"这时候，他们对话内容中的另一位主人公从厨房里绕出来，手里还拿着一块擦手的毛巾，对着承影笑得十分随和亲切："我的命早在十年前就是沈池的了。"

沈池也笑，兀自品了口茶，才语气轻淡地纠正他："我可不需要你替我卖命，只要偶尔满足一下我的口欲就行。"

结果承影发现，沈池真的没讲错。她虽然没见过老凌的身手和枪法，但也不得不承认，他的厨艺实在好得没话说。

老凌自酿的酒也好，初入口时带着淡淡的果味，入喉却是温凉一线，也不觉着呛辣，直到再回味起来，方才体味到醇厚的酒香。倒真有点像他这个人，看似平凡普通，温和无害，可谁又想得到他曾经身经百战，拥有以一当十的悍然能力？

最后酒足饭饱，告辞的时候承影先上了车，看见沈池与老凌在不远处低声交谈了几句，其间她收到老凌递来的目光，因为光线不够，又隔着一层车窗，让她读不懂其中的含义。

回城的路上，沈池才突然说："我不在家的这段时间，你自己注意安全。万一遇到什么难事，可以来找他。"

这个"他"自然指的是老凌。

她这才大约明白过来，他今晚不仅仅是带她出来吃顿饭这么简单。

"你做每件事，是不是都是有目的？"她突然觉得好笑，又十分好奇。

"什么？"

"你今天是专程带我来认识他？"

"也为了吃饭。"他笑笑，既不承认也不否认，单手握着方向盘，另一只手摸出自己的手机递给她，"通话记录里第一个，就是老凌的。你把这个号码记下来，存在自己手机里。"

她依言照做，边输号码边嘟囔："你是希望我用得上呢，还是用不上？"

车子缓缓刹停在斑马线前，十米开外的红灯正在读秒。三十余秒的时间里，他终于有空转过脸来认真看一看她。晚上她喝了几杯酒，大约是因为微醺的缘故，白皙的脸颊上透出隐约的粉红，在迷蒙夜色中像朵娇艳欲滴的花蕾。他忍不住伸出手去，在她的脸侧碰了碰，她的肌肤有些发烫，比他手指的温度还略高些。

他始终记得方才在医院门口，她脸上刹那间露出的恐慌表情，那个表情像一根针，扎在胸口的某个角落，让他觉得很不舒服。

他印象中的她，从来不该有那样的表情。

他笑了笑："这个号码不会派上用场的，记住它，只是想让你安心一点。"

承影有点怀疑自己醉了，因为他的声音听起来这样温柔，竟让她心头微微一动。她看着他的眼睛，里面全是自己的倒影，有些话忽然就脱口说出来："你在自责吗？"

"嗯？"

"何俊生那件事，你是不是一直耿耿于怀？"

她细细地盯住他，可他仅仅怔了一下，便转过头去，没有回答。

红灯转绿，他很快地松开油门，马路上几乎没什么车，而他直视前方的样子仿佛十分专注，清俊的脸上没什么表情。

她停了停，忽然把手覆到他的手背上，声音因为酒精而低懒地，却又异常固执地继续："你是不是觉得没有保护好我？"

其实这句话，自从那天的意外发生之后，他从来都没有说出口过。但是很奇怪，她偏偏感应到了。

直到现在，她依旧不知道那天晚上他做过些什么，才会让何俊生又气又恨，恨不得一把掐死她，可最终却又不得不放了她。后来，他闯进衣帽间，用那样急迫而强势的态度向她索取，根本容不得她拒绝。

那个夜晚，他要了她一次又一次，疯狂的、野蛮的、耐心的、温柔的，几乎各种姿态，可无论在哪种姿态下，他的眼睛自始至终都没有离开过她。

一刻都不曾离开。

她几乎被湮灭在那种复杂而专注的目光中。

后来她是真的疲累至极，才昏昏沉沉地睡过去。他大概以为她一觉昏睡到天亮，可是事实上，凌晨时分她曾经短暂地醒过一次。

迷迷糊糊之中，她知道自己正趴在他的胸前，耳边枕着的是他的心跳声，清晰有力，节奏却微微有些乱。

而他居然也醒着，又或许，一直都没有睡。

间隔着就有温热轻柔的吻落在她的头顶，动作太轻，倘若她睡着了，肯定不会察觉。

可她偏偏醒了。

她在黑暗中，静静地闭着眼睛，听着他不算太规律的心跳声，猜测他此刻心里正在想些什么，同时，沉默无声地感受着他的动作。

仿佛每一个若有若无地落在发顶的吻里，都带着感情。

说不清有多深多浓，却忽然让她没了睡意，连带着心口微微热起来。

也是直到那一刻，她才明白，横亘在她和他之间长达近千个日夜的刻意冷淡和疏离，其实一直都没有阻碍过彼此的感应和默契。

她大概能感应到他的想法和心情，从这些悄无声息的吻里，从几个小时前的疯狂需索里，甚至从他甫进家门时冰凉的手心里。

后来她再度睡着，还是因为他动作很轻地换了个姿势，将她从自己的胸膛前移开，改成从后面环绕住她。

那是一种全然保护的姿态。她整个人几乎被嵌入他身前，让人觉得安心，而她就在这份安心中再次陷入梦乡。

所以如今坐在车里，她借着一点酒意，终于把藏在心里的话讲出来："……其实，你不必那样想。其实，你已经把我保护得够好了。"她的声音听起来有点懒，低低地徘徊在相对狭小密闭的空间里，"至少我们结婚好几年，还是第一次碰上这种事，而在那之前，我甚至从没想到过会有这样的危机存在。"

"你不怕？"开车的男人终于沉声开口。

"怕。"她的手指在他的手上无意识地动了动，老实承认："我当时真是害怕极了呢，生怕一不小心，小命就不保了。"

"不会的。"他打断她，同时反手过来握了握她，手上微微用了点力气，语气却很平静："你应该知道，我不会让那种事情发生。"

她看着他："我知道啊。所以，你没什么好自责的。"

他笑了声，眼睛继续看着前方："怎么反过来变成你安慰我了？"

她有些倦意，低低"嗯"了一声，就不再搭腔。

这一路交通顺畅，直到车子停进车库，承影才被叫醒。

她感觉自己只眯了一小会儿，睁开眼睛的时候还有些怔忡，结果熟悉的男性气息已经从左侧席卷而来，一下又一下地轻啄她的耳垂。

那里是敏感地带，一下子就将她弄醒了。她觉得痒，只得边低笑边往旁边躲，结果对方很快就欺身跟过来，高大修长的身体直接越过中间的操控台，将她牢牢锁在一方十分狭窄的空间里，动弹不得。

两人的脸近在咫尺，车库里没有开灯，只借着院子里的光线，她抬眼去看他，能从那双漆黑如墨的眼睛里读到明显的情欲信息。

“我想要你。”他的声音很低，也很直接，一只手同时从裙摆下穿过，抚在她的大腿内侧。

她吸了口气，但仍旧克制不住地低喘了一下，咬住嘴唇不敢骂得太大声：“流氓。”

他一边笑一边继续动作，手指沿着熟悉的线路，一寸寸撩拨她敏感脆弱的神经，嘴唇已经落到她的唇上，声音含糊：“就在车里做。”

她很想反驳，可是嘴唇被牢牢堵住，而身后的靠背不知何时已经降了下去。她身体发软，失去依靠，只能渐渐向后倒，最后被他完全压制在身下。

“你……确定？”最后他好不容易肯放过她的嘴唇，她才终于喘息着抽空提醒：“车库门没关……”

他正细细密密地噬咬着她的锁骨，也不知听进去没有，只应付着嗯了声，手掌就从衣摆下探入，牢牢握住她胸前的柔软。

她忍不住呻吟一声，脖颈本能地向后仰，上半身却迫不得已地抬起来想要迎合他。而他似乎终于满意她的反应，凑近她耳边低哑着声音教训：“专心点，不然你会后悔的。”

他挑逗的技术实在太好，她几乎已经快要失去思考的能力了，模模糊糊听着他的话，根本回应不了，只能下意识地轻轻咬住嘴唇，不让自己发出更大的声音。

在他的手掌下，仿佛血液都在加速奔涌流动，而身体，就快要燃烧起来。

她当然熟悉这种感觉，情与欲在血管里奔腾流窜，可他偏偏像是故意似的，不断用绵密的吻来撩拨她，从胸口，到小腹，再到大腿之间，引得她一阵又一阵的战栗。

车库门大开，而车厢里幽僻黑暗，鲜明的对比，居然带来一种特殊的、隐秘的快感。

他的唇齿还在小腹处流连，她终于忍受不住，颤着声音要求：“快一点……”

他似乎正吻得专注，语音模糊地反问：“快点什么？”可尾调里，分明还有隐约的笑意。

她几乎就要咬牙切齿了，却又在下一秒，所有情绪都只能化作更娇柔的一声呻吟，从紧闭的齿关中轻轻逸出。

他在故意折磨她。

或许是为了惩罚她之前的不专心，又或许仅仅只是为了捉弄。

她最后喘息着伸出手，硬是将他从下面拽上来，闭着眼睛低声哀求：“快进来。”

她的脸滚烫，额前有一层薄薄的汗意，一双手也是烫的，自他的肩头一直滑落到背上。他在黑暗中看了看她，终于伸手架起她的一条腿，将自己埋了进去。

……

每一下，都很深。

她在他的身下，承受着缓慢而又深入的撞击，身体里的神经仿佛全部鲜活起来，对他带来的任何一份触碰都敏感异常。

她从来没有过这样的体验，在车里，这样急不可耐，这样需求无度，几乎已经不像她自己。

黑暗中，能感受到他的汗从身上滴下来，落在她的身体上。她睁开眼睛，看见他深黑的眼眸，就近在咫尺，里面翻滚着毫不遮掩的欲望。

那样浓烈而又专注的欲望，几乎将她尽数吞没。

这天夜里，当他们回到房间之后，一起去洗澡，然后在浴缸里又做了一次。

最后回到床上，连她都忍不住笑起来。

“怎么了？”他半搂住她，嘴唇仿佛无意识地反复摩挲着她裸露在外的肩头。

“没什么，只是很久没这样了。”

“不喜欢？”

她把脸半埋进被子里：“流氓。”

他低低笑了声，似乎心情十分愉悦：“是在说你自己吗？”

她当然记得自己在车里是如何哀求他的，不禁微微赧然，翻过身去不肯理他。

“承影。”他突然叫她的名字。

“嗯？”

“好好照顾自己。”

她忽然有种说不清的感觉，片刻之后转过身，重新与他面对面：“你要去多久？”

“不一定。”他吻了一下她的额头，让她靠在自己胸前，“家里这边我都安排好了，你还和平时一样，正常生活就行了。”

“那你呢？去了那边，会有危险吗？”

这几乎是她第一次，主动关心他的安危。从前，是她没意识到，而后来，则是她刻意不去关心。

两人现在的姿势让她没办法看到他的表情，隔了一会儿，只听见他的声音在头顶上方说：“不会的，放心。”

第二天下午，沈池就出国了。

这次他像是走得很急，但又显然是早就做好了一切准备。就像他之前说的那样，家里的保全工作被安排得井井有条。

沈池这一次离开，似乎并没有带走多少人，至少留下来的都是些平时承影熟悉的面孔。

别墅的周围有不少附属小楼，平时都是给保镖们住的，如今甚至有两个保镖临时搬到别墅里来，大约就只是为了在这段时间里能够更周密地保护承影的安全。

而事实上，自从何俊生从云海彻底消失之后，也再没有人敢打她的主意。

上班依旧照常，只是最近承影没在门诊轮班，上午却突然接到一楼打来的电话。

内科与门诊在同一栋大楼里，她抽了个空，乘电梯下楼，门诊的同事笑眯眯地将快递包裹递给她："喏！你地址填错了，结果快递小哥送到我这儿来了"。

"网上写的收货地址还是前阵子我在门诊上班的时候填的，后来居然忘了改。"承影笑笑："多谢啦。"

"口头谢谢可不行，要请客。"

"没问题。"

"买的什么好东西？"同事借机敲诈成功，感兴趣地问。

"书。"她将包裹拿在手里扬了扬，"几本畅销小说，网上评价挺不错的，等我看完再借你看。"

夏秋季节交替，正是流感和肠胃疾病的多发时期，医院门诊几乎每天都人满为患。她不好耽误病人看诊时间，于是匆匆忙忙讲了几句便告辞出来。

穿过拥挤的取药大厅，才是电梯口。

她是临时起意的，打算乘手扶电梯先去二楼，因为网购的几本书里有一本是替二楼放射科的同事买的。那位女同事和她同期进医院工作，甚至在最初的实习期里，两人曾合租了一套房子，当过很长一段时间的同居密友。

后来，直到她搬去沈池的住处，二人才不得不拆伙。

承影为了节省时间，便一边走一边拆下外包装。

四五本书，虽然不算太沉，可包得颇为严实，她埋头拆得很仔细，直到险些撞到别人身上。

其实还隔了十来厘米的距离，对方伸出手将她很轻地扶了扶，阻挡了她的脚步，然后便松开手。

她这时才惊觉着抬起头，却不禁怔了怔："……大哥。"

她从小到大一贯随着林连城叫，纵然早就和林连城分了手，但一时间还是没能改过口来。

而此时，林连江也正微微低下视线看她："嗯，好多年没见了。"

他今天没穿正装，而是难得地换了身休闲打扮，身边也没有秘书或其他人跟着，整个人显得随和了许多。

可在承影的记忆里，他一向都是十分严肃的，而且不易靠近。因为他比连城大八九岁，又一直在仕途上走得顺风顺水，出入总是前呼后拥气场十足，和那个整天没正经、爱拉着她吃大排档看露天电影的连城简直就像是两个世界里的人。

她和林连城谈恋爱的时候，他恰好调到西北某省任职，就连过年都没空回家。

大年三十晚上，她被林连城邀请到家里过年。其实她和连城算是青梅竹马，而父亲晏刚和林父则是当兵时的战友。那么多年，除去寄住在台北的那段时间之外，但凡父亲因为执行特殊任务不在身边，都是林家出面对她进行照顾。

除夕夜，林连江打电话回来，和每个人都说了几句，到最后，她也被叫去听电话。

他大概是知道了她与连城恋爱的事，互相道完新年好之后，便浅淡地提起来："连城晚熟，又被爷爷宠坏了，在性格上还像个小孩子，你以后可不能惯着他。如果将来他对你做了什么过分的事，你可以随时告诉我，我会修理他。"

她连忙答应："谢谢大哥，你的话我会牢牢记住的。"故意说得很大声，是因为连城就在旁边玩电脑，时不时还偷瞄一下她的表情，似乎正在猜测她和林连江之间的对话。

可是后来他们分手，反倒是连城更加舍不得。

那样一个大男人，平时好像玩世不恭，什么都不在意的样子，可是当时却只会用力死死地抱住她的腰："……再给我一次机会，好不好？我们重新开始，好不好？"仿佛有温热的液体流下来，滴在她的手臂上，带着会灼人的刺痛。

那是头一回，有男人在她面前哭。

那也是头一回，她看见林连城居然也会流泪。

她狠着心，将他的手指一根一根掰开，转过身看着他："自己做过的事情，自己就要承担后果。你和她在一起的时候，就从没想过会被我知道吗？"

"也只有那一次。那次我喝多了，最后根本不知道发生了什么。"

"可是我没办法原谅你。"她说，"爱情需要忠诚，你却没有做到这一点。也许在你的观念里，什么都可以不在乎，做错了事就可以重新来过，但是我不行。你和别人在一起过，一次或者十次，在我看来没有太大的区别。"

……

他在她的声音中一点点绝望下来。

最后她终于说："我们分手吧，十几年的感情，或许做回朋友更加合适。"

也就是从那时候起，她就再也没机会见到林连江了。

直到前些天，他才突然再次出现，却是以病人家属的身份，还亲自从外地带来了几个专家，负责给爷爷会诊。

* * *

"那天在病房里看到你给爷爷盖被子。"林连江说："这几年，过得怎么样？"

"挺好的。"

他们原本站在人来人往的电梯口，林连江将她往旁边让了让，避开一个推着轮椅经过的家属，"要不要跟我上去看爷爷？他很想你。"

"我听说，爷爷他……"承影有些犹豫，因为留意过病历，知道年近百岁的老人家已经罹患脑退化许多年了，"他还记得我吗？"

"记得，但他不记得你已经和连城分手了。"林连江的表情很淡，显然她和连城之间的关系并没有对他造成任何影响。

最后一起进电梯的时候，他又说："如果让他老人家看到你，一定会很高兴。"

果然，不出林连江所料，当承影走进病房的时候，老爷子已经醒了，特护正在给他喂苹果泥，像哄小孩一般哄着他一口一口慢慢吃下去。

可是看上去，老爷子并不怎么合作，实在难哄得很。承影一出现，他的注意力立刻就被转移了，冲着她抬抬手："丫头，你终于来看我了。"

承影鼻子微微一酸，叫了句："爷爷。"一边快步走到近前，握住那只苍老枯瘦的手。

当年整个林家，除去林连城之外，就属林老爷子待她最亲。有时候，就连林连城的那几个堂兄弟姐妹都会忍不住假装抱怨说："小影，爷爷可真疼你啊，对你比对我们这些亲孙子孙女还要好！"

可是后来她在学校里和林连城分手，林老爷子已经回到江苏老家休养了，除了偶尔打打电话，一直没有机会再见面。

"阿城呢，怎么没和你一起来？"见到承影，老爷子彻底把特护晾到了一边，抓住承影的手问。

承影一时间也不知道该怎么应对，只得转过头，无声地征询林连江的意思。

林连江轻咳一声，恭恭敬敬地向老人解释："爷爷，连城他在忙，晚上才会过来。"

老爷子"噢"了一声，便不再追究。

脑部退化，令他整个人再不复往日神采，脾气也变得很古怪，有时候十分好沟通，有时候又非常难哄。

可奇怪的是，尽管记忆功能早已紊乱衰退了，但林老爷子对待承影却是一如既往的好。就这样拉住承影的手，絮絮叨叨聊了老半天，最后直到精力不支，才昏昏沉沉地睡着了。

退出病房后，承影说："我得回去做事了，有空再来探望爷爷。"

林连江点点头："谢谢。"

她本来已经踏进电梯，这时才又忽然想起来："你刚才说连城晚上会来？"

她以为那只是林连江临时编出来哄骗爷爷的谎话，谁知道林连江却"嗯"了声："连城是昨天晚上的飞机，从洛杉矶回来。"

他说完便看了看承影："你们是不是也很久没见面了？"

"好像是。"承影怔了一下，旋即才笑着告别："我下楼了。"

Chapter 9
回首

因为他爱她，所以肯放下骄傲的身段，
肯在挣扎过后一次又一次地妥协。
可是如今隔得太久，她甚至已经不记
得，那些争吵的主题究竟是什么。

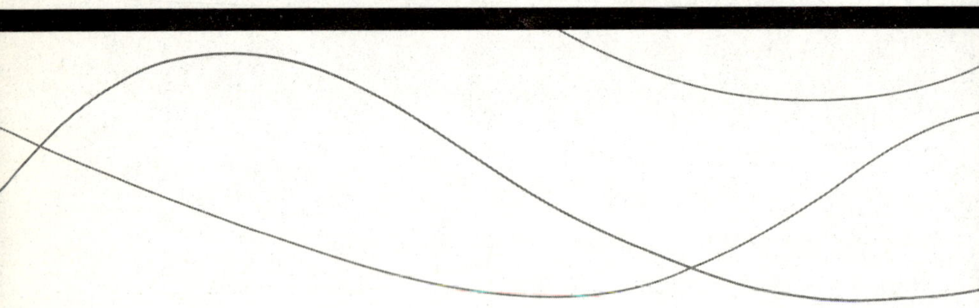

林连城要来了。

回到办公室后，承影在桌前坐下，仍在慢慢消化这个消息。

几个同事都去巡房了，办公室里安静得很，只剩下一个实习女生坐在西北角落的座位上，正对着电脑输资料，时不时发出轻微细碎的键盘声。

宽大明净的玻璃窗外，是难得的好天气，倒真有点像许多年前，林连城向她表白的那日，仿佛也是这样碧蓝如洗的天色，干净得让人印象深刻。

其实她和林连城，十几年的青梅竹马，在他表白之前，她甚至从没想过要和他更进一步。

直到那一天，他突然笑嘻嘻地提议："嘿，晏承影，从明天开始做我女朋友好不好？”当时他们刚从一家餐馆出来，酒足饭饱，而前一刻还在讨论着午餐时那道东坡肉做得太油腻。

他突然就这样提出来，倒真把她吓了一跳。

可他从来都是那样，不正经不严肃，甚至有点玩世不恭，与林家的家风简直背道而驰。而他偏偏又是整个林家最得宠的人，就连林家子孙代代从商从政的原则都可以不用遵守。所以，她当年考去医学院，他也跟着去了，混在预防医学专业里，家里人居然都没有反对。

她却忍不住常常嘲笑他：“你这种性格根本不适合读医，赶紧转个专业吧，别以后出去祸害世人，那样可真是罪过了。”

他不以为然，反过来冷笑一声：“要不是看在这间学校美女多的分儿上，请我来念我还不来呢。”

而事实上，他身边的女生还真是换了一拨又一拨，从大学本科一直到研究生，从来就没有间断过。

对此，她曾深表佩服，可林连城却面无表情地摊手：“都是她们主动的，我可没那个意思。”说得自己好像一朵纯洁无辜的白莲花。

直到那一天，他突然说：“做我女朋友好不好？”

她惊得连脚步都顿住了，硬生生停在学校的侧门口，一只手扶住铁门上的栅栏，另一只手拍了拍他：“你最近的幽默感很无趣啊。”

“我是认真的。”他说：“你考虑一下。”

“你最近失恋了吗？”她问。

“没有。”

“那你是觉得太空虚太寂寞？”

“也没有。”

“平时围在你身边的那些莺莺燕燕呢，实在太无聊，就不能从她们中间挑一个当你的女朋友？”

“……和她们有什么关系？”

她几乎快要看到他咬牙切齿的模样了，才终于不再质疑，只是盯住他几秒钟，才说：“那为什么会想要找我？”

“那么你认为，我又为什么会千里迢迢地跑来这地方，读一个我根本不感兴趣的专业？”

“我一直以为你是真想悬壶济世。”

这一回，他是真的咬牙切齿了：“晏承影，你就不能严肃一点？”

他说这话的同时，习惯性地微微扬了扬眉。

其实，他的眉毛长得特别好看，是剑眉，眉锋稍稍有些凌厉，配上那双标准的桃花眼，整个人显得丰神俊朗，也难怪这么多年能令学校一众女生趋之若鹜。

她仔细地打量他，而他也不说话，只是一径盯着她的表情。两人就这样站在校门口对峙片刻，终于引来路人同学好奇的窥探，最后她只好说：“我要考虑一下。”

他的神情缓了缓：“要多久？”

她忍住叹气的冲动：“我哪知道。”

“三天。”他说，“让你考虑三天。”

这么专横霸道！

“万一我不答应呢？”

“那是三天以后的事了，先别假设。”他又恢复了一贯的嬉皮笑脸，双手插进裤子口袋里，冲她抬了抬下巴，“走吧，回去睡个午觉。我下午三点打球，你来看。”

她走在前面进了校门，一口拒绝：“不要，我约了同学去图书馆。”

他腿长步子大，很快就又与她并肩，斜过眼角睨她，似乎有些感慨样子：“交了个这么不听话的女朋友，看来我以后要受苦了。”

她忍不住嗤笑一声：“话说得太早了吧，别自作多情。”

后来回到寝室，她静下心来细细想了一个下午。

和林连城认识十几年，早已亲得好像一家人，而事实上，林家人待她也确实非常好。她居然从没想过，这么多年，林连城对她的感情究竟是什么。

从小到大，林连城的性格都跟霸王似的，无论家里还是外头谁都不敢招惹他，人人都只能顺着他，也只有她，是可以肆无忌惮和他对着干的。而且，每次都以胜利告终。

他可以不顾大多数人的感受，却独独让着她。

在台湾的那段时间，他隔三岔五地给她打电话，聊的尽是些没油盐的闲话，却十足令人开心。后来她终于回到大陆，下飞机时还是他去接的，帮她拎着大包小包的行李上车，然后吩咐司机说："回家。"

她当时就觉得奇怪："回哪个家？"

"当然是我家。"他一副理所当然的语气，又将她上上下下仔细打量了好几遍，"你在台湾受人虐待吗，怎么瘦成这样？回去让得我妈好好给你补补。"

其实她哪里是瘦了，只是离开的这段时间抽条儿了，终于尽数褪掉婴儿肥，脸型变成最标准的瓜子脸，身材高挑匀称，整个人焕发出青春少女的神采。

再后来，他始终与她形影不离。就连上大学，都如他自己所说，千里迢迢，共同来到北方这座陌生的城市，一待就是六七年。

仔细回想起来，她这二十来年的人生中，竟有大半的路程是有他陪伴的。

晚上睡不着，同寝室的丽娟和她睡对床，小声叫她："哎，想什么呢，就听见你翻来覆去一整晚。"

"有个难题。"她小声说。

"什么难题，说来听听。"这下讲话的是睡在靠门位置的张可君。

寝室里本来就只有四个人，寝室长纪思甜看通宵电影去了，承影这才发现另外两人都没睡，索性从床上坐起来，抱膝靠着墙壁，"有人和我告白。"

这根本不是什么新鲜事，平时她们寝室总会收到各式各样的告白信或纸条，再或者就是直接打电话进来求交往的。

承影停顿了一会儿，没再讲下去，倒是张可君反应快，想了想突然猜测："难道是林连城？"

"那小子终于肯说出口啦！"丽娟也跟着惊呼。

承影还在发呆，愣了好半天才奇怪地问："你们怎么搞得好像早就知道了一样？"

"全世界就只有你不知道吧。"

"看你平时挺机灵的，怎么在这件事上这样糊涂。"

"我们可早看出来林连城居心不良了。开始以为你是装傻，谁知道你是真傻啊。"

"就是！"

……

两个同伴你一言我一语，像是在唱双簧，到最后张可君干脆跳下床，"啪"的一声打开日光灯。

光线瞬间骤亮，刺得承影睁不开眼睛，只好把头埋在手臂里，哀号："你干吗？"

张可君已经顺着梯子爬上来，挤到她身边，用肩膀推推她，难掩八卦的神情："你是怎么想的？"

"什么怎么想？"

"要不要答应他啊？放眼整个学校，再找不到比他更加匹配你的人了。你俩站在一起，那绝对是一道最亮丽的风景啊。你们要是真交往了，恐怕有好多男生女生都会心碎的吧。"

承影简直哭笑不得："照你这样说，我和他到底还该不该交往啊？"

"该，当然该！"丽娟插进话来，"青梅竹马，俊男美女，多浪漫，多合衬！"

"可我还没想好。"承影将下巴抵在手臂上，声音有些闷。

其实，她是从来没往那方面想过。面对白天那句突如其来的告白，一点心理准备都没有。

张可君侧过头，像看外星人一般地看她："能和林连城交往，那是多少女生梦寐以求的事情，居然还要想吗？啊？需要吗？"

"要去你去。"她实在受不了了，忍不住提醒好友，"快把口水擦干净，回自己床上去，我要睡觉了。"

"朽木不可雕也。"张可君叹口气，下床之前还要威胁她："林连城哪儿不好啊？要长相有长相，要身材有身材，宜静宜动，家世又好，过了这村儿可就没这店喽，你自己看着办吧。”

她已经拿被子蒙住头，闷声说：“过了就过了，有什么了不起。”

话虽这样讲，可到底晚上没睡踏实。

第二天一早，纪思甜回来了，开门进屋后第一句话就是：“承影，我刚才看见林连城在楼下呢，是不是在等你？”

她下意识地从迷糊中清醒过来，下了床跑到阳台上一看，可不是吗，人就站在寝室楼的大门外，一只手插在裤子口袋里，另一只手上拎着个袋子。

因为还是清晨，来往进出的人并不多，偶尔有那么一两个，也是睡眼惺忪挎着书包靠在自行车棚外等女朋友的。所以，他站在那儿就显得格外醒目。

林连城个子高，又因为长年运动的关系，身材挺拔匀称，穿什么衣服都十分好看。北方的初秋已经有些凉了，而他居然只穿了件很薄的黑色线衫，宽松有型，但是真的薄，袖子还半推起来，露出一截结实修长的小臂。和旁边那几个蔫头耷脑、恨不得把自己完全裹住的男生形成鲜明的对比。

她在看他，而他仿佛有感应似的，恰好也抬起头来，漂亮的唇角微微翘起，潇洒地扬手向她比画了个打招呼的姿势。

纪思甜不知什么时候也挤到了窗口，半趴在窗台上看下去，点评得很中肯：“啧啧，他这样子，可真是风骚得很哪！”

承影从睡衣口袋里摸出手机，给他拨了过去。电话刚一接通，就听见他懒洋洋的声音：“快下来。”

果然是来找她的。外头的空气微凉，似乎还浸着露水和雾气，承影穿着薄睡衣都觉得有些冻，也不知他就这样在楼下站了多久。

她不禁皱皱眉：“为什么不提前打个电话？”

“刚想打，就碰上你的室友了，我想反正她会告诉你的，就省得我费事了。”

“懒。”她骂了声，扭头就去换衣服。

结果到了楼下，才知道他是来送早餐的。

她简直惊得眼珠子都快掉下来："……这可不是你的风格啊。"

他难得的有些窘迫，面上却装得更加严肃："我的爱心早餐，也不是谁都能吃到的。"

许多年之后，当日渐发达的网络上开始流行"傲娇"这个词的时候，承影突然觉得，用这个词来形容他当年当时的那个表情，才是最适合不过的。

其实所谓的爱心早餐，也就是豆浆和烧卖，但因为被包装得非常好，递到承影手上的时候还是热气腾腾的。

最后这些都被室友们分享了。

吃了人家的东西，自然是要帮着说好话的，这下连纪思甜都加入了啦啦队行列，卖力地将林连城吹得天花乱坠。

承影这才发现这帮女生全都见色忘友。纪思甜满足地喝完最后一口豆浆，问："林同学平时有早起的习惯吗？"

承影摇摇头，如实说："没有，他通常都睡到日上三竿，上午的课最多只上最后一节。"这也是让她吃惊的原因之一。为了送早餐，他居然破天荒地起了个大早，并且，这样一个从来不屑于讨好任何女生的人，竟肯拎着早点站在女生楼前，供人观摩。

"可以试着交往一下。"丽娟一脸认真地劝道，"毕竟要找一个既肯对你用心，又了解你脾气性格的人，实在太难了。你俩一起长大，两家又交好，以后连婆媳矛盾都避免了。"

前半段听着还在理，最后一句却让承影再度哭笑不得："……你想得也太长远了吧。"

但她思来想去，还没得出个结论，林连城那边就出了点意外。

是打球的时候扭伤了脚，等她接到消息赶到的时候，他已经被队友送到校医院。当天的校医院里只有几个值班医生，平时也只负责给同学看看感冒发烧什么的。医生给林连城做了简单的应急处理，随即就让他们转去医科大的附属医院治疗。

那是三甲医院，又恰好赶上周末，来看病的人特别多，门诊大厅里熙熙攘攘，到处都在排长队，连个坐的地方都没有。

平时，他们有许多教学课程都是在这家医院里上的，那天正好遇见个心外的医生，林连城的一位队友跟着那医生实习，于是便搭着这个门路，很快地约到骨科医生。

最后拍片结果出来，是右脚跟腱撕裂。林连城的脚已经肿起来，坐在外头的椅子上，等队友帮他去拿药。

承影不用跑腿，于是陪在一旁。

靠着走廊的墙壁，两排椅子一溜从东头延伸到西头，每间诊室门口都坐满了人。她把唯一的座位让给林连城，自己只好站着，低下头去看他的脚。

她仿佛看得仔细，一直沉默不语，倒是他先开口，却是调笑的语气："怎么，心疼啦？"

都这样了，居然还有力气开玩笑。

她没好气地瞥他一眼，说风凉话："我只是在想，待会儿你的脚要包起来了，晚上可怎么洗澡。"

他这个人最爱干净，每回运动完一身汗，总是第一时间回去冲凉，再见到外人时必然又是一副风度翩翩的样子，用纪思甜的话来形容，那简直就是风骚得要命。

果然，她看见他皱了皱眉，显然也在为这个苦恼。

原本一直阴霾着的心情忽然就好了一点，她笑笑："这下你寝室的弟兄们要倒霉了，要么被你熏死，要么就要帮你擦身体。"

"说得真恶心。"他显然对这事非常抗拒，没好脸色地说，"我只是脚不能动，手又没断，自己会擦。"兴许是转过念头一想，又突然对着她笑得有些邪恶："如果你来帮我，我倒是乐意接受的。"

这下轮到她嗤之以鼻了："想得美。"

两人就这样斗着嘴，直到其他人拿药回来，又把林连城送去打了短石膏。最后从医院里出来，他坚持不肯用拐杖，搭着两个队友的肩膀，每一步都移动得很艰难，却还有闲心跟她开玩笑："我都没让你扶了，为什么还是一副闷闷不乐的样子？好像有人欠你钱似的。"

她瞟他一眼，不讲话，一路坐车回到寝室楼下，才问了句："晚上想吃什么，我给你送过来。"

他看了看她，似笑非笑地说："随便什么都可以。"

她"嗯"一声，扭头就走。结果人还没回到寝室，就接到他发来的短信，只有短短一行字：为什么不高兴？

她说不出个所以然来。

第二条短信很快又进来了：脚疼。晚上想吃红烧猪蹄。

她终于忍不住笑了声：以形补形？

其实她只是气他这样不小心，无端端把自己弄成个伤残人士，吃喝拉撒都要人照顾，难得地显出一点无助来。

而也正是因为他的无助，让她感到心烦意乱。

晚上她送饭菜过去的时候，寝室里只有林连城一个人。

"他们不想当电灯泡。"他不正经地解释。趁着没人，终于可以仔细观察她的表情，半晌才问："心情好点没有？"

"谁说我心情不好了？"她不想承认，只是自顾自地拖了张椅子，抢他的电脑看美剧。

"我晚上可能不住在这里。"林连城突然说。

"为什么？"问完之后，她旋即就反应过来，寝室床都设在书桌上方，以他现在的样子，确实上下楼梯不方便。

"那你晚上睡哪儿？"

他一边吃饭一边看小说，头都没抬："我去校宾馆开个房间，你待会儿陪我过去。"

真是大少爷，连求人都求得这么霸道。

可是她没办法同他计较，只得乖乖送他去开房。

宾馆就在校内，平时是学校用来招待来访客人的，周围环境优美，收费也偏贵，几乎不会有学生过来住。

负责办理手续的前台服务员拿着身份证，朝他俩多看了好几眼，最后应林连城的要求给了一个单人间。接过房卡的时候，承影的脸不自觉地微微发红，倒是林连城，手肘撑住柜台，斜倚在一旁始终一副似笑非笑的模样，让人看了牙痒痒。

他一条手臂搭在她肩上，半跳着去房间，因为一直在低笑，清爽的气息若有若无地从她脸颊边拂过。

她有些想避开，却又做不到，肩膀被他箍得死死的，于是最后只能恶狠狠地瞪着他警告："再笑我就不管你了。"

他却不以为意，自信满满地下结论："你不忍心的。"

他的态度让她心烦意乱，只能深一口气，终于使出撒手锏："你再这样，我马上打电话给你爸妈，让他们来照顾你。"

他这才讨饶："千万别！我最怕他们来烦我了！尤其是我妈，要是惊动了她，我恐怕连人身自由都没了。"

"知道怕了？"她开了门，把他往床边一扔，"那就老实一点，别没事老欺负我。"

"我哪有？"他笑嘻嘻地往后靠在床头上，双后交叉着枕在脑后，悠悠哉哉看着她来回忙碌。

直到开水烧好，又切完水果，她才喘口气说："我走了，明天想吃什么？"

他却不答话，眼底映着床头的灯光，显得又黑又亮，盯着她沉默不语。

她起先还疑惑，与他对视片刻后，忽然就有点慌。他才开口说："我是认真的。"

"……嗯。"她应得非常轻。

"所以，你考虑好了吗？"

其实三天的限期还没到，她犹豫了很久才说："如果有一天分手了，会不会连朋友都做不成？"

他笑了声："不要杞人忧天，未来的事谁也不知道，想太多也没用。"

她不再作声，隔着短短几步的距离，他修长的身体舒展着半靠在床头，姿态是一贯的慵懒惬意，可神情却似乎是少有的认真。

从小到大，这么多年，这几乎是他在她面前表露过的最真诚的模样，甚至，带了一点点难以察觉的期待和忐忑。

她忽然就想起室友的话，要在这个世界上找到一个充分了解自己脾气性格的人，实在是太不容易了。

她和他，经常如此漫长岁月的洗礼，从童年到少年，再到如今，早已在许多方面融为一体。茫茫人海，再不可能有第二个林连城。而对于他来讲，也不会再有另一个晏承影。

他们了解彼此，有时候，就像了解自己。

她最终有了决定，所以点点头："我觉得，可以试一下。"说完自己先笑了，然后就看到他微微扬起眉角，年轻而明秀的双眼在灯下熠然生辉。

* * *

那些都是太久以前的记忆，有些情节，其实回想起来早已经变得模糊不清。

比如，后来他们之间有过多少次的争吵，大约都是些鸡毛蒜皮的小事。又比如，他也不会总是让着她，矛盾来的时候，他们都不肯给对方好脸色。

性格的融合，使他们在对待争执的态度上也保持着惊人的一致。

可是每次坚持冷战到最后，还是他先低头。

大概就是因为爱吧。

因为他爱她，所以肯放下骄傲的身段，肯在挣扎过后一次又一次地妥协。

可是如今隔得太久，她甚至已经不记得，那些争吵的主题究竟是什么。

当年彼此都还太年轻，那些当时看起来天大的事，到头来，也不过沦为一团面目模糊的影像。

晚饭后照例又巡房一遍。

有个病人患了恶性脊髓瘤，因为位置特殊，手术风险过高，因此术前方案一改再改，一直拖到现在才终于确定下来。

这次由神经外科权威孙教授亲自主刀，同时，早在几个月前，孙教授就钦点了承影做这台手术的第一助手。

她是孙教授的爱徒，这是一次难得的积累宝贵经验的机会，许多人求之不得。为此，她也足足准备了几个月。因为再过两天，就要为这位病人进行第一次手术，所以例行的巡房结束后，她又特地绕道去探望，耐心地安抚病人情绪。

就因为这样耽误了一点时间，从病房出来的时候，承影看了看手表。

晚上七点四十分。这个时候，沈池那边才正是下午。

她这段日子几乎养成习惯，总会不自觉地换算时差。沈池打电话回来的时间并不固定，有时候隔好几天才会联系她一次，但通常都很晚，有一回她差点睡着了，才听见手机铃声大作。

她当时吓了一跳，从迷糊中被惊醒，听筒中他的声音低低的，在问：“吵到你了？”

“嗯……”她拖长了腔调，答得懒洋洋的，其实连眼睛都没有睁开，却又觉得他的声音太近，近得仿佛就在身旁。

夜沉如水，手机贴在耳边，这种感觉似乎奇妙又美好，明明隔着这样远的距离，可是偏偏令人觉得安心。

不过那次之后，他每次打电话的时间都会更早一点。

她并不迟钝，甚至隐约猜到他在那边所做的，大概都是些不能摆上台面的事，抑或是暗藏着她无法想象的潜在危险。

可是不能问，因为知道即便问了，他也必然不会讲。而且，她也从来无法主动联系上他。

在他刚刚离开的那几天里，她曾尝试着拨过一次，但是很快就被转到留言信箱去了。之后等了足足几十个小时，他才回过来，嗓音中透出浅淡的疲惫，旁边似乎还有其他人在小声且激烈地交谈讨论，隔着电话也能感觉到气氛紧张压抑。

他却旁若无人，只问些最家常的事情，比如上班忙不忙，家里一切是否都还好？

她虽有满腔的疑虑和担忧，最终也只能沉默地咽回去，只字不提。只好在每通电话的结尾，故作不经意地叮嘱他："早点回来。"

他似乎能感应到，每次都低笑着答应："好。"

也是直到今天凌晨，他才终于告诉她，会乘晚上的飞机回国。

他每回外出搭乘的都是专机，省去了途中中转的时间，但算下来也大约需要十个小时。所以承影和同事调了班，准备第二天在家里补休。

承影回到办公室稍作收拾，想到白天的事，原本还有些犹豫，结果人刚走到门口，手机就适时地响了。

像是算准了时间一般，而且，竟然是林连江亲自打过来："如果你方便的话，等会儿能不能过来一趟？"

以他这样的地位，从来都是别人对他低声下气毕恭毕敬，何曾需要用这样商量的语气同人讲话？

承影愣了愣，问："是爷爷想见我吗？"

"是的。"林连江说："已经闹了很久了，谁都拿他没办法。"

在电话挂断之前，其实还有一个问题憋在承影心里，一直没有问出口。

那就是，林连城回来没有？

她私自猜测他还没到，因为如果有他在，八成是能搞定林老爷子的。作为林家最受宠的人，他从小到大最大的本事就是能把老人家哄得开开心心，根本不用费吹灰之力。

可是当电梯一路上到十八楼，进入高级病区后，承影才发现自己猜错了。

伴随着"叮"的一声轻响，光可鉴人的金属双门徐徐分开。她抬起头，首先映入视线的，便是那道修长清瘦的身影。

太过熟悉的身影，哪怕这中间已经隔了两三年没见过面，可还是只需要一个轮廓就能被辨认出来。

更何况，此刻林连城与她就近在咫尺。

林连城靠在墙边，面对着电梯的方向，似乎是专门来等她的。

仅仅隔着数米的距离，他的目光安静地停留在她的脸上身上，过了一会儿才开口说：“好久不见。”

承影却愣在原地。

是啊，好久不见了。

那次的交通意外，其实他伤得比她严重得多，留在重症病房里观察了一周才能转到普通病房。林家人几乎全都连夜赶来了，包括他当时的未婚妻。

而她，也曾去探望过一次。当时负责看护她的人是沈池的保镖，对于她提出的要求感到十分为难，考虑半晌才说：“……您这样让我很难做，沈先生知道了恐怕会把我大卸八块的。”

而事实上，沈池已经好几天没露过面了，倒是他手下的弟兄常常来探望，并且对她殷勤照拂。想到那晚在病房中，沈池的嘲讽和冷漠，她不禁有些心灰意冷，更加执意去看林连城。

* * *

那是他在ICU（重症加护病房）里的最后一晚，因为已经是凌晨，林父林母在家中小辈们的陪同下回家去了。留下守夜的，是他的未婚妻。

在对方狐疑打量的目光中，她有点尴尬：“我是来看林连城的。”

那个年轻女人不认识她，但想必已从她的病号服上猜出她的身份，声音不禁有点尖锐：“当晚，和连城在一起的人就是你？”

她点头默认了，于是对方突然情绪激动起来：“你告诉我，他那么晚去找你干什么？你们俩之间，是什么关系？”

不能说。

她继续沉默着，因为不能告诉任何人。当天晚上林连城喝了酒来找她，后来在车上说的那些话，她这辈子都不打算告诉任何人。

最后还是林连江的适时出现，才替她解了围。

她被允许进去探望。隔着玻璃，能看见病床上的人，他很安静地躺着，床头的仪器应该已经撤走了大半，林连江在她身后说："白天情况终于好转并稳定下来了，如果没有意外，明天就能转去普通病房。"

她仍是沉默着点头。好像自从来到这里，许多心情就被尽数堵在胸腔中，无法宣之于口。

那天晚上，林连城显然是喝高了，将她约出来。

她没有想到，他喝了那样多的酒，竟然还敢亲自开车。车速飞快，简直像疯了一般，她被吓出一身冷汗，而他目不斜视地看着前方，忽然说："我重新追你好不好？"

"你喝醉了。"她不得不提醒他，"况且，我已经结婚了。"

他却不以为意，甚至笑了笑："我没醉，我也不管你结没结婚。我已经有未婚妻了，你知道吗？可是我不会和她结婚。"他喝了酒，有些语无伦次，但始终将目的表达得很明确："承影，我们重新开始。"

她没办法和他沟通，只能要求他："……你先把车停下来。"

他侧过脸看她一眼："是不是我停下来，你就会答应我？"

也不知他最近遇到了什么事，才会喝成这个样子，带着明显的醉意，却又固执得可怕。这样的林连城，让她感到既陌生又熟悉，仿佛时光倏然倒退，退回到十几二十年前，那时候他们都还是小孩子。可即便还是个孩子的时候，他对旁人再不讲道理，也总是会忍让着她。

长久以来，从来没有哪一次，他会在她面前提出无理的要求，更加不会强迫她做任何事。哪怕当初分手，他再不舍，也终究还是同意了。

所以，那一晚，真是个例外。

夜深人静的马路上，几乎顺通无阻。

当他开着车闯过一个红灯，毫无预警地转到左侧岔路上的时候，十字路口的探头闪过短暂刺眼的光，承影终于开始心惊肉跳，并且觉得头晕恶心。

“林连城，你停下车，我们好好说话！”

谁知她的话音刚落，便听见后头传来急促响亮的喇叭声。

她一边抓紧安全带，一边强忍住身体的不适，透过后视镜看到几辆熟悉的车子正从远处迅速逼近。

是沈池的人。

显然林连城也很快地察觉了，挺直的鼻梁下，唇角微微抿起来，却并没有要减速的意思。

她只觉得胃里翻涌，又仿佛是胸闷，连气都喘不过来，整个人难受极了。这种状态，之前已经持续了将近两周，如今大概是晕车了，便发作得尤其厉害，最后只能渐渐脱力地靠在椅背里。

后头的车陆续跟了上来，最后几乎与林连城的车并驾齐驱，逼停他的意图已经十分明显。

她昏沉沉地靠着，没有精力再去责怪或阻止，迷糊中就听见林连城的声音：“……放弃你，是我这辈子做过最后悔的事。”

她发现自己竟然还有力气虚弱地笑一笑：“都过去了，我们是好朋友。”

“我不要做什么好朋友。”他就像是孩子般在赌气，“除了你，我不会和任何人结婚。”

可是我已经结婚了……这句话在她心里盘旋着，却在转过头看到他的瞬间，又硬生生地压了回去。

借着车外的光，可以清楚看见他轮廓明晰的侧脸。

林连城和沈池不同，沈池的英俊近乎锋锐，仿佛夤夜寒星，太具有侵略性，但凡他出现，几乎就很难让人移开视线。而林连城，从小就是个漂亮的男孩，五官线条干净柔和，眼泛桃花，人见人爱。

过去她曾不止一次地感慨：“连城啊连城，你简直比我们学校里一大半的女生还要好看……”

而他是对这种形容总嗤之以鼻，显然非常不满意。

可事实就是如此，这么多年过去了，他身上多了成熟的男人气息，可容貌依旧俊美。她侧过目光，看着这张脸、这个男人，自己的年少时光、青葱岁月，全都和他有关。在这个人的身上，承载着太多属于她的东西。无论世事怎样变迁，也改变不了那些记忆。

挥不去，抹不掉。

哪怕他曾做过错事伤害了她，哪怕如今她爱的人早已不再是他，可他依旧是林连城，全世界也只有这么一个林连城。

而他现在喝醉了，也不知是在和谁赌气，口口声声说着不想结婚，口口声声说要重新追回她。

这些话，她都相信，相信是出自真心的。

她有点唏嘘，仿佛突然发觉，原来时光已经走出这样远。当年他站在寝室楼下，半挽着衣袖，冲她微笑的情景，明明就像是昨天才发生的一样。

“我们……”她终于开口，可是话只说到一半，就被车辆突如其来的转向给打断了。

紧接着下来，天旋地转，甚至还来不及反应，就有巨大的撞击感袭来。她在昏迷之前看见林连城的脸，靠得很近，仿佛是在护住她。

所以，他伤得也更严重。

她就那样站在病房外，静静地看了一会儿。最后还是林连江说：“很晚了，回去吧。”

她转过身，有片刻的犹豫：“大哥，我可能明天就出院了。”

林连江深深看了她一眼，了然地点头：“好，我知道了。”

从那之后，她就再也没见过林连城。

Chapter 10
平凡

这样一个善良简单的女人，实在与沈家的气场格格不入，更加不适合去应对沈家随时可能面对的疾风骤雨。

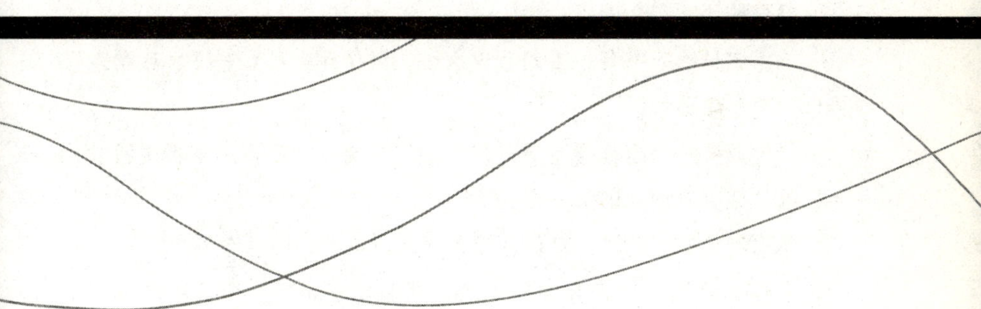

“算起来，也有两年多了吧。”在电梯口接到她，林连城率先调头往病房走，幽静的走廊上，他的背影被灯光拉得修长。似乎什么都没变，他的样子和当初没什么区别，七百多个日夜，不过弹指一挥间。

承影慢了半步，跟在他的斜后方，说：“好像是的。”

没有过多的寒暄，就像前两天才刚刚分开。

病房的门一推开，林老爷子就眼尖地发现承影，待承影走到跟前，便立刻和颜悦色地问：“丫头，你和阿城打算什么时候办喜酒？”

承影被惊得呆了呆，实在不知道为什么老爷子会突然想起这件事。倒是一旁的林连城很镇定，耐心地回答：“爷爷，您忘了，我和承影都还在念书，没这么快结婚。”

“你不许欺负她，听见没有？”老爷子故意板了板脸，一副警告的口吻："要是你把承影气跑了，我可跟你没完。"

"不会的。"林连城依旧答得恭敬。

由始至终，承影都没作声，只是在旁边安静地看着林连城如何应付。

半个小时之后，终于把老人家哄得吃了药睡下，他们才一道走出来。

林连城说："谢谢。"

"客气什么。爷爷一直对我这么好，就像疼亲孙女一样。我常来看看他，也是应该的。"

"他原先一直当你是孙媳妇。"他笑了笑："所以后来听说我们分手，他把我狠狠地教训了一顿。"

承影不免有些吃惊："你从没和我说过这事。他骂你了？"

"何止是骂。他把我叫到书房，罚我站了足足一个下午的军姿，还差点关我禁闭。你也知道，这些都是我家的老传统了，谁都不能反抗的。不过，长这么大，倒还真是第一次见他对我生那么大的气。"

大约因为是很久之前的事了，林连城回忆起来语气轻松，脸上还带着轻淡的笑意，像是在讲一件趣事。

承影也不禁笑起来："爷爷一直偏心你，才把你惯得无法无天的。你这样一受罚，其他兄弟姐妹估计心里都乐开了花。"

"可不是吗，我几个堂兄事后都在幸灾乐祸，说是恭喜我终于有了人生初体验。"他说着就停下来，看了看她，"有句话要和你说。"

承影怔了一下，"什么话？"

"对不起。"他说，"很多年前欠你一句，后来又欠你一句。"

"都过去了。况且，你那次伤得比我严重。"她尽量表现得轻描淡写。

在车祸中失去的孩子，因为当时沈池完全封锁了消息，就连林家的人都被瞒住了。

林连城一路将她送到医院车库，这才道别，却又突然伸出手："把手机给我。"

承影不明所以，但到底还是从包里拿出手机交给他。

他往里面输了一串数字，说："这是我在国内的号码，有空联系。"

她开一辆白色双门轿跑，车身线条优美流畅，红色尾灯在空荡荡的地下车库里闪了闪，很快便消失在出口处。

林连城在原地站了会儿，才转身回到电梯口。这栋楼里只有一部电梯通向车库，此刻正从十几层的高度缓缓下行，几乎每层都会停一下。

他似乎是等得不耐烦了，便从安全通道走楼梯上去。

通道里装的是感应节能灯，每隔半层一盏，吸在墙顶上。脚步声将灯点亮，散发出雪白柔和的光。

林连城只走了半层，就在拐角处停了下来。楼梯间里空无一人，他背抵着墙壁，从口袋里摸出烟盒，低下头给自己点了支烟。

云海市已经入秋。他从洛杉矶回来得匆忙，只带了极简便的行李，下了飞机又直接赶来医院。此刻，他身上穿的还是短袖，手臂露在外面。

夜晚温度降得厉害，凉意从四面八方涌过来，安全通道每层的墙上都嵌有一排窗户，随时保持着通风，凉风也从四面八方涌进来。

可他却只是恍若未觉地抽着烟。淡白的烟雾飘散开来，指间红星明灭，很快就只剩下一截烟蒂。他将余下的一点掐灭，又接着去点第二支。

最后还是林连江打电话过来，他才说："我这就上去。"

病房是个套间，林连江正坐在外面会客室的沙发上，手里拿着院方刚刚制订的治疗方案。

见他进来，林连江蹙起眉："怎么不去换件衣服？"

"没事。"林连城挑了另一张单人沙发坐下来，与大哥面对面，问："你什么时候回去？"

“医院认为目前还是保守治疗比如妥当。爷爷又坚持不肯回北京住院，既然这样，我打算订明天下午的机票，这边的事情就交给你了。”

“好。”

林连江起身，想将手中的方案递过去，到了近前却突然说：“你抽烟了？”

林连城的身上还带着新鲜的烟草气息，知道瞒不过去，也只好笑笑承认：“刚才在楼下抽了一支。”

他这满不在乎的态度顿时惹得林连江怒气上涌，却又顾忌到里间的病人，于是压低了声音狠狠地骂：“我看你是不要命了！难道你忘了自己的肺已经被切除了一半，当年医生明令要求你戒烟？我告诉你，你就是真想死，也别挑在这种时候添乱。你先在这儿把爷爷给我照顾好了，不然我饶不了你！”

由于林父近几年身体也不好，一年中有七八个月的时间都在各地疗养，林母只能跟在身旁照顾，林家一切大小事务都是林连江在做主。他也算是整个林家唯一一个不会纵容林连城的人了。

“知道。”林连城表情淡淡地应了声，接过治疗方案，也站起身，“我先回酒店洗个澡，一会儿过来接你的班。”

“今晚不用你来了，明早你再过来吧。”林连江挥挥手，将他赶回去休息，临到门口才又叫住他：“明天早上八点，我让司机在酒店楼下等你。”

“好。”

承影回到家的时候，也已经是深夜了。她晚上太忙，几乎没吃什么东西，这会儿已经饿过头了。阿姨知道她调休，特意上楼来征询明天三餐菜式。

她想了想：“就按沈池的喜好做吧。”

阿姨看着她笑起来，但又似乎有点为难：“沈先生平常很少在家里吃饭，而且也从来不挑剔的。”言下之意，也拿捏不准沈池的口味。

结果承影没办法，只好拿出纸笔，列了四五道菜，说：“你自己看着再加几样吧。”

她是真的累极，洗完澡很快就上床睡着了。

直到半夜，又或许是凌晨，才忽然被人吵醒。

承影在迷迷糊糊中几乎被吓了一跳，但很快就又镇定下来。对方亲了亲她的额头，那份熟悉的触感和气息令她低低地“嗯”了声，眼睛没有睁开，声音中却下意识地透出惊讶：“……怎么这么快？”

原本以为至少要到天亮，他才能回得来。

沈池还在一下接一下地吻她，语音模糊地回答：“提前了……”

他从她光滑的前额一路亲吻下来，似乎带着无限兴趣，简直不厌其烦，最后落到唇上，极轻地一啄，然后低声哄她：“睁开眼睛。”

其实她的困意早就被冲没了，只是眼皮仍觉得沉重，这时候费了好大的力气睁开来，就看见那张近在咫尺的脸。

他的鼻尖几乎顶到她的鼻尖上，身上还带着风尘仆仆的气息。

“叫我睁开眼睛干吗？”宁静的夜里，她的声音中带着轻微的睡意，有一种慵懒低哑的性感。

“我离开了这么久，难道不应该睁开眼睛看看我？”他笑着反问。

她盯着他。

因为距离太近，即便屋里光线幽暗，却也仍旧能看清楚他那双寒星般璀亮的眼眸，像是带着特殊的魔力，将人一点一点地吸进去。

“你好像完全不累的样子。”她笑道。

他心不在焉地“嗯”了声，手已经从外面探了进来，正隔着丝质睡裙在她腰间反复摩挲。

或许是因为痒，又或许是因为轻微的凉意，她忍不住瑟缩了一下。

他的手指上还带着夜间的风寒露重。

“我去洗个澡。”他说，“你别睡着了。”

事实上，她哪里还能再睡着？

听着浴室里传来的水声，最终承影还是从床上爬起来，走到门口象征性地敲了敲，然后推门而入。

透过那层模糊的淋浴房玻璃，隐约可以看见里面那人颀长的身影，她动作轻盈地斜靠在一旁，和他有一搭没一搭地聊着天："中东的女人漂亮吗？"

水声没停，门却被拉开，男人冲掉头发上的泡沫，回答得一本正经："多半都蒙着面纱，只能看见一双眼睛，没什么印象。"

"那中东的男人呢？我最近在网上看到一组中东男模的照片，发现那边的男性都非常帅。"

"是吗？"他瞟了瞟她，"把你给迷住了？"

她抿着嘴唇笑而不答，只是说："我饿了。"晚上吃得太少，大半夜的又被他吵醒，这时只觉得饥肠辘辘。

谁知道沈池却忽然伸出湿淋淋的手臂，将她往里一带，笑得十分邪恶，附和道："我也有一点。"

她猝不及防，就这样被拉进温热的水流中。睡裙在瞬间就湿透了，紧紧贴在身上，玲珑饱满的曲线毕露无遗。她半踮着脚，用手抵住他赤裸的胸膛，不禁笑骂："流氓，我说的不是这个！"

"嗯？"他漫不经心地回应，隔着水幕吻了吻她的嘴唇，表情坦荡而又无辜："可我真的很饿。"

水是温的，可身上却渐渐滚烫起来，血液沸腾的速度比以往任何一次都要快。她像是被抽掉了大半的力气，只能软软地伏在沈池肩头，任由他的嘴唇和手掌在身上放肆游移。

小别胜新婚，原来就是这个滋味。

经过十几个小时的飞行，沈池下巴上冒出短短的胡楂儿，蹭在皮肤上，带来一种微妙的刺痛感，却奇异地并不令人难受。当他细细密密吻到胸口时，她终于忍不住仰起脖子吸气，低低地呻吟了一声。淋浴仍旧开着，水流进嘴里，差一点将她呛到。

他似乎低低地笑了声，抬起头，一边拍抚着她的背，一边顺手关掉开关。然后柔声问："在这里，还是回床上？"

他的声音已经接近喑哑，带着让人无法抗拒的性感，她抬起濡湿的眼睫，透过无数细小而又色彩斑斓的水珠去看他，神色迷离："都可以……"

他随手扯过一条宽大的浴巾，把她整个人都包裹起来，笑得有点不怀好意，凑到她耳边低低说了句话。

她听完几乎又羞又气，不禁用力去捶他：“我才没有！”

沈池刚才说的是：你好像等不及了。

她记恨着这句调侃的玩笑话，直到二人回到卧室大床上，故意不肯再配合他。

借着那点微弱的夜光，她看见他轻轻挑了挑眉，带着笑意评价道：“小气。”

“才知道吗？”她笑得更是得意：“我倒要看看，究竟是谁更急。”

可是到最后，她当然还是败给了沈池，这个男人总有各种各样的手段让她屈服。

凌晨三四点，他们终于结束了这一场缠绵而激烈的运动，然后起床煮东西吃。

她之前的睡裙湿透了，这时换了件干净宽大的棉质T恤，堪堪遮到大腿上。原本打算就这样下楼，结果直接被沈池拉进怀里，在她脖颈边狠狠地咬了一口。

“至少有三个保镖在楼下。”他微微哑着声音提醒她。

她倒真给忘了。就因为他突然半夜回来，又折腾了这么一番，现在又累又饿，仿佛脑筋都不好使了。

最后只得又加了条素色棉质长裤，这么一身配起来，倒是十足的居家风格。

为了不惊扰到阿姨，承影亲自下厨。其实她很少有机会自己做这种事，沈池就这么靠在厨房门边看她，偶尔听从她的指挥，从冰箱里拿了材料递过去。

厨房的灯光温暖柔和，打在她身上，勾勒出一道玲珑曼妙的曲线，在地板上投射出浅淡的影子。

她把头发随意挽了几道，就这样盘在脑后，烤吐司的时候几绺鬓发垂下来，轻轻柔柔地贴在脸颊边，她却恍若未觉。明明只是简单的消夜，可她似乎做得十分专注，连温热牛奶的温度都设定到最佳值。

他觉得有趣，说：“这里又不是手术台，这么认真干什么？”

“如果真是上手术台，我会比现在认真几百倍。”她拿盘子盛了吐司和太阳蛋，顺手递过去给他，自己则转过身去倒牛奶。

救死扶伤。

沈池记得，这是他当初对她选择的职业的评价。如今再和自己所处的环境一对比，仍旧觉得是那样的讽刺。

两人吃了东西，承影去洗碗。她很少做家务，偶尔做做居然十分有兴致。熬到这时候，倒也不觉得困了，她就站在水池边，不紧不慢地拿清水去洗涤杯盘。

可是，这样的场景落到沈池眼里，竟似不太真实。

只因为太过宁静平和，就像在最普通的人家里，女主人挽起袖子在厨房里做事，衣着随意普通，头发微微有些凌乱，却透出一种极致平凡的美好。

平凡、安宁。

只可惜，这些在他的世界里根本不存在。可是在他看来，眼前的这个女人，偏偏又是最应当享受到这两个词的人。

她只需要静静地往那里一站，就自然让他联想到这世上最好的事物。

然而，他却将她拖进了一个不平静的旋涡里。

……

身后一直没什么动静，承影原先还没在意，以为沈池已经先一步上楼去了。结果等她全部收拾好了，转过身才发觉他一直站在厨房门口。

“看什么呢？难得见到你走神。”她觉得奇怪。

沈池似乎是真的走神了，直到她发出声音，他才若无其事地笑了笑：“有点累。”

她很快擦干手，说：“那回去睡一会儿吧。”

他没再讲话，转身和她一道上楼去。

第二天，承影睡到日上三竿才醒过来。

身边早就没了人影，只留下枕头上一道浅浅的压痕。她有时候十分怀疑沈池的精力和体力，好像睡眠对于他，并不是必需品。

她起床洗漱的时候，沈池正在书房的阳台上打电话。

“……你要的名单和其他信息，我上午会让人传真过去。”

“谢了。”韩睿的声音从电话那头传过来，带了点轻松的笑意，“不过我没想到你的动作会这么快。”

沈池一边抽烟一边笑了声，随口问：“最近有没有出远门的计划？如果没有，可能我会去你那里一趟。”

“随时欢迎。公事，私事？”

“带我老婆一起。”

韩睿说：“目前你手头上有没有什么好东西？我这儿有个朋友对古董很感兴趣，如果你有的话，帮我挑一两件。”

“你问得正是时候。”说话的同时，沈池听到身后传来轻微的动静。他没回头，只是顺手将剩下的半截香烟捻熄在烟灰缸里，然后才继续说：“有个卖家正准备出手一件汝瓷，是天青釉莲花温酒碗，而且难得的是，这次的卖家只是急等钱用，倒也省了许多其他的麻烦。你的那位朋友算是走运的了，他应该会知道，像这样的机会少之又少，十几年都未必能碰上一次。你可以转告他，如果有兴趣的话就自己过来看看。”

韩睿爽快地答应下来：“好。你们动身之前，记得通知我。”

电话刚刚挂断，承影就出现在阳台门口。

像是嗅到他身上新鲜的烟草味，她皱了皱眉，忍不住提醒：“你就不能少抽一点？”

沈池手臂一伸，将她揽到近前，问：“要不要考虑休年假？”

“休假？去哪儿？”

“你以前不是一直想回老家去看看？”

那是许多年前的话了，没想到他居然还都记得。

承影微微一怔，说：“可是现在家里已经没什么人了，回去也只能是扫墓。”

“那就回去扫墓。”

她觉得奇怪：“看样子，你是一定要带我出门了，目的是什么好像并不重要。”

他低笑着捏捏她的下巴：“结婚以后，一起出门的机会比较少，就当作是补偿好了。”

她愣了一下，没再作声。

除去多年前那趟云南之旅，她和他好像确实没有正正经经出门旅行过。就连当年的结婚蜜月，也因为父亲的突然殉职而不得不临时取消。

其实父亲曾经极力反对她嫁给沈池。那时候他比较忙，正好刚刚投入到一项危险的重要任务中去，无暇分身，更加管不到她。

后来得知她竟然在与沈池谈恋爱，晏刚几乎是大发雷霆，头一次破坏了行动纪律，三更半夜回到家中，把她从睡梦中拎起来。

他的态度前所未有的强硬，根本容不得商量：“你嫁给谁都行，只有那个沈池不行。”

“为什么？”她感到不能理解，“我已经是成年人了，难道不能自由选择以后的生活？”

“生活？”晏刚似乎是被逼急了，脱口就问：“你知不知道他是做什么的？你做了他的老婆，以后过的是什么生活，你到底知不知道？”

其实她不是傻瓜，交往这么久，沈池的事她多少总有些了解。但她根本没考虑过那些，到底还是年轻，在心里唯有爱情至上。

“他是做什么的我不管，只要他爱我就行了。”她赌气般地说。

“爱？他那样的人，懂得什么叫爱？他那样的人，有什么资格说爱？”

“什么叫作他那样的人？你根本就是偏见！”

“是你太幼稚！囡囡，听话，离开他。”

自她十六岁以来，父亲就很少叫她的小名了。她当时听得不禁呆了呆，隔着昏暗的灯光望过去，竟发现不知从何时开始，这个在她心目中伟岸如山的男人也已经老了。

父亲鬓角花白，眼角爬上皱纹，或许是由于长期的自我隐藏和压抑，就连法令纹也加深了不少，将面容衬得十分冷酷严肃。

夜半时分，她穿着睡衣睡裤，坐在床头与父亲对视良久，最后却还是坚持己见：“我不会和他分手的。”

“你总有一天会后悔。”眼见劝说不动，晏刚沉着脸站起来，转身离开了。

其实从小到大，父女俩很少有争执。那几乎是唯一的一次，在他们之间爆发如此直接而又激烈的冲突。

她是个性格温和，但在某些事情上又无比执拗的人。后来她和沈池的婚礼如期举行，父亲甚至没有到场。

她以为他还在生气，是在以这种方式表达自己的反对，可是没想到仅仅两天之后，就接到有关部门的通知。

晏刚在执行任务中英勇殉职。

她活到二十五六岁，才终于知晓父亲的真实身份和职业。

而她也终于理解了，为什么父亲会对沈池的身份如此反感和抵触。就因为平时接触得太多，因为被迫身在其中，见了太多的黑暗和残酷，才让他无法眼睁睁看着宝贝女儿也踏进这个污秽不堪、甚至见不到一丝光明的世界里。

孙教授的手术如期进行。

耗时六七个小时，因为切开之后才发现，真实情况远比之前拍片显示的结果要复杂得多。承影作为第一助手，全程协助在侧，这一场手术下来，竟像打了一场硬仗一般，最后病人麻药未退，在昏睡中被推出去，而她身上的手术服已经从里到外湿了个透。

接着晚上又是夜班。

她却几乎整晚没法入睡，半夜靠在值班床上迷糊了一阵，可一闭上眼睛就总想起之前在手术台上看见的景象。像是清醒着，又像是在做梦，脑海中的片段时断时续，仿佛梦见自己拿着薄而锋利的刀，对准了病灶切下去……

大量的鲜血在瞬间涌出来，从脊椎四周弥散开来，将她的手指渐渐淹没。她的视线也随之变得一片模糊，满目血红，找不准下手的方位，急得一头大汗。

最后终于惊醒过来，窗外已是天色微明，心脏还在怦怦乱跳，额前却是真的覆着一层薄薄的汗意。

沈池是午后才回家的。

三个小时之前，有一趟从菲律宾飞来的航班，他亲自去机场国际厅接到沈冰。沈冰在整个沈氏家族里向来是以怪脾气出名的，她坚持不肯住到家里来，只带着随行人员在四季酒店开了个套房，然后约他共进晚餐。

沈池回到家，家里的阿姨立刻上前汇报："沈太太早上回来的，连饭都没吃一口，就直接回房睡觉去了。"

"午饭也没吃？"

"没有。"阿姨一脸担忧，"我去叫过了，她说没胃口。"

沈池轻步上了楼，穿过套间客厅，直接进入卧室。

窗帘没拉上，下午的日光从一整面落地窗外斜射进来，室内一片光明透亮，可床上的人却似乎睡得很沉。

他悄无声息地走过去，这才发现她其实睡得并不安稳。或许是因为一条手臂正压在胸口上，影响了她的睡眠，那双秀长的眉微微蹙起，浓密纤长的眼睫正在极轻地颤动。

他低下头，居高临下地看了她片刻，才伸出手去轻拍她的脸。

"承影。"他叫她，"醒一醒。"

可她恍若未觉，眉头锁得更紧，仿佛犹自陷在那一片未知的梦魇中，抽不了身。

直到这个时候，他才注意到，她的头发竟然还是湿的。大约是洗完头连擦都没擦就直接睡下了，如今尽数摊在枕头上，摸上去还带着明显的潮意。

而她睡得极不安稳，似乎正在经历令人痛苦的梦境。他目光微沉，终于露出一丝担忧，索性加大了手上的力气，硬是将她给拍醒了。

承影刚醒过来的时候，人还有些怔忡，一时间竟分不清自己身在何处。

刚才，她又做了那个梦，梦中仍是黑暗的雨夜，她站在流水淙淙的河边，墨色的水草漫上来几乎卷过双脚，带着湿冷滑腻的触感。雨下得太大，无处可避，她浑身瑟瑟发抖，举目望去，始终看不到第二个人。

“你做噩梦了。”似乎过了好半天，沈池的声音才终于拉回她的神志。

她用手掌盖住脸，努力清醒了一下，坐起来说：“不算噩梦。”

类似的场景几乎每隔一段时间便会在她的梦中出现一次，只不过，在过去的许许多多个日子里，她多半都是在半夜挣扎着醒来，然后再独自一人沉默着重新睡去。

有时候他就睡在旁边，近在咫尺的距离，却形同陌路。

她起来去浴室稍作整理，又拿电吹风吹干了头发，走出来的时候看见沈池正在讲电话。

沈池拿着手机静静听了一会儿，大约是对方问了什么问题，他才语调平平地回答说：“医生。”

承影的脚步微顿，向他投去一个探询的目光。

他侧过头来也看了看她，隔了几秒之后，又对着电话里的那人说：“她和你从没见过面，有什么好聊的。”

他的语气平淡，稍微有点冷，可是脸上表情却不像是不耐烦的样子，讲完一句之后便又重新静下来听着。这让承影不禁愈加好奇对方的身份。

她轻步走到近前，微微仰起头，仔细观察他的反应。他把目光落在她身上，仿佛有点漫不经心地继续应付：“……我不认为你和她之间会有共同话题。”

她终于忍不住了，就用口型比了句：是谁？

而沈池大约也正被对方纠缠得没办法，索性把手机从耳边移开，递给她：“我堂姐，今天刚从菲律宾过来，她想和你聊一下。”

沈池的堂姐。这在承影的心目中，压根儿一点概念都没有。

她甚至不知道这个堂姐是从哪里突然冒出来的。

可是电话里的那个女声干净清脆，即使是第一次通话，也并不显得生分："承影，晚上和我一起吃饭好吗？"

"姐。"她叫了声，隐约觉得有些别扭，但还是很好地掩饰过去了，语调轻松地说："抱歉，今天没去机场接你。"

"没关系。我听沈池说，你是名医生。"

"对。"

"巧得很，我丈夫也是医生，不过他是一名牙医。晚上我请客，你和沈池来四季酒店，我们六点半见。"

"好，到时候见。"

挂掉电话，她才问沈池："我怎么从来不知道你还有堂姐？"

"沈冰是我二伯父和他的菲律宾太太生的，他们一家人一直定居在菲律宾，平时很少回中国。我们结婚的时候，沈冰恰好惹上点麻烦事，不方便入境，所以没来参加婚礼。"

"麻烦事？"她很敏锐地捕捉到了关键字眼。是什么样的麻烦，才会被中国政府禁止入境？况且，还只是针对一个女人。

谁知沈池竟像是一眼便看穿她的心思，随口说："她向来都是沈家最会惹麻烦的人，等你和她熟了自然就会有体会。"就这么轻描淡写地绕开了话题。

可是等到见了面，承影不禁开始怀疑沈池之前所做的评价。

站在她面前的这个女人，带着混血血统，又是一头爽利的短发，于是面部五官便被衬托得更加清晰立体。她穿着修身的休闲套装，配平底鞋，个子娇小玲珑，整个人焕发出一种熠熠的神采，看上去比实际年龄小了三四岁，只有三十出头的样子。

她的身高不像沈家的人，可是那副眉眼却带着标准的沈氏烙印，目光清湛犀利，眼底仿佛闪烁着万千星辉。

看得出来，承影带给她的第一印象很好。吃饭的时候，她甚至亲自给承影布菜，倒让承影觉得不好意思，端起红酒杯正打算敬酒，结果却被沈池抬手阻止了。

“你酒量又不好，换果汁敬就行了。”他声调浅淡地替她做决定。

承影笑道：“那样显得多没诚意。”

沈冰不以为意，冲身后比了个手势，立刻有人上来把承影面前的红酒换掉。

“你就以茶代酒吧。”沈冰冲承影抬抬下巴，示意她举起茶杯，又转过视线去看沈池，语气中带着明显的调侃：“既然你要护着老婆，那就替承影多喝一杯好了。”

沈池看她一眼，倒是没有任何异议，多陪了一杯。

“医生这个职业，感觉如何？”席间，沈冰似乎感兴趣地问。

承影想了想，如实回答：“这个职业一直是我的理想。”

“哦？治病救人，的确很高尚啊。”

“沈池也说过同样的话。”想到许多年前的事，承影不自觉地笑道。

“是吗？”沈冰别有深意地朝沈池看去一眼，可后者脸上没什么表情，似乎对这两个女人之间的对话没有兴趣，也并不打算参与。

沈冰也不以为意，重新转过去同承影闲聊：“之前告诉过你的吧，我老公是个牙医。我发现嫁给他最大的好处，就是牙齿出现问题的时候，可以第一时间得到解决。”

“其他倒还好，就是长智齿太痛苦了。”承影像是被勾起回忆，微微皱起眉头说：“我当年有颗智齿一直发炎，后来去口腔医院拍片子，说是横向阻生型，一定要拔掉。”

“过程一定很痛苦。”沈冰饶有兴趣地听着。

“是啊，痛苦到让我记忆犹新。是先打完麻药，再割开牙龈，最后用凿子和锤子伸进去，把牙齿敲碎了再一点点镊出来。从那之后，我就对牙医们产生深深的敬畏之情了。”承影停了停，才忽然笑说：“抱歉，不该在吃饭的时候聊这个话题。”

沈冰却是一副了然的模样：“这大概是你们医生的习惯。总是可以一边讲着手术室见闻，一边吃下带血的牛排。其实，我老公可比你过分多了，他每晚的睡前故事也多半是白天的工作内容。”

承影听着不禁笑了一下，顺口就问："姐姐生的是儿子还是女儿？"

沈冰笑容爽朗语气直白："我们没要孩子。他的睡前故事，是讲给我听的。"

真是有意思的一对夫妇。

承影猜测她和她的牙医丈夫之间，关系应当十分和谐。

晚餐结束后，三人在酒店大堂分手。

趁着承影去洗手间的空当，沈冰才突然评价道："她很单纯。"

"你想说什么？"

"单纯得不像我们沈家人。"

"她原本就不是。"沈池面无表情，并没有看她，只是自顾自走到酒店门口点了支烟。

沈冰也跟上来，伸手从他的烟盒里抽走一支，示意他给自己点火。深吸一口之后，她才斜过目光睨他，提醒道："可是她嫁给你了，就是沈家的一分子。沈家好的坏的，沈家的一切，都和她脱离不了干系了。"

"那又怎么样？"

"我只是随口说说。"沈冰心中微微愕然，表面上却只是轻描淡写地笑道。

酒店门廊外灯火辉煌，将沈池的表情映照得越发冷峻漠然。她看着他，有些话原本已经到了嘴边，最终却还是没有说出来。

她常年居住在菲律宾，她的父亲占据着几乎半个东南亚的毒品交易市场。她与其他堂兄弟姐妹来往并不多，但独独与沈池关系亲厚，那也是因为沈池曾在菲律宾住过两年的缘故。

那时候他还是个不满十岁的孩子。当时沈家正在悄无声息地进行一场肃清内鬼的行动，但是最后事态演变得越来越严重，波及范围也越来越广，许多事情都渐渐超出了人力的控制，结局不可预知。

作为既定的继承人，为了避开这一场未知结果的血雨腥风，年幼的沈池便被送到菲律宾暂住。他们两人之间相差不过三岁，朝夕相处，很快就加深了血缘之间的感情。

再后来，他没有任何悬念地成了沈家的掌权人，用强势凌厉的手段，迅速扩张着版图。而她，也全盘接手父亲的生意，在亚洲的东南一角牢牢占据着一席之地。

她了解他的性格和处境，所以怎么也没想到，他娶回来的妻子竟然会是一个像承影这样的女孩子。

为人直爽、简单，接受过良好教育，有一份好职业，似乎没什么心机，更加没有防备之心。

她从小就被父亲带在身边，见识各种各样的人和事，接手家族生意之后更是什么样的牛鬼蛇神都遇见过。所以，仅仅只花了一顿饭的工夫，她就轻而易举地将承影看了个通透。

这样一个善良简单的女人，实在与沈家的气场格格不入，更加不适合去应对沈家随时可能面对的疾风骤雨。

可是，沈池似乎并不喜欢听到她的提醒。

此时此刻，她看着他的表情，心里不得不暗暗吃惊。其实这些年来，他早已将自己修炼得滴水不漏，所谓喜怒不形于色，更甚至，在很多时候明明心中已经起了盛大的怒意，那张脸上却反倒是笑得愈加云淡风轻。

他的心思深沉难料，仅靠表面观察，没有几个人能真正猜透他在想什么。

而她已经有许多年没有见过他现在这副表情了，薄唇抿出沉冷的弧线，目光淡漠，眉宇间却隐约透出一丝不耐烦。

他不喜欢听到她方才那番话。

而此刻在他的脸上，竟然明确真实地反映出自己内心的想法。

如此表里如一，还真是有些失常。

其实她相信，他心里也是清楚的，承影并不适合沈家的这种环境。只是这样掩耳盗铃，倒是更加让人感到吃惊。

沈冰很快就抽完一支烟，等到承影走近，她顺手掐掉烟头，若无其事地笑说："我准备回酒店做个温泉SPA，我们改天再聊。"

"好啊。"承影一口答应下来："如果你在这边有什么需要，可以随时找我。或者，要不要搬去家里住？住在一起也方便有个照应。"

"那倒不用，我还是住在酒店习惯些。"沈冰把手袋递给身边的保镖，自己则从手腕上退下一串乌黑的木珠链，交给承影："这是我常年随身戴着的，找法师开过光，可以保平安。"

仅凭肉眼也能看出这是极好的东西，承影不禁微讶："送给我吗？"

"嗯。"见承影犹豫着不肯接，她索性拉住她的手，直接替她套在手腕上。

乌沉的木质光滑柔润，很有分量，触手竟有一丝奇异的凉意。

承影原本还想推辞，这时候，一直站在一旁没作声的沈池突然开口说："收下吧。"然后才看了看沈冰，简短地交代："有事电话联系。"

Chapter 11
意外

这样的环境，才是她此时此刻真实所处的环境。

她曾以为自己可以接受，但是就在现在，才突然发觉其实自己并没有准备好。

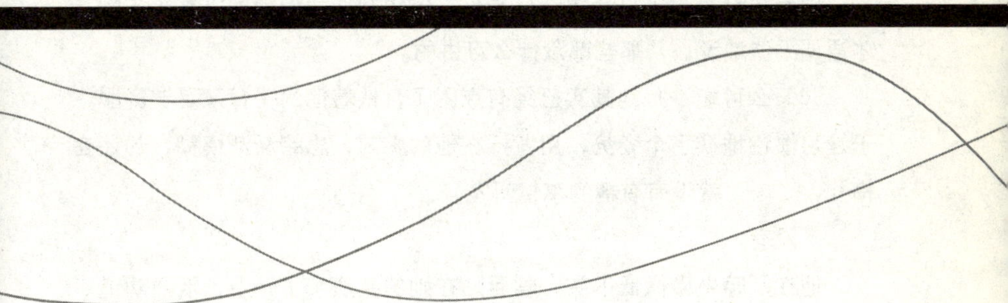

晚上准备睡觉的时候，承影突发奇想地要求："我想听故事。"

黑暗中，只听见沈池轻笑了声，问："你多大？"

她的手臂绕过他的腰，像柔软的藤蔓般缠上去："你好像从来没有哄过我睡觉。"

要是换在几个月前，她就算死也绝不会说出这样的话来，可如今就仿佛经年冰雪消融，一夕之间春暖花开，就连心境都渐渐回复到恋爱之初的状态。

"堂姐说，她每晚都能听到睡前故事。而且昨天巡房的时候，恰好看见一个病人家属，一边削水果一边给他的妻子讲故事听。"承影有些唏嘘，"当时我没好意思偷听，但那幅场景实在让人觉得温馨……所以，我也想听故事。"

"你想听什么样的故事？"沈池问。

“随便都行。”

“安徒生童话？”

他明显是在故意开玩笑。两人刚刚洗完澡，身上仿佛还带着微微濡湿的水汽，她在他微凉赤裸的腰间象征性地掐了一下，表示不满：“能不能认真点！”

“好，认真点。你到底想听什么？”

“嗯……你的事，你遇见我之前的事，或者……小时候的事。”

她一边打着哈欠，一边随口提议。没想到他却静静地沉默了片刻，才语调平淡地说：“那些都没什么可讲的。”

“怎么可能？”她其实已经有点困了，枕着他的手臂又足够舒服，于是习惯性地换了个姿势，用背抵在他的胸前，思绪渐渐模糊，却还在挣扎，“……就没有有趣的事情吗？”

“没有。”

他在黑暗中微微低下头，嘴唇贴在她的头顶亲了一下，低声劝道：“睡吧。”

沈冰在云海市逗留了二十来天，在此期间单独约了承影几次，多半都只是喝茶聊天。承影也因此发现，沈冰似乎精通茶道，每回品茶的地点都在她的酒店套房里，有专门带来的茶叶和茶具，沈冰甚至屏退了外人，亲自动手泡制。

“这是我的第二次婚姻。”最后一次约见承影的时候，沈冰同她闲聊，“阿星是个非常好的男人。”

阿星就是那位牙医先生，之前承影见过他的照片，是个微微发福笑容可掬的东南亚男人。

沈冰泡茶的动作十分娴熟优雅，沸腾的水流不疾不徐地落入杯中，她的声音也很低缓：“其实我的第一任丈夫也是个好人。”

她似乎有追忆往事的兴致，于是承影问：“那后来为什么分开呢？”

“他死了。”沈冰抬眼看了看她，继续将茶水分进杯子里，脸上神情轻淡，可说出来的内容却令人心惊：“在菲律宾南部遇上一场暴乱，被人射了十几枪，当场就没救了。”

承影不禁愣住，沈冰反倒笑了笑，一边将茶杯递过去一边回忆：“认识他的时候我只有十五岁，为了和他在一起，我甚至还离家出走呢。他是个小混混，没有正经的工作和收入，可我偏偏很喜欢他，想要和他生孩子。”

“可是你到现在都没生。”

“对啊。他发生意外之后，我就彻底打消了这个念头。”

“为什么？”承影有些不解。

沈冰端着茶杯，轻抿了一口，静静地看着她：“亲眼见到最爱的人死在面前，那种感觉太痛苦了。既然我们生活的环境不安稳，那就更应该减少这种事情发生的概率，这样对大家都有好处。其实我很喜欢小孩子，但我不打算生养。幸好，阿星对此也没什么意见。”

她一语双关，果然，承影只当她是在抱怨菲律宾国内的大环境不稳定，并没有太在意。

沈冰忽然又笑说：“看得出来，沈池他很疼你。”

承影扬扬眉：“有吗？”

“他很保护你。”沈冰一针见血地指出来。

这倒是事实。承影无从反驳，只能微微叹气：“有时候他把我当作小白兔。”

这个比喻似乎让沈冰忍俊不禁，眉眼微弯：“难道你不是吗？”

承影也笑：“我和其他普通女人一模一样啊，虽然不够强悍，但也不至于太软弱。”

可他并不是普通的男人。沈冰在心里加了一句，面上却不动声色，只是说：“有人保护着总是幸福的，对吧？”

沈冰第二天离开云海返回菲律宾。

下午三点半，五部改装后的纯黑商务车鱼贯驶入机场的地下停车场。沈池亲自来送行，可等车子停稳之后，他却并没有急着下车。

沈冰与他并排坐在后座，将护照证件交给随行人员去办手续，待车门重新关上，这才微微侧转过身体，问：“有话要说？”

沈池看她一眼："你最近频繁地接触她，心里在想什么？"

他没说名字，沈冰却立刻反应过来，仿佛觉得好笑，于是微微勾起唇角反问："好歹也是亲戚，又都是女性，我们有接触不是很正常的吗？"她略停了停，才继续说："看来你真把她当成小白兔了。"

这个形容令沈池不着痕迹地皱了皱眉，结果沈冰彻底笑起来："这可是承影的原话。"

"她为什么会这么说？"

"因为我跟她聊了一点往事。"沈冰直截了当地表达了自己的看法，"你对她保护过度了。"

对于这样的评价，沈池未置可否。

她不以为意，从手提包里摸出烟盒，一边点烟一边说："讲句实话，我从没想过你的婚姻是现在这种状态。"

"这种话，你刚到的那天在酒店里就说过一次了。"沈池冷冷地提醒她。

她却挑起眉梢纠正："不对。那晚在酒店门口，我是没想到你会找这样的女人当老婆。而今天我要说的，却是另一回事。"

沈池脸上依旧没什么表情。

她看着他，忽然问："前阵子，是不是有人拿承影来要挟你了？"

"算不上。"沈池冷笑一声，声音里却殊无笑意，"消息传得倒真远，连你都知道了。"

"你不觉得这件事情本身有什么问题吗？"

"有什么问题？事实上，她没受到半分伤害。至于以后，同样也不会。"

他的语气轻描淡写，却让沈冰不禁怔了一下。

她将目光牢牢定在那张冷漠坚毅的脸上，过了好一会儿才摇摇头："这就是所谓的当局者迷？我担心的根本不是她，而是你。"她的声音渐渐沉下来，用了最正经不过的语调提醒他："听说上回你为了她，亲自出手抓了对方的老婆和孩子。你告诉我，你有多久没做过这种事了？又或者说，这种事情，什么时候需要你亲自去做了？对方只是个小人物而已，却轻而易举就让你一反常态，失了分寸……这个消息既然能传到我那边，其他人自然也会知道。再接下去的利害关系，应该不需要我明说了吧？”

她停下来，车厢里一时间变得安静异常。

沈池的目光沉冷如水，隔着暗色的防弹玻璃，落在空旷的停车场一角。

她静等了许久，才发现他好像并没有要说话的意图，不禁抬腕看了眼时间，皱眉道：“我要走了。你猜得没错，我和承影接触，不是闲着无聊。我很担心，她会成为你唯一的软肋。”

车门被拉开，她在下车之前又回过头说：“我已经很久没有这么啰唆了，下次再见面也不知道是什么时候，干脆就再多讲一句吧。你我都知道，沈家的男人一旦有了弱点，将会是件十分危险的事。希望你好自为之，多保重。”

当秋天的第一场雨落下的时候，承影也请好了年假，在沈池的陪同下返乡。

说是回老家，但其实更像是一次旅游。从浙南一路向北而行，他们并不赶时间，只是走走停停，看上去悠闲得要命。

承影是在江南水乡出生和长大的。自有记忆起，就时时穿行于那些青石板铺就的深街窄巷中。雨后的江南，带着特有的清新气息，仿佛从石墙的每一道缝隙里渗透出来，那些潮湿而又瑰丽的色彩，混杂在吴侬软语中，温柔得像一汪湖水。

“听说我家祖上是Z市的，古时因为要避开战乱，于是陆陆续续往北部迁移，许多人又在迁移的途中分散开来，最后江浙两省都有晏家人，可每一处的人又都不会太多……”会谈及这段久远的历史，只是因为车子刚刚进入Z市境内。

沈池说：“那么，这里也算是你正宗的老家了。今晚我们可以在市内住下，到处逛逛再离开。”

“好。”承影隔着深色车窗去看公路两旁的风景，漂亮秀白的脸上神采奕奕。

沈池仿佛觉得好笑："坐了一整天的车，不觉得累？"

"有一点。"她回过头来看他，"所以晚上要早点休息。"

话一出口，才发觉有些不对劲。果然，就只见到那双漆墨隽秀的眼睛望过来，目光里隐约带着深意，以及一星半点的笑意。

车里的隔屏早已经放了下来，不会有第三个人知晓他们之间的交流。承影哭笑不得，忍不住拿手去拍他："不要想歪了好不好？"

"我想什么了？"沈池顺势将她的手指握住，放在自己腿上，笑得云淡风轻，"晚上想吃什么？"

话题转换得倒快。她想了想："当然是当地的特色。"

"比如说？"

"……菱角。这个季节的菱角，应该是最好吃的了。"

说是夜宿Z市，但其实进入市区之后，车子又开了近一个小时才终于到达目的地。

住的并非酒店，而是一栋五层小楼，地理位置幽静，风格则是当地最常见的那种私宅，甚至自带着一片院落。他们到的时候天已经黑了，看不清院子里种的是什么花。

"你在这边有房产，而且还有专人日常打理？"整栋房子干净整洁的程度让承影不禁有些吃惊。

可是更加令她没想到的是，人还没安顿下来，竟然很快就有新鲜菱角送过来。

"你是什么时候让人去买的？我居然都不知道。"

这整个旅途中，他几乎都在她身边，就连电话都没打过。

沈池脱下外套随手扔到沙发上，不答反问："你没打算就拿这些当晚饭吧？"

可是她已经迫不及待地坐在茶几边动手剥菱角了。

本地的南湖菱，其实并没有角，剥去几近翠绿的外皮，露出的是圆滑鲜嫩的菱肉。她递了一颗剥好的给他，说："你尝尝。"

沈池对这些食物本没有太大兴趣，但看她一脸满足兴奋的模样，到底不忍心扫兴，于是走过去，就着她的手咬了一口。

“我小时候最爱吃这个。”她将剩下的一半扔进嘴里，又伸手从盘子里拿了一颗，剥皮的动作麻利流畅，回忆道：“那时候还在家乡念小学，每到这个季节，我父亲就会托人从Z市买一些回去，给我当零食。可是不管他买多少，都会很快地被我通通消灭掉。”

“除了这个之外，还有什么想吃的？”沈池索性也在旁边坐了下来。

此时此刻的她，明显兴致高昂，专心致志地做着这件事，竟然像个心愿得偿的小孩子，眼神里光华流转，纯净简单得让人不可思议。从认识至今，他带她吃过的好东西并不少，可也从没见过她这样。

沈池看着她，一瞬间仿佛时光倒转，退回到十余年前。

又或者更早，早到她真正还只是个孩子的时候。

那是幼年时代的晏承影。

其实这么许多年来，偶尔他也会想，幼年时代的她会是什么样子的？别的女孩子都喜欢将以前的相片翻出来给男友或老公看，可唯独她，似乎并不怎么照相，留下来可供回忆的影像资料实在不多。

刚结婚那会儿，她曾经拿了学生时代的各种毕业照给他看，密密麻麻的人群中，辨认起来颇为费劲。

所以，有时候他总会觉得缺失了什么，也错过了什么。在他的人生中，面对着这个女人，总有些不完满的遗憾。

没过多久便有人进来通知开饭，他摆摆手，示意那人离开，却并没有催促她，而是从后面摸了摸她的头发。她的长发上仿佛沾染了江南的烟雨气息，触手凉滑，带着若有若无的香味，鬓角边的肌肤细腻瓷白，在客厅的灯下泛着如玉般的幽幽光泽。

目光落在那张安静美好的脸上，他心中不禁微微一动，倒真的像是在对待孩子一般，似乎有些失笑：“照你这样的吃法，恐怕我得再叫人多买些回来才行。”

屋外夜色弥漫，他的声音低沉柔软，承影停下来微微转过头看他，眨了眨眼睛："你的语气，听起来像是在哄小朋友。"

他不置可否，只是很快微眯起眼角，带着笑意的脸逼近她，冰凉的薄荷气息擦着她的耳畔，"我可从来不会和小朋友做这种事……"说完便在她的耳垂上轻轻啃噬了一下。

他太清楚她的敏感地带，这种近乎挑逗的动作很快就让她浑身发麻，触电般的感觉令她差一点跳起来，幸好他并没打算深入下去，下一刻就退开了，拉着她起身去饭厅。

或许是因为旅途劳累，又或许是沈池破天荒地没有折腾她，这一晚，躺在柔软舒适的大床上，承影睡得格外沉。

第二天醒来的时候，才听见窗外淅沥的雨声。秋雨连绵，竟是从半夜开始下起，玻璃上早已蒙着一层水雾。

她陷在温软的被褥中，待思绪清醒之后才猛然想起一件重要的事，很快便将手探到沈池的腰上摸了摸。

下一秒，手掌就被人反覆住。他的声音听起来微微有些低哑，但十分清醒，显然比她醒得早，"怎么了？"

这样的天气，又是这样的床榻。她抬起眼睛去看他，有些担忧："旧伤会痛吗？"

"有一点。"他笑了声，"不然你以为昨晚为什么会放过你？"

居然还有心情说这些！她觉得既可气又可笑，准备起来拿药油，却被他伸手揽进怀里，"……陪我再睡一会儿。"

深隽的眉宇近在咫尺，其间有掩饰不住的浅淡的倦意，她猜想他大概一晚没睡好，再对比自己，心中竟难得有一丝负疚感，只得老实安静地让他搂着，低低地应了声："嗯。"

结果这一觉一直睡到下午才起。

负责煮饭的阿姨是本地人，做菜手艺十分地道，将饥肠辘辘的承影喂得心满意足。

放下碗筷的时候，陈南正领着几个人从门口走进来，沈池对他交代："雨停了，等会儿出去转转，你们也一起去。"

“所有人？”

“一半吧，剩下一半人留在这里。”

承影不禁抬眼看了看他。所有人？可是自从离开云海以来，她所见到的这一路随行的，最多也只有五个人而已，包括陈南在内，还有四个保镖。

不过很显然，眼前这两个人的对话中透露的信息显示，事实上这次跟随出行的人应该远远不只这个数。

那么，剩下的那些人，就像是影子，都在她看不见的地方，却肯定离得并不远。

这让她不禁回想起许多年前的那趟云南之旅。真是令人记忆犹新，只因为场面太壮观了，已经远远超出了她当时的认知范围。

而这一次，原以为这只是一场普通轻松的旅行，所以不需要那样谨慎。可是如今看来，也只是由明化暗了而已。

沈池出门的保全工作，几乎做到了固若金汤、滴水不漏。

仿佛是看穿了她的疑惑，所以等到陈南带着人离开后，他出声解释：“如果看见太多人跟着，恐怕你会不习惯，玩起来也不能尽兴。”

这倒是实话。这或许是他的生活常态，却绝对不是她所习惯的。

“一共来了多少人？”

“四十几个。”沈池语气轻淡，却说出一个事实：“有时候，我不能仅仅只代表我个人。我的生死，其实是和很多人都连在一起的。”

这个话题太复杂，又难免有些残酷，他说完之后，果然见到她很明显的怔忡了一下。

这样的话，原本并不需要解释给她听，因为牵涉到安危和死亡，以及整个沈家乃至与沈家有关联的人和事。

这其中有一张错综复杂的关系网，延伸范围宽广，而他则是这张网中的那个最关键的结点，一旦从他这里断开，一切都将崩裂到不复存在，波及的将是许许多多的人。

就像那天在机场，沈冰所说的：沈家的男人一旦有了弱点，将会是件十分危险的事。

只因为这所谓的危险，早已不是他一个人的危险。

承影仍在发愣，沈池已经离开座位站起来，似乎是为了分散她的注意力，他笑了声："好歹也是你的老家，下午你负责带路。"

"好。"她又看了看他，才上楼去换衣服。

尽管已经极力控制，但心情终究还是受到影响。在听完沈池的那番话后，她无法形容自己的感受，仿佛极端压抑，又仿佛莫名烦闷，就像是被人突然丢在一个未知的、庞大的世界门口，前面是漆黑一团的景象，她没有能力去一探究竟，却又不得不面对它。

而那团黑暗，正自汹涌滚动，似风暴、似潮水，随时准备着将她吞噬。

走在人流中，明明是那样热闹祥和，脑子里想的却是另外一件事。

她想，四周全是保镖，明的、暗的，至少有二十个。而他们的存在，只会时刻提醒她，或许还有立场对立的人，也在暗处，伺机而动，却不知道有多少个。

这样的环境，才是她此时此刻真实所处的环境。

她曾以为自己可以接受，但是就在现在，才突然发觉其实自己并没有准备好。

而心中偏又是那样的清楚，清楚今天沈池给她看到的，仅仅只不过是那个世界里的冰山一角。

她突然没了兴致，于是在外面心不在焉地转了不过一个来小时，便提出要回去。

"每个城市的市区好像都差不多，没太大意思，我们走吧。"她说。

"怎么了？"沈池转过头来，不动声色地将她快速打量了一遍，"为什么一脸不高兴的样子？"

"有吗？"她反问，微微抬起眼睛回看他："我只是没心情……任何一个正常人在这种环境下逛街，恐怕都不会有心情。"

她态度不好，脸色和语气都很僵硬，明知道自己是在迁怒，可是似乎也只有这样，才能稍微舒缓心口那种强大的压迫感。

沈池沉默片刻，目光渐渐变得深晦，声音却淡下来："这件事，我以为在出门之前就已经跟你解释清楚了。”

是迫不得已？抑或是他早已习惯的常态？可是这些她都接受不了，更适应不了。而他竟然还是这样一副平静清冷的表情，居高临下地看着她，仿佛她只是在无理取闹而已，好像她根本就不应该有一丝一毫的焦虑或压抑。

她站定在市区最热闹的一条街道上，四周是喧哗的人声，无数陌生面孔与自己擦肩而过，而她只是语气冷淡地坚持说：“我想回去。”

他也停下来，静静地看了她一会儿，最终只说了一个字：“好。”

这件事就像一个转折，让本来愉快轻松的旅程突然变得气氛僵硬凝重起来。

返程的时候，恰好是傍晚时分，路上车流拥堵，十字路口前的数条车道上都排着长龙。

夕阳从林立的高楼间缓慢沉坠下去，最后一缕冰凉的日光落在深色的车窗边，泛起极浅的金辉。

她一路上几乎没怎么开过口，这时候才突然问：“这玻璃，是防弹的？”说话的时候仍旧偏着脸，似乎在看窗外的风景。

其实这个问题，她过去从没关注过。

隔了一会儿，右手边才传来一声极简单的回应：“嗯。”

她微抿着唇角，开始继续保持沉默。

晚饭过后，天已经完全黑了，下午才短暂停歇的那场秋雨，不知何时又淅淅沥沥地落了下来。

帮佣的阿姨收拾好碗筷，又从厨房里端出刚刚冲泡好的西湖龙井，茶香很快氤氲在客厅里。承影象征性地喝了两口，便一言不发地独自上楼去洗澡。

她走后，陈南就在沙发边坐下来，问：“我们什么时候动身离开这里？”

“明天。”沈池点了支烟，夹着香烟的那只手随意地搭在沙发靠背上，目光在楼梯口停了一下，才转回来说：“到苏州之后，你去订两张机票，行程结束后我会带承影坐飞机回云海。”

陈南显然有些吃惊。

他继续说："你和其他人照旧开车回去，不用跟。"

"可是这样不太妥当。"

沈池抽了两口烟，淡白的烟雾后面神色平淡："没关系。"

陈南还想继续劝说，这时候，就有人拿着手机快步走了过来。

那是沈池的手机，电话已经被接通。对方一听见沈池的声音，就立刻操着流利的美式英语说："沈，有件事恐怕不得不第一时间通知你……"

承影在浴室里快速地冲了个澡，她特意调高水温，很快便驱散了周身潮湿冰凉的气息。

出来的时候，才发现卧室的窗帘和窗户均敞开着，细密的雨水顺着凉风飘进来，已经沾湿了窗边的一小块地板。

承影拿毛巾随意包裹住湿漉漉的头发，走过去关窗户。

就在这个时候，外面传来一阵又急又快的脚步声，似乎是有人正大步走上楼梯，又径直朝着套间这边过来。她本能地回头看了一眼，走向窗边的脚步微微受阻，下一秒，卧室的门板便被撞开了。

男人的步子很大，表情冰冷肃杀，她有些莫名其妙，怔了一下才一边扣住头发上的毛巾，一边去关窗子。

"承影！"沈池出声的同时，人也极快地赶到她跟前，伸出手一把将她拽住。

承影猝不及防，只感觉被一股突如其来的巨大力量拖住，整个人从窗边擦过，身体失去平衡，然后就被扑倒在地板上。

几乎是同一时间，一声极响的爆裂声，在耳边炸开。伴随着一同到来的，是如水银般自窗台上倾泻下来的玻璃碎片。

她只裹着一件浴袍，小腿光裸在外头，零星的碎玻璃从皮肤上滑过，很快就有冰冷的刺痛感传过来。

然而，刚才那一声爆裂声响似乎只是个前奏，因为只隔了短短几秒钟，密集如雨的枪声便开始在卧室里迅速激荡。

子弹擦过空气激起层层气流，冷风夹带着雨水飘进来，令薄纱般的窗帘疯狂翻卷。

屋内早已是漆黑一片。

原本炽亮的顶灯在沈池冲过来的那个瞬间，就已经被他操纵遥控灭掉了。

承影被按倒在地，本能地侧过脸，脸颊紧紧贴在温凉的地板上，视线所及是黑黢黢的床底，几乎无法辨清眼前的情况。可是那些凌乱绵密的枪声却一刻都没停止过，每一下都仿佛堪堪从耳边滑过。

她的身体不禁僵硬，紧张得连呼吸都快凝滞，腿上的疼痛在巨大的精神压力下已经感受不到了。这时候只听见那道低沉的嗓音，在她头顶安抚道："……别怕。"

沈池的声音又凉又低，却很稳定，她张了张嘴，嗓子似乎被堵住，一个音节都发不出来。而他说完这句之后便不再作声。他的身体几乎完全将她覆住，衬衣柔软的质地贴在她脸上，隔着单薄的布料，她能听见他胸腔里强而有力的心跳声。

时间的长度在猛烈的枪火中被无限拉伸，大约不过短短几十秒钟，可她却仿佛经历煎熬了几个漫长的世纪。

很快就有保镖端着消音武器冲进卧室，展开凌厉的反狙击，而楼下屋前屋后也迅速启动了防御和反击模式，用最集中的火力清除危机，维护着楼内的安全。

浓烈的硝烟味在暗室里弥漫，最后一切终于渐渐停歇下来，重新归于平静。

前后不过两三分钟。

有人将顶灯重新打开，纷乱的脚步声踏过一地弹壳，向窗边靠近。

突如其来的光线让承影下意识地闭起眼睛回避，而之前一直压在身上的重量也消失了。

沈池侧过身体，从床上拉了一条丝被，轻轻地将她的身子包覆住，然后才扶着她的肩膀起来。

陈南手里拎着狙击枪，走到窗前，半蹲下来察看，沉声问："没事吧？"视线很快就落在沈池的肩头。

承影坐起来，耳边嗡嗡直响，整个人犹自有些晕眩，却也在第一时间看见了——沈池的右肩竟然受了伤，此时浅白色的棉质衬衫已被鲜血浸湿了一大片。

“没事，只是子弹擦伤。”沈池轻描淡写地说，目光却一直停留在怀中女人的身上，在确定她只有小腿被碎玻璃划破几道浅口子之后，这才站起身，叫了随行的医生进来。

医生在替承影消毒上药的时候，沈池就一直沉默地站立在旁边。

她坐在床尾，微微抬高了腿，任由医生摆弄，脸上却有掩饰不住的担忧：“我觉得应该先处理你的枪伤才对。”

他不知在想些什么，过了两秒钟才回过神，之前微微蹙拢的眉心刻意舒展开来，淡声说：“没关系。”就好像这种伤对他来讲根本不算什么。

可是，直到她这边处理妥当了，他却坚持不肯让她再看，而是带着医生去了隔壁房间。

“听话，”离开之前，他居高临下站在她面前，用没受伤的那只手顺着她潮湿的长发轻轻摸了摸，“我还有点事情要做，你先休息一下。”

这是位于三楼的另一个套间，格局和之前住的那间几乎一模一样。

承影心有余悸，不敢再靠近窗户，窗帘也被拉拢得密密实实，一丝缝隙都不留。

其实，她平时睡觉就不习惯开窗，因为怕吵。而今天，完全只是一个意外。大概是帮佣的阿姨下午打扫了房间，顺手开了窗户通风，却忘记去关了。

而半个小时之前的那场突来的袭击，则是她有生以来第一次和真正的枪林弹雨靠得如此之近。而距离死亡，或许也仅有一步之遥。

倘若不是沈池在千钧一发的时刻赶到跟前护住她，倘若当时她再往窗口多靠近一步，那么子弹会不会在击穿玻璃之后紧接着贯穿她的身体?

就在今天下午，她才不得不面对这个复杂黑暗的世界，可到了晚上，她就已经一脚踏了进去。

虽然，这一切都并非出于自愿。

没过多久，门板便被敲响，陈南走进来说："他让我过来陪着你。"

承影靠在床头，兀自有些失神，隔了一会儿才问："他的伤，真的没关系吗？"

"嗯，已经处理过了。倒是你自己，"陈南挑了一张面对着床的单人沙发坐下来，神色难得严肃凝重，"是不是被吓到了？"

现在回想起来，心脏仍会狂跳不止，可她不想谈这些，只是勉强露出一个笑容，反问道："你的枪法很准？"

在硝烟中拿着枪的陈南，她今晚也是第一次见到，那是另一种形象，仿似完全陌生。

陈南似乎想了一下，笑得轻松："还不错，不过比他差一点。"他微微停顿，看着她，"不过因为要护着你，像今天这种情形，他是头一回连枪都没去碰一下。"

因为她当时惊慌失措，因为在千钧一发的紧急关头只能用身体保护她，所以他甚至放弃了还击。

"我知道。"她听见自己用游丝般的声音回应着陈南，在沉默片刻之后，才抬起眼睛，直直地看向这个被沈池视为心腹的男人，"……可是我好像没办法接受，怎么办？"

这句话很突兀，陈南听完不禁微微一怔，但很快就明白过来了。他自小跟在沈池身边，多少沾染了沈池的脾性，平时做得多说得少，而外头那些女人也都不过是露水关系，从不需要他花费心思去哄着，所以实在也没有安慰人的经验。

如今面对着承影，他只能努力组织着恰当的措辞，希望能够达到安抚的效果，"……你第一次经历这种事情，难免还习惯不了。不过……今天的事应该只是一次意外而已，毕竟你看，你和他结婚这几年，不是一直都过得很平静吗？"

"真的只是个意外？"她无意识地重复这句话，眼里却充满了怀疑。

“只是意外。”门边突然传来一个声音。

沈池不知是何时进来的，他冲陈南比了个手势，后者如释重负立刻起身离开。就在错身而过的时候，陈南才无声地用口型告知他，房里这个女人的情绪正十分不稳定。

陈南走的时候，顺手将门带上了。

四五十平的卧室里，瞬间安静下来。借着暖意融融的灯光，承影注意到他已经换了件干净的衬衫，袖口随意卷到手肘上，肩膀上经过处理的枪伤被衣料覆盖住，几乎看不出来。

他走到床边，看着她仍有些苍白的脸，不禁微微皱眉，低声说：“刚才吓到你了。”

不同于陈南的询问，沈池用的是一种肯定的句式和语气，恰恰戳中她心头的想法。她不自觉地一下子收紧了手指，抿着嘴唇却不作声。

晚上八九点钟的光景，隔着厚重的窗帘，隐约可以听见外面又急又密的雨声。

他一时间并没有坐下来，而是维持着站立的姿势，垂下眼睛看她，仿佛陷入了短暂的沉思，沉默了片刻后才说：“抱歉。”

她愣了愣，抬起头。

自从十六岁认识他至今，这么多年来，他是头一回对她说出这两个字。

她很诧异。

因为在此之前她从没想过，会有什么样的理由，需要她的男人对她说这两个字。

她微微仰着脸，对上他的眼睛，试图看清他此刻的情绪。然而，那双眼底仿佛笼罩着浓郁的墨色，又深又暗，她在那里面看不见一丝光亮。

他凝视她的样子难得有几分严肃，语调微沉：“我没预料到，有一天会让你经历这种事情。”

是真的没有料到。

甚至包括晚上的这场袭击，也是临时收到的消息。

在方才消失的这段时间里，他任由医生在身后处理伤口，自己却在书房里第一时间与韩睿通了电话。

数十年来，沈家在中东已经建立起了极为庞大的生意帝国，中东各路武装力量的各种交易也尽数被沈家掌控着。

几个月前他亲自飞过去，除了例行的公事之外，还顺手完成了对韩睿的允诺。

事实上，他那样做，倒也不单单是为了韩睿。韩睿所在的家族里，那些美国人的行为相当于侵入了他的地盘，哪怕韩睿不提，他也是迟早要动手解决的。

只是没想到，对方的反击竟会来得这么快，且这么直接。

千里迢迢，远涉重洋，居然敢在中国境内做出这样大的动静。

然而，这些都还不是关键。让他不得不在事后费神去思考的是，当时狙击手射出的第一颗子弹，究竟是冲着他，还是冲着承影来的?

一切都发生得太快。更何况，在那紧要关头的一瞬间，他将一大半的心神和专注力都放在了她的身上，导致自己判断失常了。

就像那颗子弹，原本他是可以避开的。

这么多年，这是从来没有出现过的情况，却似乎都在今夜发生了。最后虽然得到解决，一切重新归于平静，就如同以往他每一次经历过危机又安然渡过一样，但是这一次，仿佛某种维持了许久的平衡和平静被打破了。

那是隐藏在事件表面以下的东西，看不见摸不着，但他凭着天生的直觉和后天培养出来的敏锐度，立刻便能感觉得到。

事情一旦失衡，很快就将变得不可控制。而危险，也将随之源源不断地侵袭而来。

如今，她就这样脸色苍白地坐在床头，赤裸的小腿上还能看见细碎的伤口。他长久地沉默着，因为想起沈冰说的话：她恐怕会成为你的软肋。

他不怕她成为自己的软肋，因为这原本就是事实。但他担心一切都被沈冰料中，其他人都已经知道这个女人就是他沈池的弱点，以为只要拿捏住她，就相当于捏住了他的七寸。

他甚至有些后怕。倘若没有及时接到美国那位朋友的电话，此刻他是不是就已经失去她了？

他自幼生长在黑道世家，习惯了活在枪林弹雨之下，看那些阴谋诡计和生离死别。为了达目的不择手段，在庞大的利益之下没有什么是不能被牺牲的，他向来都很清楚这一点，也清楚只有足够坚硬、冷漠、强大才能够生存，才能够保护其他沈家的人生存。

而事实上，自从他接掌沈家以来，也确实一直都是这样做的，从来没有后悔过。

今夜却是有生以来唯一一次，他竟然后悔娶了她，后悔将这个女人拖进这个充满危机和鲜血的世界里。

她本该过着最干净简单的生活，而不是在呼啸的子弹下被惊吓得呼吸紧促手脚冰凉。

他用身体护住她的时候，在满目硝烟中，能清晰感觉到她杂乱无章的心跳声和瑟瑟颤抖的身体。

头顶柔和的光线洒下来，照在她纤细的锁骨上，让她的身姿显得有些伶仃。

他依旧站着没动，很久之后才不动声色地伸出手，摸了一下她的头发，问："还是湿的，你没找到电吹风吗？"

"没有。"

下一刻，她就眼睁睁地看着他转身去了浴室，再出来时手上多了一只小巧的电吹风。

他帮她吹头发。

修长的手指穿过乌黑柔软的发间，仿佛极有耐心，不轻不重地顺着打理。她半垂着眼眸，看似十分乖顺一动不动，心里却一刻都静不下来。

似乎有太多东西要想，可又理不出头绪。

他的这双手，骨节匀称，修长漂亮，掌间和指腹上有薄薄的茧，明明精于枪械，此刻却在替她吹头发，动作近乎温柔。

她闭起眼睛，脑海中不可抑制去想象的，是他握着枪的样子，他扣动扳机的样子，和子弹射出的样子……

等到身后的机器声和温热的风终于停下来，她才睁开眼睛转过身，似乎下了极大的决心，一字一顿地说：“这样的生活，我根本还没有做好准备去面对。怎么办？”

“你说要怎么办？”他随手卷起电线，将电吹风放在床头柜上，淡淡地反问。对于她的想法，他似乎并不意外。

“我想静一下。”

“好。”他看了她一眼，没有反对。

Chapter 12
分离

她主动提出了分手。

可是这么多年过去，她才发现，那时的轻易分离，或许只是因为不够相爱。

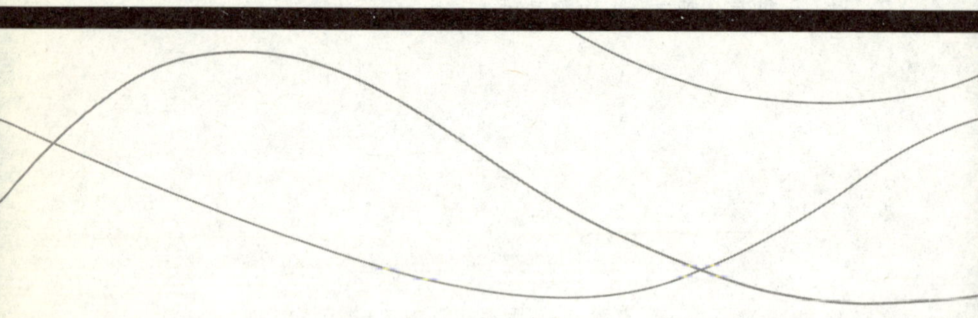

开车从Z市到苏州，只用了一个多小时。

承影先去陵园祭拜，然后回了趟旧家。

那套房子在市中心，是十几年前建的，老是老了点，但胜在交通十分便利，旁边就是她曾经就读过的小学。当初父亲去世，而她定居在云海，也从没想过要把房子卖掉。

其实除开家具和电器之外，家里也没剩多少东西了，不过是一些不需要的旧衣物，这么多年放在这里没人打理，除了厚厚的灰尘就是明显的霉渍。

客厅的墙角有些渗水，地板边缘也翘起了好几块，承影在这套简单的两室两厅里转了一圈，便开始动手收拾，去阳台的水池里浸湿拖把，又找出一件旧的纯棉T恤做抹布。

“你要干吗？”沈池站在客厅里，看她忙进忙出，不禁微微皱起眉，只觉得她这副样子十分反常。

果然，她一边擦桌子一边说："我想在这里住两天。"

这和原定的计划不太一样。沈池沉默片刻，俊眉微微一动："一个人？"

"嗯。"她没有抬头，更没有看他，只是按住桌沿，擦得十分卖力，厚厚的浮灰瞬间染黑了抹布。

其实她昨晚没睡好，眼圈下是一层淡淡的浅青，连带皮肤状态也不是很好，苍白得几乎没什么血色。早晨起床的时候才发现上不了妆，最后索性只抹了一层隔离霜，素面朝天地出了门。

她的样子很憔悴，而心里更累。明明知道这一切并不是他的错，可她仍旧只想一个人待着，仿佛只有那样，才能暂时还给自己一个简单正常的生活状态。

只不过，这一路上她都没说，一直拖到现在才知会他。

原本她以为自己的行为会惹恼他，可是沈池的声音听起来很平静，一时间辨不清喜怒："如果你坚持要住在这里，那么我留下来陪你。"

"不要。"她执拗地摇头，"我想一个人。"

"承影，你能不能不要这样任性？"

"为什么这算是任性？"她不理解地望向他。

"我不同意你一个人待在这里。"

"为什么？"

"没有理由。"

沈池终于被她逼得有些不耐烦了，唇角微微沉下来，从口袋里摸出香烟，低头点了一支。火光猩红，在修长的指间忽闪忽灭，他的神情被烟雾遮挡了大半。

其实他很少当着她的面这样做。她对烟味有些敏感，总是不喜欢他抽烟，所以这些年他一直很注意，哪怕是在关系最僵的时候。

这似乎已经成了一种习惯。

承影把抹布放下来，垂下眼睛盯住桌面，半晌后才再一次重申："我想一个人静一静，你昨晚不是也答应了吗？"

可是沈池却不再理她，而是径直走到阳台上，三两口把烟抽完了，才转回来说："随便你吧。"

结果他连午饭都没吃，就直接离开了。她想，他一定是生气了。

沈池走之后，她又用了一整个下午的时间，才终于把房子收拾妥当。老式的社区，配套设施还很齐全，下楼走出几十米就有一家便利超市，也是开了好多年的。

只是名字换了，老板也换了，见到承影这张新鲜面孔，又见她买了那样多的日用品，便和气地打着招呼："新搬来的？"

承影笑笑："是啊。"

"这里房子太老太旧，可是政府又一直没有计划要拆。你是买的还是租的？要是买的可不划算。"

趁着老板算钱的工夫，她从口袋里拿出手机，犹豫片刻终于还是给沈池发了条短信：我过几天就回去了。

"五百三十六块五，谢谢！"老板拿了两只大塑料袋，替她把东西套起来，又指着那套真空压缩的被芯和枕芯问："要不要找个小工帮你送回去？"

她付了钱，说："不用了，谢谢你。"

回到家刚换了全新的床上用品，窗外便飘进来一阵饭菜香。

这才是熟悉的感觉。

老房子格局紧凑，厨房挨着厨房，她小时候放了学，站在自家厨房里，就能听见隔壁邻居切菜的声音。

傍晚时分，烟火人间。

这是最世俗平凡的景象。在这个城市里，甚至在这个世界上，千千万万人都在过着这样的生活。

他们因为有钱而兴奋，因为没钱而烦恼；因为健康而快乐，因为疾病而痛苦。

他们每天需要考虑的只是柴米油盐生老病死，哪怕有喜怒哀乐，也是十分简单的喜怒哀乐。

夕阳在远处缓缓下沉。

承影趴在自家的后阳台上，细细辨认着楼下那户人家今晚的菜色，红烧肉的香味混在空气里飘过来，忽然就令她觉得满足。她不得不承认，自己也只是个普通的人，只不过，却嫁给了一个不普通的男人。

手机一直没响过，她将它握在手心里，想想又编了一条发出去：真想过一过平凡夫妻的生活。住在普通的居民楼里，只有你和我，我们下班后一起去超市买菜，然后回来做晚饭。此刻对面楼里就有这样一对夫妻，我远远看着他们，竟然觉得十分羡慕。

这样文艺的感慨，原本就没指望沈池会回复。所以，她很快就进屋拿上钥匙和零钱，下楼吃饭去。

手机的短信铃声作响的时候，沈池正靠在车里闭目养神，明明听见了声音，却好一会儿都没动弹。

直到陈南那边电话讲完了，他才闭着眼睛淡声问：“怎么样？”

陈南心知他一直都没睡着，便从副驾驶座转过身来，说：“留下的人到处都看过了，很安全。嫂子刚才去了一趟超市，这会儿估计是出去吃东西去了。”

沈池“嗯”了声，“走吧。”

“咱们这就直接回云海了？”

见沈池点头，陈南犹豫了一下，终于还是开口问：“其实为什么不实话告诉她？昨晚才出了事，她现在一个人在这边未必安全，留人下来光明正大保护她不是更好吗？”

“目前还不清楚昨晚那拨人到底是冲谁来的，说给她听，也只会让她再次受到惊吓。况且……”沈池换了个姿势，受伤的肩膀避开靠背，侧过头去看窗外的沉沉暮色，“无论如何，我被当作目标的可能性更大些，分开走或许对她有好处。”

她说想要静一静，其实是在他意料之中的事。

更何况，只需要两三天的时间。

他打开手机，前面那条短信还没被删除，而最新的那条……

沈池看完之后，忽然笑了笑。多么简单的愿望，他却从来没有给过她。

车子一路没停，连夜驶回云海，回到别墅的时候已经是凌晨。

留在苏州的人汇报说承影也刚刚到家，他冲完澡便拨了个电话过去。果然，她的声音还很清醒，似乎是在空旷的地方讲话，周围异常安静。

“我到了。”他说。

她“哦”了声，随口道：“我在阳台上晾衣服。”

“晚上吃了什么？”

“找了间附近的餐厅，随便吃了点，然后又去商场逛了逛。”

……

在与云海远隔一千多公里的苏州，清冷的月光照在这栋老式楼房的阳台上，承影正仔细地把湿衣服抻平。她一手拿着手机，动作不太方便，所以做起来有点慢，但还是没有挂断电话，就这样有一搭没一搭地与对方闲聊。

都是些再普通不过的话题，就像前一晚的惊心动魄未曾发生过一样。

他不提，她也尽力遗忘。

住在儿时的家中，总有一种熟悉而又安全的感觉，她好像真的已经忘掉了那些曾经令自己血液冰冷凝固的画面。

第二天，承影闲着没事，便去母校看望老师。

正好课间活动时间，操场上是一群到处疯跑的小孩子。因为连日的雨水，气温已经降下来了，水泥地也没完全干透，可那些学生玩得忘乎所以，满头大汗。

她觉得好笑，仿佛看到昔日自己的影子。她在这里念完了整个小学，升初中后才转到寄宿学校去。

“和你小时候真像。”冷不防的，身后传来声音。

承影吃了一惊，连忙转过头，只见花坛边站着一个修长挺拔的身影，暖金色的阳光落在他过于俊美的脸上，那双眼睛里分明闪烁着笑意。

“你怎么在这里？”她讶然。

林连城双手插在休闲长裤的口袋里，慢悠悠走向她：“你的这副表情，倒好像我在跟踪你似的。”迎着光线，他微微眯起眼睛，笑得如沐春风：“什么时候回来的？也没提前告诉我一声。”

他一副理所当然的样子，让承影有些无语，“你不是应该在云海的医院里照顾爷爷吗？”

“嗯，我这次是受家里委托，回来办点事情，办完了就走。你呢，回来做什么？”

“休年假，随便转转。”

他挑了挑眉，继续笑：“那不如一起吧。”

结果就这样，她反倒被他领着去见了以前的老师，然后是校长。到了下午，更是受邀留下来参加一个读书基金的成立暨捐赠仪式。

她坐在大礼堂的第一排，目不斜视地看着台上发言的老校长，却压低嗓音说：“这样的善心善举，是你对母校的回馈？”

旁边的男人难得打扮得西装革履，也用同样低清的声音回答她：“我很想这么做，但被我父亲抢先了。正好我大哥不方便出席这种场合，就派我来做代表。”

说话间，校长的发言已经结束，台下响起一片雷鸣般的掌声。承影跟着鼓掌，边笑边说：“轮到你上台了。”

她的话音落下，林连城整理好袖口站起身，对她微一倾身，露出一个绅士般的笑容，然后才步履从容地走上讲台。

从没见过他如此一本正经的模样，她差一点就笑出声来。

晚上他们婉拒了校方的宴请，自行在市区找了一家餐厅。

“李校长今天可是很有诚意地请你吃饭，你不参加会不会不太好？”承影一边翻看餐牌一边闲闲地说。

林连城却半真半假地回：“你不肯去，我一个人去有什么意思。”

她忍不住从餐牌后瞟他一眼，“又不是小朋友，这种事还需要结伴吗？”

“难道你没发现，小的时候我就喜欢和你一块儿吃饭？”

她笑了声，扬手招来服务生，指着让人垂涎欲滴的图片说：“我要这个，这个，还有这个！”

林连城看着她，似乎也觉得好笑。这么多年，她避重就轻的本事倒是长进不少。大概是两年前那一次，他真的把她给吓到了。

吃完饭，他才问：“明天有什么安排？”

“暂时没有。”她反问：“你不是说办完事就回云海吗？”

他似笑非笑地睨她：“看样子你巴不得我赶紧滚蛋。”

她语气无辜：“不敢。这里可是你的地盘，我哪有资格叫你滚蛋。”

林连城挑起唇角笑了声：“你这话千万别当着我家老爷子的面讲。从小我在他眼里就是个土霸王，好像我专会狐假虎威欺负邻里乡亲似的。平时明明没人跟他告状吧，他却偏要认为大家都是碍着他的面子，不敢来告我的状。经常编些莫须有的罪名，然后把我修理一顿，可真冤死我了。”

承影听得好笑，忍不住眉眼微弯，“这些事我怎么都不知道？”

“瞒着你呗。我在家里挨了皮带关了禁闭，回头还得玉树临风地出现在你面前。这是男人的形象问题，不懂？”

他这副油腔滑调的样子真是像极了小时候，承影不禁失笑。

他是第二天下午的飞机，可她还不想这么早走，家里辛辛苦苦收拾得干净卫生，总不能只住两个晚上就离开，那未免太不划算。

结果没想到，第二天清晨就接到医院打来的电话，要求她立刻销假上班。

“……是紧急任务。”主任亲自跟她交代，“事情比较突然。医院原计划对尼泊尔进行援助的医疗小组出了点问题，部分人员被临时调派到别的组，去不成了……正好你有经验，前两年也曾在那边短期待过，相关手续办起来也简便，所以这次医院决定派你顶上……我们这边是上午九点的专机，还要运送一批紧急医疗物资过去，没办法等你回来了。你现在人在苏州是吧？不管你用什么方法，最迟二十四小时之内，要抵达加德满都与我们的人会合……”

天才刚刚亮起来，窗户外头还笼着一层清薄的雾气。

可是听完这一连串的指令，承影却已经完全从睡梦中清醒过来了。

几年前，她确实是因为工作需要，曾在加德满都待了近半个月。当时办的签证是多年有效的，但现在护照却不在身边。

起床之后，她便上网订好机票，先是由苏州返回云海，再紧接着飞加德满都，中途在昆明中转。甚至因为是淡季，还拿到了力度不小的折扣。

随后又给沈池打电话，他竟然难得还没起来，声音听上去低沉沙哑，“昨晚喝多了。”

她愣了愣，倒把正事给忘了，只说：“我一向以为你的酒量好到不会喝醉。”

他似乎低笑了声，才漫不经心地说：“朋友摆寿酒，一直喝到很晚。”

“嗯。”她一边看着电脑，一边告诉他：“我今天回去，但不能停留，要立刻去一趟尼泊尔……”

因为在核对网上订单，她不自觉地略微停了停，结果电话那头也安静下来，片刻后才听见沈池问：“一个人？”

她觉得这问题有点奇怪，不禁愣了一下：“当然。”

“去做什么？”

“沈池，”仿佛脑海中灵光一闪，她突然丢开鼠标，皱着眉不答反问：“我在这里的一举一动，你其实都知道，对不对？”

结果他并没有否认，只是声音听起来有些平淡：“有人在那边保护你，自然会向我汇报。”

所以，言下之意是，他已经知道昨天她与林连城在一起了。

她简直觉得不可思议：“……到底这算是保护还是监视？为什么你从没告诉过我！”

“你是在生气吗？”电话那头的语音仿佛有些遥远，大概是他已经起床了，很快就有打火机点火的声音传过来，伴随着他微微模糊的吞吐烟雾的声音，愈发显得漫不经心，“你应该知道我并不是在监视你，而且也没有那个必要。为什么突然发这么大的火？”

"我没有。"她面无表情地否认，可是语调却还是冷下来，"我只是不喜欢这种感觉。"

林连城，这个人，这三个字，曾经一度导致她和他的关系降至冰点。

尽管事过境迁，一切似乎都回到最初的模样，可她始终还是下意识地避讳着。她从没觉得理亏过，也从没有做过任何不对的事情，但始终觉得这是她与他之间的一根刺。

刺被拔掉了，伤疤却还在。

她明明没有做过任何亏心事，但如今被沈池知道自己和林连城昨天一直都在一起，竟然会有种被人现场抓包的错觉。

可他偏偏只字不提。

这样的情形，与其说她在生气，倒更像是恼羞成怒。

最后她连去尼泊尔的目的都没讲，就直接挂断了电话，而他居然也没有再打过来。

她有些莫名的郁闷。

直到这一刻才不得不承认，之前那些失而复得的甜蜜与美好，就仿佛悬在空中的漂亮气泡，越是让人珍惜，也越显得脆弱。

她深恐稍微用力戳一下，它们就会轻而易举地爆裂掉。

或许是那几年冷战的时间太长，而方式太残忍，早已在不知不觉间让她失去了相当程度的安全感。

在家里收拾好行李，临出门之前，她拨通了陈南的电话："把你的人都撤走。"

她语气不善，陈南在那边推托得也很干脆："嫂子，这事我可做不了主。"

承影狠狠吸了一口气正要发作，结果电话已经被人接了过去，沈池的声音很快传过来，只是问："几点的飞机？"

她对他之前的态度耿耿于怀，故意和他作对，"为什么要告诉你？"

"你要出国，难道连护照都不需要了？"他慢悠悠地反问。

真是被气糊涂了。

其实早上打电话给他，主要就是为了这件事，最后迫不得已，只好说：“下午三点半到云海，下一趟航班是五点半起飞，我不回家了，你让人把我的护照送到机场去。”

“好。”他没把电话还给陈南，而是直接挂断了。

一把接住从书桌边扔过来的手机，陈南刚把它塞进口袋里，就听见沈池吩咐：“下午我要去机场。”

陈南大约猜到刚才那通电话的内容，忍不住挑了挑眉，却是质疑：“现在正是敏感时机，你这个想法可不明智。”

自从嘉兴那晚之后，短短几天之内已经有消息从各处传回来，全都显示这次的敌人计划周密，已经远涉重洋调派了大批人手，绝非一次偷袭狙击这么简单。而在嘉兴那晚被消灭掉的那些人，其实更像是一支先遣部队，仅仅只是为了一探虚实的。他们失败与否根本不要紧，因为很快就会有另一拨人马补上，并且出手的力度只会越来越大。

这就像是科幻电影中源源不绝的僵尸，扫灭了一批，紧接着又有更汹涌的另一批冲上来。

事实上，就在昨天，他们也受到了一次不大不小的袭击。而对方不惜耗费这样大量的人力物力，做到这个地步，似乎是想借此机会，将沈池乃至整个沈家势力一举端平。

或许这其中，已经不再是韩睿一个家族的事情了。或许已经有了官方势力的暗中介入，只不过暂时还不清楚这股势力究竟是来自中东，还是美国，抑或是其他国家。

所以，在这样的非常时机，仅仅是为了送一本护照，沈池就要亲自现身机场？陈南对此非常不赞同，甚至暗自认为，这个一手掌控着无数人生死命运的男人此刻却正在失去他正常的判断能力。

仿佛是看穿了陈南的想法，沈池只是用冷淡锋锐的目光看了他一眼，语调稀松平常：“大概从我曾祖父那代开始，几乎每一天的每分每秒都有人在觊觎沈家的地位和沈家掌权人的性命。现如今，既然他们不远万里地来了，我总是要陪着他们玩一玩的。更何况，如果我一直不肯现身，那些躲在暗处的人又怎么有机会出来动手？陈南，这里是云海，如果连在这里都没办法保障安全，那么死了也是活该。”说到最后他竟然轻笑一声，深墨色的眼睛里却是寒意迫人，“不管是谁，既然有胆量向我挑战，就要做好承受任何后果的准备。”

你和她在一起的时候，就从没想过会被我知道吗？自己做过的事情，自己就要承担后果。

她当时好像是这么和他说的吧？

承影坐在从苏州回云海的飞机上，回想起某些往事，忍不住侧眼看了看身旁的人，在心底叹了口气。

这两天的如影随形，他简直比沈池的保镖们还要尽责。

那时候，她跟林连城分手，是因为林连城和同系的一个女生上了床。

曾经她以为，那是人生中最不可被原谅的错误，于是便用了一个自认为最严重的后果来惩罚他。

她主动提出了分手。

可是这么多年过去，她才发现，那时的轻易分离，或许只是因为不够相爱。

当得知自己被林连城背叛的那一刻，羞辱、愤怒、悲伤，各种各样的情绪混杂着铺天盖地般将她淹没，可是那样多的情感，却都远远及不上许多年后沈池衣服上的香水味。

就那样告别了初恋，她没有觉得心痛，更加没有心碎。林连城在别人的床上睡了一夜，倒让她想起更久之前的一件小事。

“……你还记得我们刚上小学一年级的那会儿吗？有一件事让我印象深刻，好多年都忘不掉。”等空乘人员送完饮料，承影忽然开口低声说。

“嗯？”林连城拧开自己的矿泉水瓶盖，顺手递给她，饶有兴致地问：“哪件？”

“开学没多久，有一次班里组织大扫除。是我们班。”她补充了一句，因为当时两人并不在同一个班上，“那天我爸爸不在家，我本来约了你下午一起去学校，你答应得好好的，并且主动表示会准时到我家楼下叫我，让我先放心在家里睡午觉。你还记得吗？”

林连城似乎仔细想了想，笑着摇头，“这么久的事。”

她也不以为意，继续说：“后来我就真的很放心地去睡觉了啊。结果呢，我却迟到了。”说完也笑起来，偏过脸去看他，目光微微闪动：“你一定不记得自己那天为什么爽约了。就因为我班上的文艺委员，那天下午上学的路上恰好遇到你，她找你帮忙拎大扫除的工具。结果……你居然为了帮她，直接就把和我的约定给忘到脑后去了……”

“等等，”林连城好笑地打断她，一脸不可置信，“为什么我对这件事情完全没有印象？再说了，我怎么可能为了其他人而忘记你？”

“别不承认，这就是事实。”

“好吧，就算这是事实，但也不至于让你记这么久吧！莫非……你为了这事一直怀恨在心？”

“是有一点。因为你害我迟到，被班主任在全班同学面前训斥了一顿。”她大方承认。

“那个文艺委员漂亮吗？” 他笑得有些促狭。

“很漂亮。”

“但一定比不上你。”他半真半假地感叹，“我居然会因为别的女生而抛弃你，这也太不合常理了。”

浅金色的阳光在云层上方斜射进来，机舱里暖意融融，前排的乘客早已拉下遮阳板打着盹。她被他夸张的语气和坚决赖账的态度逗得哭笑不得，不禁比了个手势示意他小声些，自己缓了缓才忽然正色道：“那一次我非常气愤，从此看见那个文艺委员就生气。就因为她，我感觉自己被最好的朋友背叛了。”

他不说话，安静地看着她，等待着下文。

她直视他的眼睛，片刻后才低下声音继续回忆：“……就好像我们后来分手一样。当我知道那件事的时候，同样有种被背叛的感觉，同样也是来自好朋友的背叛。”

她适时地停了下来，她相信他听懂了，因为在那双狭长明秀的眼睛里，终于渐渐淡去了笑意。

分手，是因为不够爱。

二十年几来，她对他的爱，更像是挚友、亲人，同样深入骨血，同样不可分割，然而却不是相濡以沫的爱情。

“所以两年前，我问你能不能重新开始，你是真的不愿意，对吗？”他似乎极专注地看着她，沉声问。

“嗯。”

“告诉我，你的婚姻幸福吗？”这是他从来都没有问过的问题，也不知是出于什么心理，只是一直都在刻意回避着。

承影想了想，才露出一个浅笑：“还不错。”

至少她是爱沈池的，也只有和沈池的分离，才会令她产生近似于撕裂般的痛楚。

空乘人员步履轻巧地沿着过道一路走来，耐心地做着飞机下降前的准备工作，不时弯腰提醒靠窗乘客拉开遮阳板。

这一系列的举动打断了这场交谈。

直到庞大的机体稳稳落在地面上，林连城都没有再作声。

两个人都没有托运行李，走出廊桥的时候，承影说：“你回到医院后代我向爷爷问好。”

林连城点点头，却问：“他来了？”

她明白这个“他”指的是谁，笑了笑：“应该有来吧。”

“那好，路上小心。”

“你也是。”

林连城却没再回头，只是抬手举过头顶冲她摆了摆，很快就混入了行色匆匆的人流中。

他的背影瘦削修长，无论走到哪里都仿佛鹤立鸡群，十分耀眼。承影透过鼻梁上的墨镜目送他渐渐走远，自己才要举步，冷不防就被人从后面撞了一下。

这一下撞击并不重，但她因为没有防备，不禁向前微微踉跄了几步。

待到回过身来，才看清楚对方也是个年轻女人，正一脸歉意地望着她，连声说："真是对不起！我刚才走神了，没注意前边有人，真对不起啊！"

那女人显然也是做短途旅行的，除了手袋之外，就只拖着一个很小巧的黑色皮箱，款式倒和承影的十分相似。只是她手上还拿着一罐便携咖啡，罐口敞开着，显然已经有一半都倒在了承影的米色风衣上。

最后两人一同去洗手间清理。

女人站在水池边给承影递纸巾，脸上仍旧满是歉疚，轻声说："万一洗不干净，我就赔给您钱。"

承影失笑，低着头处理污渍，并不怎样在意，反过来安慰她："没关系，应该可以洗掉的。"

话虽这样说，但站在人来人往的洗手间里，衣服又穿在身上，做这种事终究不太方便。那女人似乎也看出来了，便指着隔间提议："要不然这样吧，你去里面换件干净的，这衣服让我带回去帮你洗，你看行吗？"

这样客气，反倒让承影越发不好意思起来。心知她不可能就这样离开，为了节省时间，承影想了想，似乎只有换件衣服才是最快的解决办法。

"那我进去换。"她打开箱子，取了件干净的针织衫出来，又将洗手台上的墨镜交给那女人暂为看管，"也不是什么要紧的事，你别在意。"

"好，"那女人笑笑，显得十分感激："谢谢。"

两人站在宽大明净的镜子前，身材个头都差不多。承影拿着干净衣服走进隔间之前，无意中朝镜子里看了一眼，脚步微微顿住，似乎有些惊讶，"突然发现……我们俩长得有点像啊。"

其实何止是有点，除去眉目有较大差异之外，两人都是最标准的瓜子脸，而嘴唇的形状和下巴精致漂亮的弧度，却几乎是一模一样。

这着实稀奇，承影还在惊叹，那女人已经微笑着催促："这里好挤，换完衣服我们去外面再说吧。"

"好。"承影点头。

十分钟后，陈南站在机场到达厅出口处，远远看着那个高挑纤瘦的女人走过来。

他的个子高大，抬起手轻而易举地越过众人头顶，冲着她示意了一下，然后就走到空旷处等她。

女人拖着黑色行李箱，看见他后似乎愣了愣，脚下稍停了一瞬，很快便径直走过去。

到了近前，她将箱子交给陈南，推了推架在鼻梁上的墨镜，不动声色地环顾四周。

陈南似乎知道她的意思，解释说："大哥他没来，护照让我带过来了。"

他说着就把护照拿出来，结果她却没接，脸上的神情隐在墨镜下看不大清楚，但大约是有些意外。

陈南看了她一眼，才又继续解释道："原本他是打算自己过来的，可是临时有点紧急的事情要处理，又担心误了你这边的飞机，所以就让我给你送过来。"

她收在口袋中的手指悄无声息地握紧。

看来之前的消息是准确无误的。据称，沈池将会亲自到机场与晏承影见面，所以她才会想出这个法子，化妆假扮成承影的样子，试图寻找最佳的出手时机。

这也是唯一一个能够近距离接触沈池的机会。

只是没想到，到了关键时刻却突然出现变故。

沈池居然没有现身。

她自信地认为自己在经过易容式的高级化装，并且遮住了眉眼之后，露出的这半张脸与承影已有八九分的相似了，因此如果能够接近沈池，那么她将有许多种法子可以顺利完成任务，可是如今……

作为被重金聘请来的职业杀手，她几乎是在瞬间便暗自转了无数个念头和设想。

她很清楚，像今天这样的机会极可能只有这么一次。错过了，就不会再有。

那么，是走，还是留？

虽然真正的晏承影此刻已经被人绑走，但她知道自己肯定没办法冒充太久，因为她面对的不是什么无名小卒，而是沈池。

是一个掌控着庞大的地下交易王国，甚至在整个中东地区都赫赫有名的男人。

对她来讲，机会只有一次，又或许，只集中在那两三分钟之内。

可是，沈池并没有出现。

就像计划中的某个环节突然断掉了，脱了节，令她不得不重新做打算。

其实这些想法都只发生在电光石火的转瞬间，她很自然地把手从风衣口袋里伸出来，接过护照，又重新塞回口袋里。

这时候，只听见陈南问："嫂子，你是几点的飞机？我送你。"

"不用了。"她清了清喉咙开口说了第一句话，声音很沙哑。

"嫂子，你感冒了？"陈南盯着她的脸色问。

"有点着凉。"她哑着嗓子，似乎是真的不太舒服，所以每句话都尽量减少字数，心里却已经打定主意，不动声色地问："沈池在哪儿？我临时改了行程，今天不走。"

陈南似乎也有点惊讶，但很快就笑着拿出手机："正好，他让我见到你之后跟他说一声。我们先上车吧，一会儿我就给他打电话，告诉他你要回家。"

金秋午后，碧蓝如洗的天空下，三辆黑色奔驰沿着车道缓缓驶出机场区域。

就在同一天的深夜，一架满载旅客由云海飞往加德满都的国际航班，在距离尼泊尔首都机场240公里的高空中因突发机械故障，失控撞山坠毁，机上人员无一人生还。

登机的旅客名单中，晏承影的名字，赫然在列。

Chapter 13
复得

只有她一个人，能落进他的眼里。所以，在那里面，在那双狭长深秀的眼睛里，她看见了自己清晰的影子。

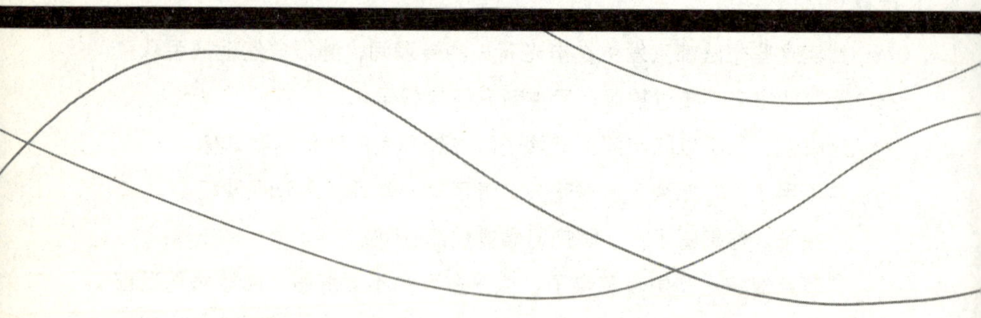

四个月后。

林连城坐的是红眼航班，到家的时候，天才刚刚亮起来，管家照例在电梯口相迎。

这是他在上海的独立寓所，当初买下的时候刻意瞒住家里，所以这两年来几乎没人知道他还有这么一处安身的地方。

电梯直接通到客厅，管家接下行李，告诉他："晏小姐好像看了一晚上的影碟。"

"这么有兴致？"林连城笑了笑，快步走到楼上去。

结果真的就在视听室里找到她。

偌大的半圆形沙发，只她一个人蜷在里面。室内幽暗，大背投上的光线随着镜头的变换而虚晃着，交织扑闪在她脸上，将她的身影衬得有些纤瘦单薄。

这几个月来，她瘦了很多，尤其是刚被他带来这边的时候，几乎整晚整晚地失眠。即便偶尔能够睡着，也多半会在半夜里被噩梦惊醒。

他见过她梦魇的样子，总是在急促的喘息中猛然坐起来，紧张到满头虚汗，惊魂未定。那个时候，她就连眼神都是飘忽的，隔着一片昏暗，往往要缓一阵后才能聚焦认出他来。

后来实在没办法，他便带她去找心理医生，得到的答复是：创伤压力后遗症。

可是她偏偏连噩梦的内容都说不完整，仿佛永远都只是模糊零碎的影像，却又是那样骇人。

她形容不出来，就连恐惧的源头都找不到。

所以，没人帮得了她，唯一能依靠的只有时间。

林连城在视听室的门口站了片刻，才轻步走过去。

她此刻睡着了，呼吸轻浅得像只小猫，就那样软软地窝在沙发里，安静得要命。而背投上播放的是部很有名的黑帮电影，枪火声十分激烈，不时地从环绕立体音响中传出来。

遥控器还握在她手里，他半蹲下来，试图将它抽走。结果只这么稍稍一动，她却醒了过来。

看到他，似乎是感到意外，她愣了愣才说：“怎么这么快就回来了？”

林连城笑得半真半假：“怕你突然跑了，所以挑了最快的一趟航班，连夜赶回来。”

她显然并不相信，一边嘟囔：“我能跑到哪里去？”一边掀开毯子起身，赤着脚踩在地板上，绕到窗边一把拉开窗帘。

他们所在的楼层很高，几乎俯瞰半个城市，对面就是黄浦外滩。外头已是一片银装素裹的冰雪世界，站在窗前，仿佛置身琉璃般的琼楼玉宇，美好得不似人间。

她有点感叹：“雪下得真大啊。”

“嗯。”不知何时，林连城已经走到她身后，声音清越：“上海已经有很多年没见过这样的雪景了。”

她像是好奇：“你经常住在这里吗？”

“为什么这样问？”

“因为我看这房子，不像是有人常住的样子。”她微微偏过头望他，笑得慧黠，“倒像是狡兔三窟。”

“这都被你发现了。”林连城失笑，忍不住屈起手指去弹她的额头。

看他有动作，承影本能笑着往后躲，冷不防后脑勺撞到玻璃上。林连城想要阻止都来不及，就见她微微皱起眉，倒抽一口凉气，哀声抱怨：“疼死了！”

“谁叫你躲了？”他又好气又好笑，强行把她的手拉下来，自己拿手掌贴到被撞过的地方，轻轻揉了两下，“被我弹，肯定没这么痛。”

“那可不一定。”她假意冷哼一声，神色自若地往旁边退开两步，从沙发前找到拖鞋穿起来。

其实整套寓所都有地暖，即便光脚走在地板上都不会觉得冷。她随手拿了条披肩搭在身上，穿好拖鞋便跟他一道下楼。

吃早饭的时候，林连城问：“我有两天假期，你想不想去哪里转转？”

承影正貌似专注地往面包片上抹着黄油，这时候却停下来仔细想了想，才故意说：“我想逛街买东西，你也陪我一起吗？”

“可以。”

“可是，男人不都最不耐烦这种事吗？”她仿佛不可思议地笑，彻底放弃了打趣他的念头：“你怎么这么好脾气？”

林连城又喝了口牛奶，对于她的评价不置可否，只是将目光重新投到《今日晨报》上，边看边说：“我向来都是对你有求必应。”

“是吗？”承影怔忡了一下，有点遗憾：“可惜，以前的事我都不记得了。”

她突然沉默下来，饭厅里一时没了声音。

管家站在一旁，静静瞧着这一对男女，心中不禁感慨。

自从林连城买下这套房子以来，他就在这里做事。但是在过去的两年时间里，他从没见林连城带过任何一个女人回来。

这是第一次，居然还是个失忆的女人。

不过就连他都不得不承认，这位晏小姐长得十分漂亮，从脸形到五官，完美得挑不出任何缺点。尤其是那双眼睛，仿佛会说话似的，又仿佛会发光，就像阳光之下的湖面，潋滟粼粼，细碎如星钻。

几乎是三个月之前，林连城将她带了回来，极尽温柔和耐心。任谁都能看出来，他对她是真的好。除去必要的出差之外，他几乎一直留在上海陪她。

管家是专业出身，自然不会打听雇主的私事。然而从林连城的种种表现来看，或许在此之前，他们真的是一对堪称完美的情侣。

其实提出逛街并非心血来潮，承影只是想提前买些年货，准备迎接新年。

“这种事，不需要你自己做。”林连城告诉她：“你需要些什么，直接告诉管家就行。”

“柴米油盐自然轮不到我管，家居用品我也不操心，可是有些东西是不能交给别人去办的。”

此时，他们正站在商场的手扶电梯上。农历新年越来越近，到处洋溢着浓厚的节日气氛，各大商场里几乎人满为患。

承影径直来到男装部，看见林连城微微挑起眉毛，她似乎有点不好意思地浅笑，“我想送份新年礼物给你，希望你能接受。”

林连城不动声色，将她的表情尽数收入眼底。

算起来，两人认识二十余年，却还是头一回，她在他面前露出这样的笑容。

像是微微赧然，又像是有些忐忑紧张，这样的承影竟让他感觉十分有趣，似乎比少女时代的她更加可爱。

于是，他轻轻挑高尾音，“哦”了一声，看着她的眼睛问：“你想送什么给我？”

她立刻反问：“你喜欢什么？我从没送过礼物给男性。”说完才又似乎想起来，只好纠正道：“不对，应该是我不记得以前有没有给男人送过礼物了。”

“没关系，你想送什么都可以。”

“这么相信我的眼光？”

“嗯。”林连城点头，轻松的笑意藏在眼底。

她的眼光向来很好。以前每年他生日，她都会亲自挑选一份礼物，价格不见得多高，可都十分有新意。

后来他们成为情侣，她反倒不送了。

他曾经对此表示过质疑，结果她一脸无辜：“该送的能送的，都送过了啊。”

他忍不住坏笑：“那倒是，现在连人都是我的了……”

如今，再一次看着她漫步在商场柜台前为自己挑选礼物，竟让林连城有种恍如隔世的感觉。

失而复得。

这几个月以来，每每看到她，这个词便总是在不经意间跳进他的脑海里。

因为早在四个月前，他差一点以为自己再也见不到她了。

当客机坠毁的消息传来的时候，他几乎是第一时间弄到了乘客名单。还是林连江的秘书将名单传真过来的，A4的打印纸似乎还是热的，可那上面无比熟悉的三个字仿佛在瞬间让他血液凝固。

他不愿相信，也不能相信，竟然极少有的动用了家里的资源，试图去确认每个受难者的名字和身份。

可是飞机在撞上山体时就已经爆炸，机上人员几乎尸骨无存。

没人知道他有多后悔，后悔自己最后留给她的，竟然只是一个背影。

在机场的分别，他竟然都没有回头再多看她一眼。

就这样分开。

天人永隔。

他原本以为，听见她亲口承认婚姻幸福，已是他人生中最糟糕的时刻。可是后来他却宁愿她家庭幸福生活美满。只要，她好好地活着。

这样突来的巨大变故，让他的愿望变得如此卑微。

他只要，她活着。

在那之后，几乎是炼狱般的几十天。他几乎记不得自己是如何度过的，只知道最后是林连江打电话来，却只说了一句话："我关注过沈家的动静，并不像办了丧事的样子。"

就仿佛是久盲的人忽然看到了一丝光亮。

没有办丧事……那代表什么？

他生平头一次请求林连江："帮我查清楚，好不好？"

林连江在电话里难得沉默了许久，才答应他："有消息我会通知你。"

"谢谢。"他说。

"不客气。"林连江的声音听起来依旧沉稳冷静，却残忍地提醒他："但你先不要抱任何希望。"

他当然明白。任何侥幸，到最后都有可能化为加重绝望的砝码。

但是恐怕包括林连江在内的所有人都没想到，仅仅数天之后，就真的有了晏承影的消息。

他接到她的时候，她刚被人从江里救回来，由于脑部曾受到过剧烈撞击，导致她除了自己的名字之外，几乎失去了一切记忆。

承影最终挑了一副式样精致的袖扣，请服务员包起来，回过头才发现身后的男人似乎正在走神。

她伸手在他眼前虚晃一下："在想什么呢？"

"我在想……"林连城笑笑："为什么你在失忆之后会这么信任我。"

"反正我暂时也没地方可去，而你看上去又不像坏人。"她说。

"就这样？"

"就这样。"

他先是不可置信，紧接着又觉得好笑。她与他面对面，站在满目琳琅的柜台前，星火般璀璨的光辉尽数映在她眼睛里，有一种近乎纯净的美好。

她的答案太简单，可是又确实正是事实。

看起来，失去记忆的晏承影，果然比以前多了一份单纯的可爱。

林连城不禁心情大好，心血来潮拖住她下楼去女装部。可是立刻就被承影拒绝了："我今天不想买衣服。况且，你之前让人替我买的那些，衣柜都快放不下了。"

他说："你刚才还夸我对你好，我总得表现一下才行。"

她故意纠正："我只是说你不像坏人而已，你听错了。"

"都一样。"

哪有这样无赖又自恋的人？而且无赖自恋得这样理所应当！

承影忍不住抬头看他。他个子高，一张脸长得又好看，薄唇边噙着浅淡的笑意。这样一个人，走在熙熙攘攘的人群里已经十分惹眼了，引得不少小姑娘频频偷瞄，可他偏偏好像不自知，领着她在各个楼层里慢慢晃悠，似乎正在享受逛街的乐趣。

"你经常逛商场吗？"她没忍住问。

他却垂下眼睛瞥她一眼，露出一副"当然不"的神情："我平时很忙。"

看来今天真是反常。她琢磨了一下，便提议："反正也不买什么，不如回家去吧。"

"不行。"他说，"走，我们去超市。"

其实承影哪里会知道他的心思？

这么多年来，他最后悔的事便是和她分手。而他一直想做的事，也无非不过是和她一起过寻常情侣或夫妻的那种生活。

所以，他硬是将她拖到地下一层的超市里，买了一堆零食和水果。

到最后推车都快塞满了，他还一边巡视货架一边问："……还想吃什么？"

她不禁诧异地细细打量他："之前怎么没发现，你真有暴发户的气质。"

他的心情似乎格外好，也不计较，反倒舒展开俊俏的眉眼，笑了两声。

她陪着他缓步穿梭在货架之间的通道上，似乎是随口问："你只告诉过我，我们是从小一起长大的好朋友。可是，除此之外，我们还有没有其他的关系？"

"比如说？"林连城停下脚步，正眼看了看她。

"不知道。"她笑笑，自己也认为不太可能，但还是调侃般地讲出来："你对我既细心又有爱心，如果我有男朋友，大概也不过如此吧。"

林连城静看了她一会儿，若无其事地收回目光，没有回答。

结果她想了一下却又问："我出事之前，有男友吗？"

她讲这句话的时候，正微微弯腰去挑摆在最下层的巧克力。

超市里暖气充足，因为大衣和围巾都脱了下来，她只穿了件V领的黑色针织衫，那样薄薄一件，恰好勾勒出玲珑曼妙的曲线，也将她的皮肤衬得愈加白皙。她今天束了马尾，从林连城的角度，正好可以看见她的后颈。那一小块裸露在外的肌肤细腻光滑，仿佛顶级工匠打磨过的玉石，散发着诱人的光泽。

他就站在旁边，看着她认真挑选比对的模样，静了一会儿才回答道："没有。"

当初她被救回来的时候，身上伤痕累累。据说是连人带车撞到大桥的护栏上，继而翻落入江内。

那一日，她明明没有登上去尼泊尔的航班，可是名字却诡异地出现在乘客名单里。是谁做的?

而在紧接着的一个多月里，她又消失去了哪儿?

他做事从来都不喜欢倚靠家里的关系，可是后来为了她，却不得不动用一切手段和力量暗中调查。

最后虽然没有确切的说法，但他从各种线索中也能大致猜测出前因后果。

因此，面对着这个好不容易才失而复得的女人，他暂时并不打算让她回到过去的那种危机四伏的生活里去。

更何况，他还有另一份私心。

现在的生活这样美好，美好得就像一个梦一样。

是他一直在追寻的梦，是他曾以为永生不能再实现的梦。

他舍不得这个梦醒得太快。

从超市里出来，不过下午四五点光景，可天色已经擦黑了。

这两天积雪未化，又一直缺少阳光，空气过分清冷，街上的行人都行色匆匆。承影坐在车里，一只手伸到暖气口吹风，另一只手百无聊赖地去调电台。

恰好在这个时候，林连城的手机响了。她连忙关小广播声音，又顺手从中间的置物盒里拿了蓝牙耳机递过去。

林连城挂上耳机，低声说了句："喂。"

接下去，便是长久的沉默。这个电话打了很长时间，而他最多只是在中途虚应一声，每次都只是最简单的一个"嗯"字，听到最后连她都忍不住奇怪，转头看了看他。

这才发觉他脸色不大好，沉得像车窗外的天空，没有一丝暖意。而他仿佛也察觉到了，拿眼角余光瞟向她，很快地打断对方，说："我在开车，见面再讲。"

她犹豫了一下，到底还是问："出什么事了？"

"没什么，"他把耳机往手边一扔，若无其事地笑道："是林连江，他来上海了。"

她知道那个人，是林家的长房长子，据说这次她能这么顺利地被林连城找到，也都是靠着他的帮忙。

既然是兄弟之间的事，她自然不好再参与，于是"哦"了声，便不再追问。

林连城将她送回家之后就独自出去了。晚上没什么事可做，承影跟管家打了个招呼，收拾衣物去游泳。

这栋高级公寓的顶层便有个室内泳池，按国际标准大小建造，四季恒温。

她最近无聊时都会来这里消磨时间，偶尔碰上几位邻居，大家也都十分和气。不过今晚，居然整个馆内就只有她一个人。

她水性好，体力也不错，难得今天又清静，于是沿着泳道不紧不慢地游了十几个来回。等到手指触及池壁冒出水面，她才发现不知何时林连城已经回来了，此刻正站在岸边，似笑非笑地低头看她。

偌大的一个游泳馆，之前除开她之外再没第二个人，除了水声还是水声，这时候突然多出一个人来，倒把她吓得不轻，差一点就呛了水。

“……你来了怎么也不出声？”抹干净脸上的水渍，她一把摘掉泳镜，有点气喘地瞪他。

“你游得正起劲，我叫你你也听不到。”林连城说得理所当然，在岸边半蹲下来，与她拉近了距离：“游了多久？”

她算了算：“差不多一个小时。”

“饿了吗？我上来之前，让家里准备了消夜，要不要现在回去？”

她轻吁一口气，笑嘻嘻地望着他：“林连城，我以前有没有说过，你要是结婚了，估计会有无数女孩子心碎吧？”

他似乎没听明白，轻轻挑眉。

“如果你对每个女孩子都这么好，恐怕想嫁你的人会挤破大门的。”

“那么你呢？”他突然问。

“嗯？”

他的声音有些低，而她正扶着岸边用双脚拍水，水声回荡在空旷的馆内仿佛被无限放大了，因此她没听清。

他专注地垂下目光看她，重复了一遍：“我对你这么好，你会不会想嫁给我？”

水声渐渐小下去，最终完全消失。

她的双手仍攀扶在他脚边，身体随着动作的静止而重新全部浸没在水中。水波仍自微微荡漾，一下一下温和缓慢地冲击着她，却仿佛正重重地拍在心口上。

他的样子并不像是开玩笑。

顶层的天花板似穹庐般高高拱起，镶嵌着透明的半圆弧状玻璃幕顶，在天气好的时候，可以从水里看见漫天星光。

今天的天气并不好，可是她仰起头看着他的眼睛，却仿佛也从那里面看见了无尽细碎的光芒。

或许是头顶的灯光，又或许是倒映着的水光。

其实更像是水波流动的光，因为是那样专注，那样温柔，他看她的样子，就好像偌大的天地间就只有她一个人。

只有她一个人，能落进他的眼里。所以，在那里面，在那双狭长深秀的眼睛里，她看见了自己清晰的影子。

她开始惊慌失措，一种前所未有的慌乱感涌上来，一直压迫到胸口。

幸好这时候手机铃声突然响起来，划破了无人般的尴尬和寂静。

她清了清喉咙，提醒他："有电话。"

他半蹲着又静静地看了她两眼，这才起身走到一旁去接。

之前的压力随着他的远离而倏然消失了。承影转了个身，将背抵在池壁边，重新调整了一下呼吸，才轻巧地再次潜入水里，远远地游开。

她以均匀的速度游了几个来回，直到体力有些吃不消，才终于上岸。而在此期间，林连城就一直远远站着，一边欣赏着她的泳姿，一边安静地抽烟。

这里原本是禁烟的，或许是由于时间太晚，居然也没有工作人员出来制止。

她上岸后裹了条浴巾，又把之前摘下的木珠手链戴到手腕上。这是她当初在江边获救时身上带着的东西，也不知有没有什么特殊意义，只是单看这串手链的材质，也知道是难得的好东西。

她湿淋淋地走到他跟前，微微皱眉说："少抽点，烟味太难闻了。"

她语气神态都和平时没什么两样，就仿佛刚才那句话，他从来都没讲过一样。林连城垂眸看她，不以为意地笑笑，很配合地掐灭了剩下的大半支香烟。

下了楼，管家果然已经准备好消夜，是又Q又糯的酒酿丸子，上面还浮着细小的桂花，香气怡人。承影倒真有些饿了，坐下之后才发现林连城仍在客厅里，便问："你不吃一点？"

他的眼睛没离开杂志内页，随口应道："不了，我刚吃完回来的，不饿。”

其实林连江下午到上海开会，晚上叫他出去见了一面，席间兄弟二人差一点闹到不欢而散，也没工夫正经吃上几口饭。

林连江这次来，似乎是耐心到了极限，劈头盖脸就将他一顿痛骂，最后厉声问：“你准备荒唐到什么时候？就这样私藏着承影一辈子不让她知道真相？又或者，需不需要我再提醒你一次，沈池那个男人不是好惹的！”

他不作声，兀自点了根烟，几口就抽完了，然后才慢悠悠地说：“过去那样的生活，不适合她。”

林连江似乎被他气笑了，冷哂一声：“适合或不适合，你又有什么资格去判定？”

他再度不作声。

林连江下了最后通牒：“你最好尽快把真相告诉她。她有老公，不管她老公是做什么的，也不管她以前过的是什么样的生活，她都应该回去。你立刻、马上把这件事给我解决掉，不要等到沈池收到消息找上门来，到时候会出现什么样的后果，谁也不能保证。”

“怎么？沈家那边，最近有什么动静吗？”他满不在乎地问。

林连江已经把火气压制下去了，端起杯子喝了口茶，平静地看他一眼，才说：“不知道是什么原因，反正沈池从一开始就应该知道她没上飞机，之后也一直在找，只不过后来凑巧被我们先找到她。能藏住三个月，已经算是天大的奇迹了。我没和沈池打过交道，不清楚他是什么脾气，但不管怎么样，老婆弄丢了，他是绝对不会让这件事情善了的。所以林连城，我警告你别再胡闹下去，赶紧回去把事情解决掉。”

后来林连江似乎仍不放心，当他在游泳馆的时候，又打了一次电话。

林连江做事极少会这样，他身边的工作人员全都了解他的脾性，通常同一句话不会重复说第二遍。

看来今晚是真的破例了。

承影吃完消夜，回到客厅就发现沙发上的男人似乎正在想事情。他的指间夹着香烟，烟灰积了很长一段，他却仿佛并没有发觉，只是沉默地翻着杂志。

她好心提醒他，他这才恍然，掸掉烟灰说："很晚了，早点休息。"

"那你呢？"

"再坐一会儿。"他随口编了个理由，"待会儿要给海外分公司的同事打个电话，你先上楼吧。"

承影点头："好，那晚安。"

他笑笑："晚安。"

其实林连江预估的一点都没错，就在仅仅数个小时之后，也就是第二天的凌晨，陈南在寒风中关上车门，大步走进沈家。

沈凌正在放寒假，家里出了这样的事，自然也没有心情出去旅游或写生，每天便只乖乖待在家里。陈南出现的时候，她正窝在温暖舒适的客厅沙发中，抱着电话有一搭没一搭地和同寝室闺密聊天。

夜深人静时分，门廊外突然卷进一阵冷风，倒把她吓了一跳，"……出什么事了？"

陈南连大衣都没顾上脱掉，只说："我先去找大哥，回头再告诉你。"

沈凌十分聪明，只反应了一下便立刻坐直身体惊呼："是有我大嫂的消息了？"

"是。"陈南嘴里应着，早已三两步上了楼梯。

主卧套间里灯火通明。

陈南把手机拿出来，调出照片说："这是下午拍到的。"

沈池似乎刚洗完澡，身上只随意披了件浴袍，就连头发都还是湿的。他微微眯起眼睛，幽深的目光凝在手机屏幕上，发梢的水不时滴落下来，他却恍若未觉，只有深黑的瞳孔在瞬间急剧收缩。

真的是她。

虽然只有小半个侧面，但是，真的是她。完好无缺。

照片里，她半蹲在超市长长的货架前，嘴角似乎微微扬起，也不知道正在和旁人说些什么。而她身边站着的那个人，是林连城。

他们买了许多东西堆在推车里，有吃的也有用的，林林总总，看上去既悠闲又居家。

片刻之后，沈池将手机紧握在手里，抬起眼睛，浓郁的眼底看不出情绪，只有声音是冷的："这是在哪儿？"

"上海。"

"去查，查林连城的住处。"他简短地下了命令，将手机丢还给陈南，自己走到床头拿起香烟和打火机。

伴随着清脆的机械开合声，火光跃入眼底，浅白的烟雾很快遮住了他的神情。

"明白。"陈南看着他犹豫半天，最终还是劝道："你睡眠不好，晚上还是少抽点烟。"

高大修长的男人透过烟雾瞟过来，微微眯着眼睛，"你什么时候也学会说废话了？"他的腔调介于冷淡和嘲讽之间，不辨喜怒。可他越是这样，越令人觉得心思难测。

陈南不以为意地笑笑，在这种时候，恐怕也只有自己才敢往枪口上撞了吧。

不过他很识相地噤了声，直到临走之前，才又问："那个女杀手，要怎么处置？"

"她已经没用了。"沈池很快就把一支香烟抽完了，微微倾身捻熄烟头，不带任何感情色彩地宣布。

"我知道了。"

陈南转身就下了楼，沈凌果然还没睡，正眼巴巴地望着他。他只好简短地说："嫂子人没事，放心。"

沈凌睁大眼睛，低呼一声："那她现在在哪儿？"

"上海。不过，你暂时别去问他。"他抬起下巴朝楼上的方向努了努嘴。

沈凌不解："为什么？"

陈南若无其事地笑："不为什么，小孩子别操心那么多。"

"我不小了！"沈凌皱起眉头尤自愤愤不平，结果陈南已经冲着她挥挥手快步离开了。

Chapter 14
重逢

在那么长的一段时间里，他无法再确定她是否依旧安全，甚至无法确定她是否还活着。
到如今，她终于完好无缺地回来了。
可是，却忘记了他。

自从化雪之后，上海的气温便持续下降，短短两天就已经逼近历史最低点。

再过一周便是除夕，似乎没有多少人受到这低气温的影响而心情不佳。管家指挥人采办了大批年货，将上下两层的复式公寓装点得年味十足。

显然是因为往年从来没有这样热闹过，这回管家的愉悦之情简直溢于言表，做起事情来也格外有劲头。

承影在一旁看得好笑，但又有点不敢相信，忍不住问：“你确定我们今年要在这里过年吗？”

“当然。”管家正在客厅里亲自动手摆果盘，“林先生临走前特意交代过的，就连大年三十晚上的菜单都已经定好了。”

逼近年关，林连城反而愈加忙碌起来，结束了短短两天的休假之后，立刻就飞到其他城市出差，大约要到年二十九的下午才能返回。

在他走之前，承影也曾问过他，林家的人在哪里过年。结果他说：“苏州。”

她很诧异：“那你不和他们一起吗？”

“今年比较特殊。”他说。

这个理由听起来挺正当的，但是等他走后，她才突然想起来，既然两家是世交，为什么他不将自己带去苏州一起过年呢？

不过很显然，林连城离开之前已经把一切都安排妥当了，看着公寓里浓厚的过年气氛，她仿佛也被感染了，整个人都处于一种轻松愉快的状态里，也就不再纠结这件事了。

管家预约了家政公司下午过来换窗帘，因为是楼上楼下两层，工程比较浩大，所以把时间提早了一点点。

承影吃完饭干脆放弃了午休，准备躲进房间里看影碟。上次通宵没看完的那片还在影碟机里，好莱坞最著名的黑帮电影三部曲实在太长，当时她看到第二部的中途就睡着了。

室内外温差太大，窗玻璃上笼罩着厚厚一层雾气。她找到遥控器，正准备关灯，却忽然听到楼下传来一阵动静。

电梯双门毫无预兆地打开的时候，管家站在客厅里完全呆住了。

这栋全上海最高端的寓所，除了极具人性化的软硬件设施与服务之外，同时也拥有最严密的保安措施。任何访客都要经过身份登记和排查，同时需要住户输入指纹通过验证，才得以放行。

可是今天，这些似乎通通都用不着了。

管家的手里还捧着一只刚刚擦拭干净的花瓶摆件，此时却只能震惊地看着出现在电梯口的那五六个陌生人。

是清一色的年轻男人，挟带着令人莫名压抑的气势，如入无人之境一般，就这样踏进了客厅。

他花了好长时间才找回自己的声音，立刻严厉地质问：“……你们是什么人？”同时不由得心生警惕，思索着如何尽快启动防盗报警系统。

一个身材修长挺拔的男人迈步走了过来，仿佛轻而易举便看穿了他的心思，他来到他跟前，语气平淡地说："放心，我不会伤害你。只要你告诉我，晏承影在哪里？"

他穿着黑色风衣和黑色长裤，整个人看上去是一种近乎冷冽的清俊，深郁的眼底没有什么情绪，却又仿佛带着锋锐的光芒和极端压迫的力量。

室外是零度以下的气温，窗户上隐约结了一层霜花。

明明客厅里十分温暖，可是他的走近，却令管家感到一阵莫名的寒意。

管家微抬起头看他，只觉得那副英俊的眉目异常冷峻，就连声音里都似乎沁着浮冰。听说他是来找晏承影的，管家反倒更加警惕起来，"……你是晏小姐的什么人？"

"这个你不需要知道。"沈池笑了声，目光却还是淡的，"告诉我，她在哪儿？"

这个男人，包括他身后的那群人，出现的方式太诡异也太霸道。管家恐怕他们来者不善，正在思考如何应对，就听见身后的楼梯处传来脚步声。

很显然，沈池也听见了。

他的听力和反应远在管家之上，所以几乎是在第一时间里，幽暗深邃的目光就已经越过管家的肩头，径直看了过去。

"出了什么事？"承影一边从楼梯上下来一边问。

因为穿了条长及脚踝的裙子，她的步伐稍微受了些限制，所以走得并不快。管家本能地想要出声阻止她靠近，可是已经来不及了，沈池很轻松地从他身边绕过，往前走了两步。

隔着大半个客厅，他只是静静地看着她，脸上神情难测。

而她显然也立刻注意到他了。

其实此时此刻，连同管家在内，至少有七个男人站在一楼的客厅里，张张都是陌生面孔，可是也不知怎么的，承影自走下楼梯那一刻开始，所有的注意力就都被面前的这个男人给占据了。

她从没见过他，但又似乎觉得熟悉。

那种隐约的、莫名的、有些神奇的熟悉感，像一道微弱的电流，在对上他视线的瞬间从她脑海里穿过，速度极快，几乎是一闪而逝，却不可抑制地带来一阵轻微的晕眩。

她定了定神，心中暗自惊诧，这才意识到自己的双脚正不自觉地带动着身体向他靠近。这种感觉，即便是在当初被林连城救回来的时候，也不曾有过。

自从失忆之后，她对陌生的东西总是怀着本能的抗拒，就像新生婴儿害怕未知的世界和危险，总要离远一点，观察得再清楚一些，才会放心大胆地接近。

所以，林连城用了几个月的时间，才让她相信彼此曾是好朋友的关系。

然而，今天这个看上去沉默而又冰冷的男人，甚至还没有开口说过一句话，就令她忍不住想要一探究竟。

不过，很快她就找回了理智，硬生生停在离他几米远的地方，不再上前。

"你是谁？"她问。

她的声音还和从前一样，只是缺少了一点感情。其实就连眼神也是，除了探究和疑问，找不到一丝一毫往日的模样。

沈池的目光不着痕迹地微微闪了一下，仿佛严冬的冰面猝然浮现出一道裂痕，他半眯起眼睛反问："你说什么？"明明是极为轻缓的语调，但偏能让人听出危险的味道来。

可她仍不自知，只是直视着他，又重复了一遍："你是谁？"

她的样子不像是在开玩笑，于是他不再说话了。

近两百平方米的客厅里，安静得近乎诡异。

沈池薄唇微抿，不动声色地看着她，将她脸上任何一点细微的表情都收入眼底。似乎过了许久，他才突然转向管家，眼神变得异常冷厉："在她身上发生过什么事？"

管家几乎被他的样子骇住了，呆了好半天才不怎么流利地回答：“晏小姐她好像……好像是失忆了。”

沈池的眼神在瞬间沉下来。

失忆……

他难得地怔了怔，然后便不再理会闲杂人等，只是径直跨出两步，走到她面前。

他高出她许多，在这样近的距离里，微微垂下视线，低声确认：“你不记得我了？”

靠得近了，她才闻到他身上古龙水的味道，十分特别，像是隆冬冷雨后的原始森林，又像是浸在碎冰中的薄荷，冰凉到近乎凛冽。

她莫名地开始恍神，愣了半晌才摇摇头，实话实说：“不记得了。”

谁知下一刻，他就不由分说地扣住了她的手腕。她几乎被吓了一跳，本能地用力挣脱：“……你干什么！”说话的同时只一径向后退，迅速拉开了两人之间的距离。

沈池停了下来，看着她满脸戒备的神情，似乎是被她极端抗拒的态度惹恼了，眼底墨色渐浓：“你失了忆，却唯独记得林连城？你连我都不认识了，却还能和他相处甚欢？”

“我什么都不记得！”她做着深呼吸，双手环在胸前，同样恼怒地纠正他。

这是一个自我防卫的姿势，落在沈池眼中却越发显得讽刺。那张手机里的照片，虽然远距离拍摄并不清晰，可是镜头中的她分明笑得轻松惬意。

他又向她逼近一步，轻描淡写道：“什么都不记得了是吧？那我告诉你，你是我老婆。”

“……什么意思？”她不禁愣住，仿佛不可置信，边后退边说：“林连城从来没跟我说过我结婚了……”

“是吗？”他怒极反笑：“那他说过什么？”

可她不再作声，只是怔怔地看他，想要从他的表情里分辨真假。

大约是因为提到林连城的名字，始终呆立着的管家终于找回清醒的思维和理智，眼见着这个陌生强势的男人对晏承影步步紧逼，他下意识地冲上前去，试图拦在两人中间，情急之中编了个谎话，警告沈池："林先生马上就回来了，请你自重。"

他不提林连城倒还好，只见沈池微微沉下眸色，锋锐的目光自他脸上一扫而过，很快便大步上前再次攫住承影的手臂。

他这一下是用了真力，承影不自觉地低低地叫了声痛，声音传到他的耳朵里，令他不易察觉地皱了皱眉，手下微一放松，面色却依旧沉冷："你是不是只相信他一个人的话？嗯？"

其实承影并非完全不信他，只是事情来得太过突然，让她一时间反应不过来。况且他的态度这样强势，连思考的时间都不肯给她，反倒激起了她抵抗的本能。

手臂疼痛，但又挣脱不开，简直让她气急败坏，不由得冷着声音故意承认："没错，我宁可相信他，也不信你！至少，他看上去比你更像好人！"

"好人？"沈池冷笑一声，不以为意，"我从来都没说过自己是个好人。"说完，目光落到一旁的管家身上，淡声说："等林连城回来你告诉他，人我带走了，这件事我暂时不向他追究，但不会容忍再有下一次。"

管家原本还想说句什么，可是还没来得及开口，只觉得眼前一花，就见沈池挥手击在了承影的后颈上。

他猝然出手，掌风凌厉，动作干净利落，却在承影身体软倒的那一瞬间，伸出手牢牢地抱住了她。

管家看得目瞪口呆。看着他将承影打横抱在怀里，深黑的眼底仿佛有一闪而逝的温柔，但管家怀疑这只是自己的错觉罢了，因为他很快就又抬起眼睛，头也不回地大步走向电梯。

就像来时一样，这个男人和他带来的另外几个人，如同出入无人之境一般，消失在缓缓合拢的金属双门后。

承影醒过来的时候，发现自己正躺在车里。

车厢昏暗，车外更是一片黑暗，似乎是行驶在高速公路上，速度很快但很平稳，又似乎有冰冷的细雨，正丝丝飘洒击打在车窗上，因为车厢里过于安静，所以能听得到隐约的声音。

后颈还残留着又酸又麻的疼痛感，她用了好一会儿才寻回昏倒之前的记忆，几乎是立刻就坐起来，不可思议地瞪向旁边的男人："……你绑架我？"

"你枕在我的腿上睡了四五个小时，难道不需要先说声感谢吗？"沈池换了个坐姿，在昏暗中侧过脸看她。

"感谢你打晕我？还是感谢你绑架我？"她一边愤怒的指责，一边靠近车窗去看外面的景象。

果然是在高速公路上，道路两旁大约是漆黑的农田，只有护栏上的荧光带在快速的行驶中被一截一截地抛在身后。

他说她已经睡了四五个小时，那么，他们这是要去哪儿？

高速公路仿佛没有尽头，承影看着黑黝黝的窗外，心里忽然生出一阵惶恐，甚至盖过了之前的恼怒。

"你要带我去哪里？"她本能地拿背抵住车门，尽量与他拉开距离问，乌黑的眼底隐隐约约闪烁着不安。

然而得到的回答却很简单："云海。"

"为什么？"

"因为你的家在那里。"沈池微微停了停，又看似耐心地纠正："我只是带你回家，算不上绑架。"

家？

承影仿佛不敢相信，依旧警惕地看着这个男人。数小时之前，她甚至没能看清楚他出手的动作，就已经被他打晕了。

这个男人，究竟是做什么的？

还有……

"你叫什么名字？"她犹豫了一下。

男人唇角微紧，似乎这样的问题终于令他有了些许不悦，清淡的声音显出一丝冰冷来："沈池。"

可是她毫无印象。

相对于这个名字，反倒是最初见到他这个人时，会让她有一点点莫名的熟悉感。不过，如今那点熟悉的感觉也被他的一系列恶劣行径给打散了。

她不认为自己以前会认识这样霸道又粗暴的人，更何况是嫁给他。

所以她深表怀疑："我凭什么相信你？"

而她的态度终于成功耗尽了沈池的耐心，只见下一秒钟他便倾身过来，怒极反笑："信不信随你。你现在有两种选择，要么跟我回去，要么，"他指指车窗，"从这里跳出去。"

他说得轻描淡写，又不带一丝感情，仿佛这并不是句玩笑话。车子正以高速行驶，她当然不会傻到去跳车，况且此刻被他压在车门前，那种冰凉凛冽的熟悉气息重新向她席卷而来，分散着她的注意力，让她没办法正常讲话，更加无法抬起眼睛直视他。

最后，她只能恼羞成怒地闭上嘴巴，沉下脸不再理他。

而沈池就这样的近距离地凝视她，眸光幽深，片刻之后才退回另一侧的座位，同时伸手敲敲前面的椅背，"还有多久？"

"大概半小时。"司机答。

半小时……

承影默默地听着，那种不安的感觉在心里逐渐扩大。三十分钟之后，她即将和这个危险又不讲理的男人一起，回到云海，回到那个陌生的"家"。

而林连城呢？她突然想起他，盘算着尽快找个时机与他取得联系。

事实上，仅仅二十来分钟之后，车子就稳稳地停在了车库前。

大门打开，一道高挑漂亮的影子立刻奔上来，清脆的声音里含着显而易见的担忧和激动："大嫂，你终于回来了！"

承影被这个突如其来的拥抱弄得无所适从，愣了片刻才不得不伸手轻轻推开对方。拉开距离这才看清样子，居然是个十分美丽的年轻女孩子。她看着那双乌黑清透的眼睛，又转头去看沈池，很快猜测到对方的身份。

"大嫂，你没事真是太好了，我和大哥一直都好担心你啊……"沈凌没发觉异样，仍自激动地说。

承影有些不知所措，本能地想要转身去求助，可是一想到这一路上某人的恶劣行为，便又强行止住了念头。

沈池淡淡地看她一眼，开口对沈凌说："承影需要休息，有什么话明天再讲。"

沈凌对他一向是又敬又畏，眼见他脸色似乎不太好，心中虽有疑惑，却也不敢再缠住承影不放，只得乖乖地"噢"了声，松手让路。

他帮她解了围，一言不发地将她带到楼上的卧室里。

可是，还是很陌生。

即便她心里存着找寻记忆的想法，很努力很真诚地想要在这里找到哪怕一丝一毫旧日熟悉的印象，最终却发现只是徒劳。

反倒是额角开始隐隐作痛起来，她强自打起精神，不想让他看出异样，于是面无表情地说："我累了。"

沈池看向她，没有任何表示。

她停了停，似乎有点勉强，又似乎是尴尬："晚上我要住在这里吗？"

结果他反笑了声："不然你想去哪里住？"

其实他们之间也只相处了几个小时而已，但就连承影自己也觉得奇怪，因为她居然能够一眼看出他情绪不佳，所谓的笑容也尽是嘲讽冰冷的味道。

但她满不在乎，考虑了一下还是说："如果方便的话，请你送我去酒店。"

自从获救以来，也是直到今天她才知道自己居然还有个家庭，有个丈夫。可是这些对她来讲，通通太过陌生，一时间无法说服自己理所当然地去接受。

她可以和林连城住在同一个屋檐下，相安无事，因为他们只是朋友。但她不能与沈池自然地相处，只要一想到这个陌生男人和自己是夫妻关系，就仿佛如坐针毡，简直让她无所适从。

可是她的提议最终被无视得很彻底。她看得出来，沈池大约是用了他最后的一点耐性，告诉她："你只能住在这里。"

"直到我恢复记忆为止？"

"不管你会不会恢复记忆。"他似乎不想再和她多说半句废话，转身就离开了。

她也不知道他去了哪儿，但为了防止他再回来，她想了想便过去把门给反锁了。

其实在林连城找到她的时候，她先是被江边一户普通人家给搭救上来，后来才跟去上海住了几个月。虽然记忆缺失，但渐渐也随遇而安，再加上听从心理医生的建议，不去强求自己回忆从前，日子好像逐步上了一个全新的轨道，看上去也并不是太坏。到后来，就连噩梦也几乎不会在午夜来纠缠她了。

就在沈池出现之前，她甚至以为自己会就此展开一段全新的生活。

可是他的突然出现，打乱了所有节奏。那是她好不容易建立起来的节奏和一个崭新的平衡，就在短短二十四小时之内，被毁得十分彻底。

因为她躺在这张超级大床上，用了很久才得以入睡，然后便被梦魇给缠住了。

这一次的梦境依旧和以往一样，并不怎样清晰，甚至只是一些零星而又模糊的片断，但是梦里那种惊悚的感觉却无论如何也挥之不去，如同幽灵般如影随形。

她紧握住双手，躺在床上大口用力地呼吸，就仿佛空气始终不够，有点像是被人捂住了口鼻，又像是深深地溺在水里。最后就连自己也心知是做了噩梦，可是用尽办法却无力挣扎着清醒过来。

心跳开始失序，连带着影响了身体其他的机能。她无助地陷在那一片模糊的黑暗中，手脚僵硬麻木，那种极度莫名的惊恐把她整个人都包裹住……

就在她以为自己就要窒息而死的时候，突然有道声音破开迷雾般的黑暗，将她渐渐拉回到清醒的现实之中来。

或许是很久，又或许只有短短几秒钟，她在这种状态下无法分清时间的界限，只知道最后终于成功地迫使自己睁开了眼睛。

顶灯不知何时已经被人打开了。光线刺眼，她本能地抬手去遮，这才发现手臂虚软，就像被耗掉了所有力气一般。

而之前出现在梦中的那道救赎般的声音，此刻再度响起来，却是来自床边的上方："做噩梦了？"

她兀自调整了一下身体的状态，才勉力撑着坐起来，就看见沈池身体笔直地站在一旁。

他早已换掉了白天外出的衣服，又因为室内暖气的缘故，此刻只穿了式样极为简单的衬衫和休闲长裤，衬衫的质料看上去十分柔软，袖口随意半卷着，而他一只手还插在裤子口袋里，或许是光线原因，又或许是夜太深，使他整个人看上去少了几分白天的冷冽凌厉。

此刻，他微垂视线，深黑的眼底倒映着一点暖黄的光芒。

承影忽然就有点恍神了。

仿佛类似的场景曾在哪里出现过，又仿佛并不完全一样。就在她从梦中喘息着惊醒的片刻，包括他刚才的那句话，都让她有了似曾相识的感觉。

可是这样的感觉依旧模糊，一闪而过，没等她抓住就很快地消失了。

她按住隐约跳动的额角，微微皱起眉："你怎么会进来？"

"你刚才叫得非常大声。"他淡淡地看了眼门口，"就连我踹门的声音都没能把你吵醒。"

她这才记起自己睡前把门反锁了，不禁抬眼去看沈池的脸色，明明他的脸上没什么表情，但大约是自己心虚，便总觉得他的唇角带着些许嘲讽。

倘若他说的是真的，倘若他们真的是夫妻，那么她不但独自占据了主卧室，甚至还锁了门。

这样确实是有点过分吧。

为了掩饰尴尬，她轻咳一声，语音含糊："谢谢。"她不好意思问他今晚睡在哪儿，又实在无法邀请他留下来一起睡，只好顾左右而言他，"我觉得有点渴，出去倒杯水喝。"

没等他作声，她很快就下了床，连拖鞋都没顾上穿，径直走到外间去喝水。

饮水机的上方恰好挂着壁钟，时针堪堪指向三点钟的位置。

夜深人静。

她突然觉得疑惑，自己在梦魇中究竟发出了多大的动静，才会将他半夜吵醒了赶过来？可是他看上去偏偏又是那样清醒，就好像根本一直都没睡一样。

承影在小客厅里灌下整整半杯温水，这才回到卧室去。刚才的梦太可怕了，其实她惊魂未定，手指都是冰凉的。

沈池正在床边的柜子里找东西，暖色调的灯光照在他身上，也不知怎么的，此时此刻他的存在仿佛给了她一些勇气，竟然能稍微缓和一下心里的不安。

可是见她进来，他关上抽屉，将药瓶拿在手里直起身，没说什么便往外走。她犹豫着却又不好开口，难道真要三更半夜请他留下来，却只是陪着自己说话壮胆吗？

这样过分的事，她可做不出来。

结果他人到了门口，突然轻描淡写地说："明天会有人来换门锁。今晚你如果不放心，楼上楼下空的房间随意挑一间去睡。"

她摇摇头，简直被噎得哑口无言。

他又看了她一眼，这才离开。

第二天一早陈南就来了，他在书房里找到沈池，后者披了件丝质睡袍，正站在半封闭式的阳台上抽烟。陈南朝书桌上瞅了一眼，然后走过去问："你是刚起来，还是正准备去睡？"

沈池早就注意到他之前的动作，不置可否地哂笑一声："你管得可越来越宽了。"

陈南也半开着玩笑，摊手道："没办法，谁让之前嫂子不在家，其他人又没那个胆子管你，我只好硬着头皮上了。"他伸手指了指桌上那瓶安眠药，"我记得你好长一段时间都没吃那玩意儿了，还以为你戒了呢。劝你还是少吃点，伤身的。"

沈池深吸了两口香烟，掐灭烟头走进来，一边换衣服一边说："等下跟我出去一趟。"

“这时候就放嫂子一个人在家，合适吗？”

他虽然没跟着一同去上海，但也在第一时间收到消息。

承影失忆了，也不知这将会带来什么样的后续麻烦。

“放心，”沈池低头扣着衬衫袖扣，冷冷道，“我在家里，她反倒更不自在。”

就在过去二十四个小时不到的时间里，没人知道他经历了什么。

从终于得知她的下落，到被她亲口询问“你是谁”，她陌生的眼神和防备的动作，这一切都仿佛是莫大的讽刺。

其实他并不怪她。如今她的所有反应，都只是最正常不过的表现。

其实他只是后悔。

那一天，没有亲自去机场，进而错过了营救她的最佳时机。

至于那个被美方请来的华裔女杀手，根本不需要等到他露面，就已经被陈南先一步识破了。可是他当时不在现场，而承影已经不知所踪，甚至无法确定她是否已经遭遇了不测，因此陈南不敢轻举妄动，唯恐打草惊蛇，只好将计就计先把那女人带了回来。

他有无数种法子让最守口如瓶的人都不得不乖乖开口，更何况，那毕竟只是一个女人。最后他才知道承影只是被绑架了，可是至于被绑去哪里，之后对方又打算怎样做，那女杀手也无法说得太明确。

只不过他们伪造了完美的登机记录，显然是留了后手，也显然暂时不打算伤害她。似乎是在预防万一杀手的行动失败，也并不想让他知晓承影已经落入了他们的手中。

然而大约没有人会想到，那架飞往尼泊尔的飞机，会在半途中失事。

机上乘客无一生还。

他已经有许多年没有亲自动过手了，几乎是用最快的速度覆灭了仇家，却始终无法找到她。

在那么长的一段时间里，他无法再确定她是否依旧安全，甚至无法确定她是否还活着。

到如今，她终于完好无缺地回来了。

可是，却忘记了他。

Chapter 15
梦境

也只有在这种时候，她才会忍不住想要勉强自己去回忆那些丢失掉的片段，才会意识到那些片断或许太过重要了，是遗失不得的。

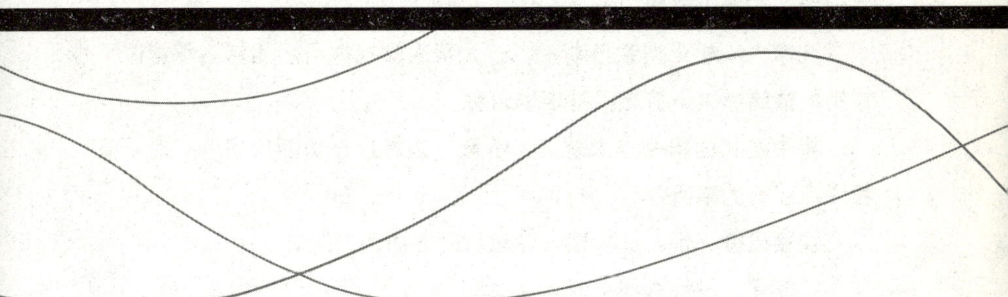

云海气候潮湿，到了冬季常常阴雨绵绵。

自从承影回来之后，雨水几乎就没有停过。临近年关路面湿滑，地方新闻里不时播报各种交通事故，同时不忘提醒市民小心出行。

也不知是不是突然换了新环境的缘故，承影连着几日都没睡好，几乎夜夜从噩梦中惊醒。可是除了第一天晚上，沈池再也没来“拯救”过她，有时候她和他甚至一整天都不会见上一面。偏偏这些在沈家工作的人，一个个嘴巴都紧得很，她既没去打听，他们也从不会主动提起沈池的去向。

起床之后她精神不佳，坐在客厅里盯住电视机，午间新闻过后便是一大段广告，可是她捏着遥控器却没换台，思想一直在神游。

过了一会儿，才听见沈凌说：“大嫂，等会儿想不想出去喝下午茶？”

沈凌得知了她的情况，所以这几天一直千方百计想要让她自在开心一些。

承影明白她的好意，也打心眼里喜欢这个心思单纯的女生，于是微微笑道：“外面正下雨呢，出门不方便。你想吃甜点的话，不如我们自己在家做。”

沈凌眼睛一亮：“好啊。”她是行动派，说做就做，立刻就吩咐厨房阿姨帮忙准备材料。

沈家大小姐难得亲自动手，一大帮人被指挥得团团转。承影似乎也被她的情绪感染，打起精神走进厨房。

将牛奶和面粉倒进大碗里，承影一边搅拌一边随口问：“能不能给我说点以前的事听？”

沈凌微微一怔：“大嫂，你想听哪方面的？”

“随便，说什么都可以。”

“嗯……比如说，我们俩的关系一直很好，从来没吵过架。”沈凌眨眨眼睛说。

承影不禁笑起来，看了沈凌一眼：“这个我相信。还有别的吗？”

“还有，你是个外科医生。”

“是不是已经辞职很久了？”

沈凌却是一脸奇怪：“谁说的？在你出事之前，原本就是要去尼泊尔做医疗援助的啊。谁说你辞职了？”

是林连城。住在上海的那段日子里，她不是没有问过自己的职业，当时林连城就是这样回答她的。

她突然觉得头疼，除了婚姻和职业，不知林连城还瞒了她什么？

“我以前在哪个医院上班？”她只好问。

沈凌说了个名字，可是她完全没有印象。

见她停了下来，沈凌很自然地将搅拌勺接过去，试着完成这项看似十分有趣的工作。

她在一旁看着，静了好一会儿才又问：“那么，我和你哥哥呢？我和他的关系好吗？”她的语气不大确定，其实就连自己都不清楚想要知道的是什么样的答案。

而沈凌的反应更是让她的心往下沉了沉。

小姑娘显然不擅于说谎，犹豫片刻只好尴尬地笑笑，实话实说：“最初的时候挺好的，后来也不知道因为什么，你俩冷战过一段时间……”大概是怕她误会，然后又立刻补充说：“不过再后来，你们又和好了，关系非常甜蜜。”

其实这后半段她也是听其他人说的，那阵子她压根儿不在家里，自然无从知晓。

承影低低地“哦”了声，不再讲话。

对于这样的说辞，心里不是没有怀疑。可是，光是怀疑又有什么用呢？

就像林连城一样，现在任何人都可以编些谎话来骗她，而她根本无法去求证。

沈凌生怕承影再问些什么，又生怕自己答得不对，造成某些不良后果，恰好这时候客厅里传来一阵轻微的响动，她如同获了特赦令，笑着说：“不知是不是大哥回来了，我出去看看。”连手都没顾上擦干净就跑出去。

结果还真被她猜对了。

沈池刚从外面回来，他脱下外套，瞥了她一眼，问：“你在干什么？”

她还戴着围裙，手上尽是面粉，苦着脸小声汇报：“大嫂正在问她以前的事呢，我怕说错话你找我算账。怎么办？”

沈池沉默了一下，示意她：“你先回房，我有事和她谈。”

厨房的结构很好，双面采光，即使这样的阴雨天也不需要开灯。承影正在分离蛋黄和蛋清，听到脚步声，连眼皮都没抬就说：“把台子上的碗递给我。”

可是等了好半天，对方也没有任何动静。她正自疑惑，抬头看过去，这才微微怔住。

沈池站在门口，目光落在她身上，声音里有极淡的疲倦，眼神却很清明：“我们谈谈。”

她回来了这么久，这还是他们第一次面对面说话。

她在二楼的书房里拣了张单人沙发坐下，问：“你想谈什么？”

“你经常做噩梦，有没有去看过心理医生？”

她没想到他一开口就是问这个，不由得愣了一下才说：“在上海的时候看过几次。”

“医生是怎么说的？”

“说是创伤后遗症，但也有可能是环境压力造成的。”

不知是不是由于书房里过于温暖，又或许是沙发太过舒适，她就这样坐了一小会儿，竟然就有些犯困。其实她这段时间休息不够，眼睑下面始终覆着一层浅淡的青黑，整个人看起来无精打采。

沈池在她的斜对面，静看她片刻，突然说：“市区里有套全新的公寓，如果你愿意，可以暂时先一个人搬过去住。”

他肯让她搬走？

刚才的那点困意倏然消失了，她错愕地抬起眼睛，而他已然站起身，将公寓的钥匙丢在她面前，“你收拾好东西，我随时送你过去。”

她迟疑了一下，才点头：“好。”

“如果有需要，你可以去找这个人。”他从口袋里摸出一张心理医生的名片，和钥匙放在一起。

“为什么？”她还有点反应不过来，几乎是不敢相信：“为什么你会突然同意让我走？”

原本她以为沈池不会回答，结果他却笑了声，声音冷淡，“这不正是你一直想要的吗？”

她不明白这人到底是怎么回事，一边满足了她的心愿，一边又要冷嘲热讽。似乎每一个人都在针对她的失忆做文章，包括林连城，包括他。可是，明明最应该抱怨的人是她自己才对。

想到这些，承影抿了抿嘴唇，终于还是没能忍住，反诘道：“你这是在迁怒吗？我是失忆了，但这也不是我的错。”她也站起来，微微仰头去看他，带了一点不可抑制的怒意，似乎也想有意激怒他：“现在你对我来讲，确实就和陌生人差不多。住在这里让我有很大的压力，大概这就是我天天做噩梦的原因。”

“我知道。”没想到沈池并没有发火，他的语气依旧很淡，眼里情绪不明。

她假意笑了笑：“所以，谢谢你放我走。”

“不客气。”他又看了她一眼，扬长而去。

如果这就是他们一直以来的相处状态，承影怀疑自己应该早就要和这个男人离婚才对。

搬家的时候，她没带走多少东西。据说新公寓里日常用品一应俱全，于是她只简单收拾了一些衣服。

沈凌十分舍不得，但又不敢当着沈池的面说，只好私底下悄悄挽留：“……大嫂你别急啊，你的记忆迟早有一天会恢复的。况且，住在家里或许对你恢复记忆更有好处呢，为什么要搬出去一个人住？”

承影无奈地摸摸她的脸，半开玩笑道：“我怕再在这里住下去，会和你哥吵起来。”

“不会的。”沈凌回忆了一下，态度很认真：“在我的印象中，你们俩从来没吵过架。”

“怎么可能？”承影有点吃惊，“你不是说我和他曾经有一段时间关系很糟糕吗？”

“对啊。可是即便是在那种情况下，你们也没吵过啊。大嫂，你再考虑考虑嘛，一个人住在外面多不方便。而且，你走了我也很无聊的。”

“如果觉得无聊，可以随时去看我。”最后她说。

至于从没和沈池吵过架，她想，那过去的自己，一定是脾气太好了。

新住所在市中心，是闹中取静的地段，十分难得。而且与她以前上班的医院离得非常近，连地铁都不需要乘，走路十五分钟内即到。

她不知道这是不是沈池有意安排的，不过就算是，她也不会感激他。

搬家的那天，沈池亲自送她。她本来不想领他的情，结果发现其实他也只是跟车而已，连一根手指头都不需要动，行李自然有别人帮忙拎着，公寓里的卫生也早就打扫干净了，甚至冰箱里还塞满了各种瓜果和食物。

硕大的双开门冰箱，打开来琳琅满目，简直堪比一个缩微超市，令人瞠目结舌

她当然猜得到，这些肯定都不需要沈池自己动手去做。虽然相处没有多久，但她留心观察，很快便发现这人排场大得很，可以使唤的人也很多，进出必定前呼后拥，就连开车出门，也有好几辆车子不近不远地跟着。

像这些小事，或许他只需要动动嘴巴就可以了。

所以她跟陈南说：“多谢啊。”

当着沈池的面，陈南笑笑：“嫂子，别客气了。”

她不习惯这种称呼，同时又隐约觉得哪里不对劲。等到一个人静下来的时候，才仿佛有点醒悟，抓起手机就给沈凌打电话。

“你大哥他是做什么的？”

沈凌难得支支吾吾：“这个问题……你还是问他本人比好吧。”

越是这样，越让她觉得不安。可是让她直接去问沈池，她又做不到，唯恐又招来一顿冷嘲热讽。

看得出来，沈池对她失忆的这件事情似乎十分介意。可是，是否恢复记忆并不能强求，医生也拿不出治疗的手段，时间一长就连她自己都渐渐放下了，觉得可以无所谓，实在弄不明白为什么他反倒更加在意？

所以她尽量不去招惹他。

这个男人，在她眼中既神秘又复杂，性格沉冷得让人完全摸不透，她想不通自己当初为什么会嫁给这样一个人。而现在，既然她把一切都忘得干干净净了，倒不如趁机离他远一点，独自生活反而更轻松自在。

于是她好像真的恢复了单身的状态，每天自由安排生活。承影发现自己的厨艺居然很不错，可以每餐变着花样喂饱自己，偶尔有兴致的时候还会烤一些小曲奇或蛋糕，送给对门或楼上楼下的邻居们品尝。

烤箱和其他工具都是她自己去商场采购的。最近电器楼层正在做活

动，导购小姐热心地向她介绍一款功能最齐全的新上市产品，因为价格不菲，轻松达到商场活动的标准线，末了又送了一组模具给她。

真是神奇，她想，煮饭做菜这类事情，她甚至完全不用仔细回想，就能顺手完成得漂漂亮亮。如果不是早知道自己曾经是一名外科大夫，她大概真要怀疑厨师才是她的本行。

在新住处休整了一段时间之后，承影终于决定回去上班。

可是事实上，事情并没有想象中那样简单。尽管沈池已经和医院打过招呼，然而那些旧日的同事看见她，却都难免带着奇怪的眼神。

一个在大家心中被认定死去多时的人，如今忽然复活了，多少还是有些诡异的。

但她无所谓，反正这些人对她来讲，通通成了陌生人。

院长亲自出面和她谈话，想要了解前因后果，可她实在说不出个所以然来，最后院长决定："这样吧，如果你觉得自己的状态已经调整好了，那么过完年就来上班。不过因为你目前情况特殊，暂时不能安排你上手术台了，就先做做文书工作，先熟悉一下环境，怎么样？"

她点头。

其实只要有份正式工作，不至于让她整天无所事事就足够了。

毕竟当初是在执行公务的途中出的意外，医院对她相当照顾。除了让她将之前住院看病的单据拿回来报销之外，还特许了她三个月的缓冲期。在这段时间里，她的工作内容和工作时间都相对宽松。

恢复上班之后，倒是有许多同事主动找她嘘寒问暖，午餐时间全都围在她身边，聊些轻松的话题活跃气氛。科室里还特意为她组织了一场欢迎晚宴，因为天寒地冻，空气又潮湿，一群人不约而同决定去吃火锅，然后是唱K。

同事在人声喧闹的KTV包厢里告诉她："这是我们科的惯例，娱乐一条龙，你还记得吗？"

她笑着摇摇头，拿起一小听啤酒喝了口，"不过，总有一天会记起来的。"

"你态度不错，积极乐观！"同事拿酒瓶与她碰了碰，真诚地说：

“欢迎归队！”

因为高兴，她喝得有点醉了。

到最后散场的时候，也不记得是谁去埋的单，又是谁将她拉到KTV的大门外。

深夜里寒风凛冽，像刀子一样带着潮湿的水汽直往骨头里钻，刮得人全身都疼。她醉眼蒙眬，远远看过去，路边的灯火像是被放大的明珠，缀成一串一串，带着模糊的七彩光晕，正在缓缓流动。

有人在旁边问：“小晏，你住哪儿？要不要送送你？”

她摇了摇头，忽然觉得一阵晕眩，又仿佛是胃里翻涌，强行压下那股难受的感觉，才开口说：“不用，我自己走回去。”

“这么晚了，你一个女孩子多不安全。”同事很坚持，“或者，打个电话让你老公来接？”

科里人人都知道她早就结婚了，却没有人见过她的另一半。她仍是摇头，态度比刚才更加坚决了：“没事，不用了。”

可是话音刚落，便感觉有人走到近前。

她只觉得昏沉沉的，看东西有些吃力，动作慢半拍地转过头去，还没等她看清楚对方的样子，左手就被牢牢握住了。

清冽的男声穿过寒风，钻进她的耳朵里，却似乎是在对着其他同事说话：“……我是来接她回家的，多谢各位的照应。”

他的手指有点凉，又或许是她身上太热了，酒精加快了血液窜行的速度，让她浑身发烫，仿佛心脏都快负荷不了，正一下一下猛烈撞击着胸腔。

在这种情况下，她根本无暇顾及其他，全身的感官都变得迟钝，就连思维也迟钝了。但她心里清楚，身旁的这个人是沈池。

她懒得挣扎，就这样整只手贴在他的掌心上，任由他带着自己步履不稳地坐进车里去。

其实她并没有真的喝醉，只是稍微过量了些，整个人正处于一种混沌的状态里。

车厢里开着暖气，混合着真皮内饰的特殊气味，加重了胃里的不适感。她微微合上眼睛，伸出手去胡乱摸索着电动开关。

“你在找什么？”沈池的声音从左侧传过来。

其实她没注意到，自己的一只手仍被他握在掌心里。她不舒服，连声音都显得很轻微：“……我喘不过气。”

两秒钟之后，后座的车窗降下少许。

冷空气倏地灌进来，她像窒息已久的人重获氧气一般，本能地朝窗边凑近了些，闭着眼睛贪婪地呼吸。

车子已经悄无声息地驶上主干道。

马路两侧灯火璀璨，远远近近的光点扑闪在她的脸上，幻出一片交错暧昧的光影。

她此刻像极了一只慵懒的小动物，仿佛刚出生，半蜷缩在宽大的座椅里，面色泛着极浅的粉红，明艳的嘴唇微微张开，一副心满意足的样子。

一动不动，大约是睡着了。

沈池的目光不自觉地柔和下来，就这样静静地看了她一会儿，才伸手升上车窗。

可是她很快就察觉了，皱着眉头抗议：“……能不能给我一点新鲜空气？”

他觉得好笑，唇角微扬，“你这样会感冒的。”

她仍旧不肯睁开眼睛，只嘟囔一声：“我不管。”

她的声音很轻，但是在这样安静的空间里，他到底还是听清了。下一刻，他轻笑了声。

自从重逢以来，这恐怕是她唯一一次卸下了所有的防备，在他面前表露出这副撒娇甚至有些无赖的样子来。

这样子的晏承影，哪怕是在过去，也是很少见的。

他倾身过去将羊绒围巾从她脖子上取下来，问：“这样会不会好一点？”

其实她酒意上涌，车里又是这样的舒适平稳，真的就快要睡着了，所以只是懒懒地点点头，就连声音都吝啬发出来。

在迷迷糊糊中，她怀疑自己产生了某种错觉，不然为什么沈池语气听起来竟会这样的低沉缓和，甚至……带着她从来没见识过的温柔。

她睡了一路，又或许只有一小会儿，车子停下之后被人半扶半抱着走出来，这才发觉已经到了公寓楼下。

“谢谢。”她本想自己上楼，结果沈池不由分说，握住她的手穿过玻璃大门直接进了电梯。

还是一样专横霸道，她跌跌撞撞地跟上去，更加相信车里的一切都只是一场幻觉。

进了屋，他说：“先去洗个澡。”

“不想动。”她趴在沙发扶手上，“你不用管我。”

结果客厅里果真安静了片刻，她还以为他走了，可是下一秒就有声音从头顶上方传来：“起来把这个喝掉。”

是蜂蜜水，她很诧异，他居然对这里的物品摆设了若指掌。

“你是不是趁我不在的时候偷偷进来过？”她一边喝水一边面无表情地问。

沈池淡淡地瞥她一眼，“你喝醉的时候比较有幽默感。”

“谢谢夸奖。”她喝得很慢，心里想着他什么时候才会离开。可是等她将整整一玻璃杯的蜂蜜水都喝完了，他仍然坐在对面没起身。

这间公寓并不是太大，没有饭厅和客厅的区别。沈池此刻就坐在餐桌前的椅子上，一条修长的手臂微微屈起，手肘撑在桌边，匀长的食指和中指夹着一根没有点燃的香烟，正看似漫不经心地把玩着。

她看了看他，心里不得不承认，这个男人就连这样随意坐着，姿态也好看得过分。

她向来不太关注男人的容貌，像林连城那样出色的长相，落在她眼里也最多只是半开玩笑地调侃一句：“没想到我从小艳福不浅，居然有你这样的青梅竹马。”

她记得当时林连城笑得十分无奈：“真是难得，你过去可从没夸奖过我。”

“真的吗？”她释然，看来就算失忆了，秉性却没有改变。

可是沈池是个例外。

他的五官英俊得近乎犀利，在很多时候，她甚至都在刻意回避去直视他，只因为那双深郁幽暗的眼睛，仿佛多看一会儿便会被吸进去一般，让人沉溺其中无法自拔。

这种莫名熟悉的感觉，恍如穿过遥远的时空一阵阵汹涌袭来，扰得她心神不宁，却又无所适从。

也只有在这种时候，她才会忍不住想要勉强自己去回忆那些丢失掉的片段，才会意识到那些片断或许太过重要了，是遗失不得的。

这几个月以来，当她好不容易学会随遇而安之后，只有这个男人，能够轻易地打乱她的信念和步调，让她不得不去为难自己做一件暂时无能为力的事情。

所以她讨厌这种感觉，而他偏偏又很少给她好脸色，让她更加觉得不值得。

放下水杯，承影暗自稳定了一下心绪，若无其事地说：“我想休息了。”她故意微微错开视线，语气也有些僵硬。

那个醉眼蒙眬娇憨可爱的女人已经消失了。

沈池眉梢微动，下一刻便站起来：“虽然你喝醉之后比较可爱，但以后最好还是少喝点酒。”

这是什么意思?

她抬起眼睛看他：“谢谢你的夸奖和关心。”

他笑了声：“你今晚可真是有礼貌。”

“我也觉得你今晚有点不同。”她脱口而出，但是很快就后悔了。

果然，沈池微微顿住脚步，视线斜过来，尾音上扬着轻声“哦”了一句，似乎对这个说法很感兴趣：“哪里不同了？”

她看他堪堪停在门口，简直恨不得咬断自己的舌头，还真是祸从口出。

承影在心里盘算着如何回答才能尽快将这男人打发走，有些话到了嘴边溜了溜，终于还是说出来：“至少态度比以前稍微好了一点。”

他却微微眯起眼睛，似乎觉得好笑：“难道我对你的态度一直很糟糕？”

“难道不是吗？”她开始怀疑到底是谁失忆了。

他不置可否地笑了声，突然问："这个周末有没有空？"

"干吗？"

"陪我打球。"他一副理所当然的样子。

而她也应得很自然："这种天气，打什么球？"

"到时候再说。"他打开门，临走之前又加了句："你最近还有没有做噩梦？"

"没有。"

他微微动了动唇角，笑意并不明显："看来之前所谓的压力，真是我给你的？"

她也笑，故意认同："谁说不是呢？"

不过短短几个小时之后，她就再也笑不出来了，因为她再度睡得不安稳起来。

凌晨急喘着清醒的时候，她几乎要怀疑沈池临走时的那句话是故意的，大约是为了报复她毫不客气的逐客令。

就因为他突然提起，导致她又开始做梦，依旧是那些零散的片断，梦里诡异的气氛压得她喘不过气来。

她恨得牙痒痒，伸手去摸床头的开关，结果发现居然停电了。

三更半夜，只有极其微弱的光亮穿过窗帘透进来。倘若是平时倒还好，偏偏是这样的雨天，似乎更是加重了黑暗。

窗外是朦胧淅沥的雨水声，她躺在床上彻底睡不着了，手机上显示的是凌晨两点五十分。漫漫长夜，竟然连个打发时间的方法都没有。

她着实郁闷，又仿佛气急败坏，心想倘若不是因为沈池，或许自己就能一觉睡到天亮。就因为这样的气愤难平，她在冲动之下拨了个电话出去。

这个号码还是她搬家当天，沈池擅自拿了她的手机存进去的，后来她一次都没用过。今晚纯粹是为了出口怨气，又带了一点报复的成分。没想到电话只响了两声就接通了，害她连反悔的余地都没有。

沈池的声音听起来竟然还很清醒，或许他根本就没睡着。

她这才发现自己完全不了解他的作息规律，只能猜想他这种人大概是习惯了熬夜的。

“出了什么事？”沈池问。

过于静谧的夜晚，承影将手机贴在耳边，仿佛他的声音也近在耳畔，没有其他事物的干扰，甚至能听出其中那一丝不易察觉的低哑。

她的心莫名地加速跳了两下，像正常韵律下击错的鼓点，怔了怔才说：“我这边停电了。”

这根本不是她打电话的初衷，就连承影自己都有点诧异，怎么突然就说出这句话来。

而沈池仿佛也愣了一下，再开口时语调明显比刚才轻松许多：“你怕黑？我记得你以前是不怕的。”

“我现在也不怕。”她沉下声音兴师问罪，“但是你害我又被吓醒了。”

“你到底都梦见了什么？”他那边传来几下清脆的机械开合声，大约是在点烟。

“我也不知道。”

“哪怕一个场景都描述不出来？”

她听着他的声音有些模糊，又似乎隐约带着些许疲惫，自己不由得停顿了一下，才低声说：“嗯。”

结果沈池低笑了声：“那么，你现在是睡不着了？还是只是为了打个电话骂我？”

两者都有。她默默地想着，把眼睛闭起来，却只是含义不明地反问：“我是不是把你给吵醒了？”

“没有。”他说，“这个答案会不会令你很失望？”

她不禁也低笑一声承认：“确实是。”

“我通常睡得比较晚。”他突然说。

“嗯……”

“所以如果下次还想再做这种事，最好再迟两个小时。”

“你这样好心的建议，害我都不忍心辜负。”她闭着眼睛懒懒地说：“不过，我可不希望还有下一次。”

……

等天空泛起鱼肚白的时候，承影再度醒过来。这才发现手机还放在枕边，而昨夜那个电话是什么时候断掉的，她居然一点都想不起来了。

最后还是调了通话记录出来，才知道她和沈池居然聊了半个多小时。可是后来她整个人处于迷迷糊糊的状态，连自己说过些什么都不记得。

不过后来的这一次睡眠质量很高，虽然只有几个小时，但已足够令她神清气爽地去上班。

她是最早到达办公室的，等她烧好水，又给自己冲了袋速溶咖啡后，其他人才陆陆续续地走进来。

一个年轻女同事一见到她，立刻笑眯眯走到跟前，小声说："承影你可真不够意思啊，结婚这么多年，居然直到昨天才让我们见到你老公的庐山真面目！"

另一女同事耳朵尖，听见后立刻附和："对啊对啊，而且居然是个那么出色的男人！小晏这明显就是藏私嘛，平时都不舍得拿出来让我们欣赏。"

"有吗？"承影被她们唱双簧般的节奏弄得心里发虚，故作镇定地说："我觉得一般啊。"

结果不说还好，说完立刻成为大家攻击的对象。

"记住，过分谦虚就是骄傲！"

"这样的男人打着灯笼也找不到吧，你居然说才一般？"

"你还认识几个这样一般的男人？下回介绍给我吧，好不好？我不嫌弃的！"

"你们这算是色迷心窍吗？"承影无奈地叹气。不过她也没想到，难道自己以前从没让同事们见过沈池吗？

如果真是这样，那确实有点奇怪。不过她什么都想不起来了，自然也无法揣测自己从前的心理。

Chapter 16
冰融

那种既陌生又熟悉的感觉，就在刚才他仰起头的一刹那，再度将她牢牢包裹住。

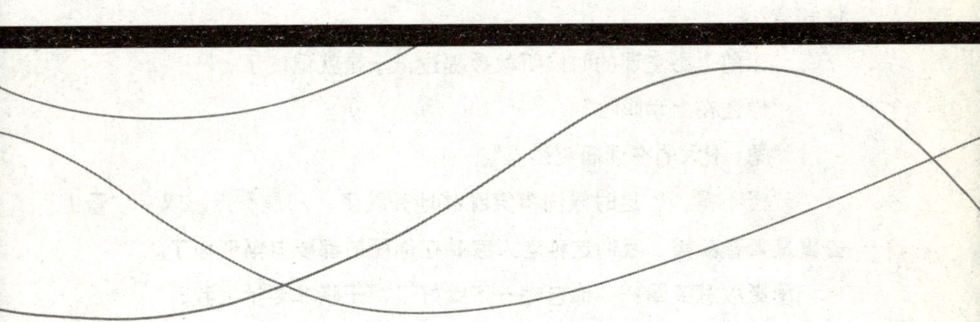

由于日常工作不算太忙，承影便抽空报了个瑜伽班。还是麻醉科的同事向她极力推荐的，每周两个晚上，下了班就结伴去上课。

同事说：“我看你精神状态不佳，晚上适当做点运动会有助睡眠。”

正好是课间休息时间，承影拿了水壶小口小口地饮水，“……你说的有道理，至少最近这段时间我感觉睡眠质量提高了许多。”

“我以前也常常失眠。”大约是听见她们的对话，旁边的一个女学员微笑着插进话来，“去年年初跟着老师坚持学了两个月，整个人的状态都变好了。”

这是一个看上去还很年轻的女孩子，最多不过二十出头，长发在脑后盘了个简单的发髻，露出漂亮光洁的额头，模样青春。

她的身段纤细柔软，穿上瑜伽服非常好看。这样的女孩子很容易令人心生好感，承影忍不住定睛打量她，“好像以前没怎么见过你。”

“肖冰。”那女孩笑着自我介绍，“最近比较忙，几个星期都难得来上一回。你们好像也是新面孔啊？”

“我是，她不是。”承影指指同事，“她硬要拽我来上课，估计是想有人和她做伴。”末了才想起来，报了自己的名字。

“承影……”肖冰仔细琢磨这两个字，缓缓说：“蛟龙承影，雁落忘归。这好像是古时候一把名剑的名字，对吧？”

极少有人能立刻说出她名字的来历，承影不由得感到惊喜：“对。你知道？”

“以前上历史课的时候听教授提过，于是就记住了。”

“你还在上学吗？”

“嗯，P大的在读研究生。”

“怪不得。”这时候同事笑眯眯地开腔了，却是有点感叹：“看上去真是青春貌美，我们这种老人家站在你面前都要自惭形秽了。”

承影故意笑당：“你自嘲一下就好了，干吗非要扯上我？”

同事故作鄙夷地提醒她：“你至少比人家小姑娘大了四五岁。现在三年就是一个代沟了，你说你不服老行吗？”

肖冰反倒有些不好意思，连忙说：“不会啊，两位姐姐看上去还是很年轻的。”

承影抿着唇角笑起来，“你千万别上当了。她就是等着你来夸她呢！”

“我说的都是真心话。”肖冰显得很真诚。

承影发现自己挺喜欢这个女孩子的，不仅仅是因为她看上去十分单纯，同时也因为她长着一副出色的眉眼。瑜伽教室里光线明亮，照得肖冰的那双眼睛盈盈动人，仿佛含着一汪清泉，清澈美好得让人忍不住想要多看两眼。

这样长相的年轻女孩，态度又温柔，很难令人不产生好感。

于是等到课程结束后，她们三人已经成了朋友，并互换了电话号码。

在大门外分手时，承影说：“因为有时候要值夜班，所以我们上课的时间也不固定，下回来之前可以先短信约一下，大家一起上课比较有趣。”

“好的。”肖冰爽快地应下来，扬扬手机：“那就再联系啰，我还有事先走了，拜拜。”

她招了辆出租车，上车之后冲着她们挥手告别。

那同事倒和承影一路回家，两人散步去地铁站，在闲聊中同事忽然说：“平时很少见到你主动对谁表示好感，今天还真是例外。”

“平时？”承影好奇道：“以前的我不会这样吗？”

“极少。”

她笑笑：“那真是奇怪了。不过，你不觉得肖冰很讨人喜欢吗？”

“其实我倒觉得她和你长得有些像。”同事侧过头仔细打量她，又用手在自己脸上比画了一下，“你自己有没有发现？尤其是这里到这里……”

同事比的是额头到眼睛的部分，承影不免有些愕然：“会吗？没发觉。”

“你对她有好感，估计就是这个原因。”同事有意顿了一下，才笑得不怀好意：“说不定在你的潜意识里，把她看成了自己的年轻版。”

年轻版……

承影立刻就反应过来，忍不住笑着骂：“你想说我老了就直接表达，何必拐弯抹角！”

不过回到家之后，承影倒还真的站在镜子前稍微研究了一下。

其实她也就是无聊，洗完澡拿浴巾的时候突然想起同事的话。

浴室里满是蒸汽，镜子上也还蒙着一层白茫茫的水汽，触手冰凉，她拿手背擦了一小块出来，将脸凑到近前观察，可是并没发觉自己与肖冰的相像之处。

等她走出浴室，手机正在床头柜上不停地振动。

她看了一眼，是个陌生号码。但仿佛有预感似的，她很快便接起来，林连城的声音清晰得犹如咫尺之间：“承影，能不能抽个时间，我们见一面？”

这还是她从上海回来之后，他给她打的第一个电话。

她在上海的那部手机没能带回来，于是连带也遗失了他的号码，而他能弄到她现在的电话，也不知这中间经过了多少辗转和波折，所以才会隔了这么久。

“难道在见面之前，你都没有什么要先向我解释的吗？”她问。

“有。”

没想到林连城会承认地这么爽快，她反倒不禁怔了怔，“那你说吧。”

“有些事，我不该骗你。”他似乎是在斟酌，所以话语并不太流畅，但语气恳切：“可是我希望你相信，我从没想过要害你。”

“但你对我隐瞒了最重要的两件事，婚姻和工作。为什么？”

林连城沉默了一下，反过来问：“你知道沈池是做什么的？”

她怔了怔，“他是做什么的？”这也是她一直都想要弄明白的问题。

结果电话里传来一声近乎无奈的轻笑：“无论我有什么样的行为，都只不过是希望你能生活得更好。你信不信我？”

“不是我不信，我只是不喜欢你们利用我的失忆来骗我。我只想知道真相，然后自己去判断什么才是更好的生活。”

“是吗……”林连城的话说了半截就停下来。他那边似乎还有其他人在讲话，声音渐渐由小变大，最后竟然有些嘈杂起来。他不得不暂时中断这个话题，简短地说：“你什么时候有空，我会当面向你解释清楚。”

电话那头隐约传来男男女女的交谈声，承影想了片刻，“后天晚上吧。”在电话挂断之前，她又问：“出了什么事？你那边还好吧？”

“一位亲人前两天过世了，我们刚刚办完丧事。”林连城说。

“哦，节哀。”

“谢谢。”最后他说：“爷爷临终前还问到你，可是我当时还没办法联系上你。”

原来是林家的老人去世。承影猜测自己应该和林连城口中的爷爷关系很亲密，所以才会让爷爷一直惦记着。

如今虽然她什么都不记得了，但心中还是有些难过。到了约定的日子，她特意去买了一束花，提出想要去祭拜。

结果林连城却解释说："陵墓在北京，丧礼也是在那边办的，前两天给你打电话的时候我还和家人在一起。"

"那这个怎么办？"承影捧着花束。

他淡淡地笑了笑，接过去："给我吧。你的心意相信爷爷会收到的。"

"不好意思，"她说，"没能完成老人家最后的心愿。"

林连城拿着花束，将她让到马路内侧，一边走一边说："其实爷爷最大的心愿是让你嫁进林家，当他的孙媳妇儿。"

他说得轻描淡写，却让承影一时讶然，接不上话。

结果他很快也察觉了她的尴尬，笑笑说："你不用在意。"

"嗯。"她低声应道。

"承影，"他看着路的前方，慢声说，"这次是我做错了……跟你在一起的时候，好像从来都是我做错事，只不过很多时候你都肯原谅我，不和我计较。所以，这一次你会不会同样也原谅我？"

两个人都没吃饭，就沿着江滨马路的行人道漫无目的地走着。

穿城而过的江水只有一道护栏之隔，在夜色下倒映着远远近近的晕黄的灯光，冷风偶尔激荡而过，江面上就仿佛洒满了盈盈闪烁的光的碎片。

她侧头看了看他，用一只手绕紧围巾，另一只手拢住随风乱拂的头发，声音在清冷的空气中显得有些支离破碎，"我知道你对我好。"

"是吗？"他也转过头看她。

"嗯，所以谈不上原不原谅，因为我根本就没有生气。"她停了停，忽然反问："你认为我的婚姻生活不幸福吗？"

几个月前，他曾在飞机上问过她同样的问题。如今就这样反过来了，林连城自己都觉得有点好笑，可是心中却又酸涩难当，沉默片刻终于还是告诉她："我曾经这样问过你，你当时给我的答案是，挺幸福的。"

"真的？"她仿佛不太敢相信，微微睁大眼睛。

“真的。”他苦笑，“只是我自己坚持认为，你应该拥有更好的生活。”

看她似乎不能理解，他才又说：“还记得在电话里我们讲过的吧？沈池是做什么的，你到现在还不知道，对吗？”

她摇头。

他以为她会想要听到答案，结果下一刻，她却突然打断了他：“我改变主意了。关于这件事，我希望自己去弄清楚，所以，你先不要告诉我。”

“你确定？”

“确定。”她指着马路对面那家24小时营业的麦当劳，笑着换了个话题：“走了这么久，真有点饿了，你请我吃鸡翅吧。”

他微微垂眸看她，眼中情绪闪烁不明，到最后也只能点头：“好。”

接到沈池电话的时候，是星期六的中午。

这天承影不用上班，原本是打算在家里打扫卫生的，可是也不知为什么大楼里会混进推销员，大清早就敲门将她吵醒了。

等到终于把对方打发走了，她又回到床上补眠，结果就这样一直睡到了中午。

接电话的时候，她连声音都还是含糊低哑的，显然还没从睡梦中清醒过来，所以也听得不太清楚，呆滞片刻之后不得不要求对方重复一遍。

结果沈池倒是难得的有耐心，一字一句地重复：“我在楼下等你。”

她下意识地“哦”了声，几秒钟之后却倏地睁开眼睛，一边坐起来一边惊讶地确认：“楼下？”

她随意披了件晨褛，三两步就走到阳台上，探头望下去，果然看见几部颇为眼熟的黑色轿车一字排开，光天化日的就这样停在小区的楼下，颇为惹人注目。

也不知道沈池坐在其中哪一部里，她微微皱起眉，应付着这场突发状况：“你有什么事吗？”

“打球。”他言简意赅地提醒：“难道你已经忘了？”

……打球?

她怀疑自己真是睡过头了，因此脑筋变得不好使，足足过了半晌才勉强回忆起来："那已经是好几个星期前的事了吧，后来不是因为下雨就取消了吗?"

"嗯，所以改成今天了。"

如果可以，她真有冲动去看一眼沈池此刻的表情，看看是否也和电话里的语气一样那么理所当然。明明是他不守规矩临时起意，现在反倒像是她忘记了约定。

只不过，连日的雨水终于停了，阳光穿透絮白的云层照射下来，为清冷的空气增添了一丝久违的暖意。空中仿佛浮动着七彩斑斓的光柱，若隐若现的纤尘在光柱中飞旋打转。承影半眯着眼睛抬头看了一眼，也不得不承认今天确实是个难得的好天气。

但她根本没有出门的计划，只好跟他商量："我不去行不行?"

"你似乎才刚刚起床。"沈池在楼下不紧不慢地点评，"睡衣的颜色不错，很衬你，但是你就这样站在外面不冷吗?"

贴身的睡衣是上周新买的，桃红色真丝面料，当时专柜小姐极力向她推荐时就说：这个颜色会将您的皮肤衬得更白皙……

她心里喜欢，索性连着同色系的晨褛也一起买下了。

可是，她没想到他在车里居然能看到!

而且刚才还不觉得，这会儿被他一提醒，她几乎是立刻感到一阵寒意逼人，裸露在外的肌肤早已变得一片冰凉。

她本能地往屋内靠了靠，假装没听见他刚才的那后半句话，若无其事地说："我确实是刚起来，所以，恐怕来不及和你去打球了。"

"没关系。给你一个小时的时间去准备，够不够?"他倒是好脾气又好耐性。

承影还没想好要怎么继续拒绝，听筒里就传来汽车车门开关的声音。

她下意识地再往前一步，越过阳台的栏杆朝下面看，果然，沈池已经站在了车外。仿佛知道她会看他，他几乎在同一时间微微仰头，夹着香烟的那只手很随意地冲着她扬了扬。

八层楼的距离，无法将彼此的面目看得更清晰。承影忽然就觉得他们之间似乎已经有很久没有见过面，久到她都快要想不起他的样子了。可是有时候，即使不用特意去回想，却也能够轻易地勾画出他说话时的每一个神态。

那种既陌生又熟悉的感觉，就在刚才他仰起头的一刹那，再度将她牢牢包裹住。

阳光下的空气依旧有些清冷。

春风微寒，从她的脸侧拂过。其实通话还没有断开，她就这样握着手机，定定地看着他，长久之后才听见自己的声音说："好吧。"

沈池将她带到酒店的网球场。承影看着偌大的室内场馆，突然有种被人戏弄了的感觉："在这里打球，还需要挑天气吗？"

沈池似笑非笑地瞥她一眼："我从没说过要看天气。"

"那你上次……"

"恰好前两个星期都临时有别的急事，所以才推迟到今天。"

她气结，忍不住眯起眼睛怀疑："沈先生，能不能请你告诉我，你一直以来都是这么自私自利又独断专行吗？"

"嗯？"他微微挑眉，似乎在判断她的潜台词。

"为什么我能一直容忍着你，居然没和你分手？"她在场边的沙发上坐下来，自嘲的意味明显："看来以前我的脾气真是太好了！"

"也许是有别的原因。"他语气轻淡地纠正她。

"还有什么原因？"

"你确定想听？"

她半信半疑地瞟他，最终还是决定点头。

结果这时候入口处正好有人走进来，沈池拾起球拍，冲着进场的其中一个男人比了个手势，然后才转头低声对她说："打完球再告诉你。"

几乎一整个下午，她就这样倚在沙发扶手边，看两个男人包了整个场子，你来我往地大力回扣。

中途休息的时候，沈池的对手走过来打招呼。那个年轻的男人和沈池差不多个头，有一身古铜色的皮肤，偏偏长相又十分儒雅。

沈池说："这是谢长云。"

谢长云冲承影一笑："嫂子，你好。"

"你好。"承影看出沈池与他十分熟稔，为了避免尴尬，不禁半笑着确认："我们以前……见过吗？"

"没有。"谢长云接过服务生递过来的矿泉水，一口气喝了半瓶下去，才拿着毛巾一边擦汗一边开玩笑："沈池把你藏得太紧了，害我们这些当兄弟的这么多年也没能见上你一面。"

沈池淡淡地瞥他一眼，扔下毛巾，对着空气轻挥了两下球拍："话这么多，看来你是休息够了。继续。"

谢长云返回场内，还不忘回头招呼承影："嫂子你要是觉得无聊，可以去顶楼泡个温泉，或者做做SPA。"

承影笑着婉拒："谢谢。"

结果等他们结束，她差一点就靠在沙发上睡着了。

沈池走过来，居高临下看着她迷糊的样子。谢长云还在另一侧收拾东西，他倾身，在她腰间轻轻揽了一下，见她的身体似乎没有明显排斥，才加重力道将她带着站起来，问："困了？"

傍晚时分，其实哪里是睡觉的时段？她只是觉得无聊，整个人精神不济罢了。

起身后才似乎缓过神来，她下意识地往旁边退了一步，又弯腰去拿手袋。

沈池看她一眼，把球拍扔给服务生，率先往外面走去。

晚餐就安排在酒店里。

上菜的时间卡得恰到好处，等两个男人洗完澡换了衣服落座，第一道炖盅正好被端上来。

谢长云也不知从哪儿召唤来一个身材高挑的美女，于是一顿饭就变成四人小聚。那个美女似乎已经习惯了和谢长云参加这样的饭局，谈吐举止都极有分寸，既懂得活跃气氛，又绝不会显得过分轻佻。

席间，她还亲自替谢长云斟过一杯茶水，悄无声息地放在他的酒杯旁边，显出一种十分聪明的体贴。

承影将这些细小的举动看在眼里，然后安静地垂下眼睛，自顾自地喝着饮料。

晚餐结束后，谢长云显然还有其他活动，带着美女坐上跑车潇洒地扬长而去。

看着迅速汇入车流之中的红色尾灯，承影忽然问：“你的那些朋友，是不是大多数我都不认识？”

“怎么？你对这种情况不满意？”

沈池晚上喝了不少酒，那双墨色的眼睛里仿佛也蕴着一点酒意，越发显得深邃而明亮。

他屈起手肘架在车窗边，手指半撑着额角，侧过头看她，“你以前可从没反对过。”

她不禁微微皱眉：“你们总是喜欢提起以前的我。如果……我是说万一，万一我永远恢复不了记忆呢，怎么办？”

“怎么办？”他沉吟片刻，似乎是在专心思考，“其实我也一直在想，如果真是那样该怎么办。”

其实他一动不动，仍旧维持着刚才的姿势，语气也很轻淡，或许只是看向她的眼神变得沉了些，可是也不知怎么的，突然就让她觉得气息迫人，仿佛属于他的气息陡然间向自己压迫过来……

“我在想，如果你以后一直都这样排斥我，那该怎么办。”他将她下意识的退缩看在眼里，眼眸不动声息地微微眯起来，嘴上却也只是不紧不慢地说。

“有吗？”她想都不想就反驳，但很快就意识到自己的肩膀已经快要抵到车门了，才不禁有点尴尬地坐直身体。

结果他没再搭腔，又或许是懒得拆穿她，于是只意味不明地笑了声，就转过头去闭目养神了。然而，那个笑声从他的唇边轻轻滑出来，落进承影的耳朵里，倒变得更像是一声讽刺的冷哼。

一路的沉默，车厢像个安静的牢笼。

承影终于发现，只要眼前这个男人不说话，周遭的气氛便会很轻易地在瞬间凝固成冰点。

直到车子停在公寓楼下，她才扭头看看他，结果发现他仍旧半闭着眼睛。

想起晚上那顿丰盛的食物，又想起谢长云身边女伴的体贴行为，承影终于有一点良心发现的迹象，有些话不说出来似乎心里始终过意不去。

所以她犹豫着提议："你……要不要上去喝杯解酒茶再走？"

沈池微微睁开眼睛，用余光瞥过来，却是似笑非笑地质疑："这么晚了，难道你就不怕万一发生点什么？"

他们还是法律上的夫妻，这样的话说出来，其实对双方来讲都是一种讥嘲。承影不禁感到有些尴尬，但还是说："我相信不会的。"

结果沈池已经重新闭上眼睛，淡淡地拒绝："不用了，你上去吧。"

他居然拒绝了她！

这对承影来讲，实在算是一个不大不小的打击。虽然就连她自己也说不上来，为什么会认为这种事情原本是不应该发生的。

到最后，也只能归结为：她好不容易下定决心要对他展示一点职责之内的体贴，可是他竟然完全不领情，而这种行为让她感到受挫，并且很伤自尊。

她的自尊受伤了，于是坚决不再主动联系他。

有时候半夜偶尔睡不着，也不会打给他闲聊，虽然与他聊天确实有着催眠安神的神奇作用。

倒是沈池，后来找过她两次。

一次是告诉她，自己要去一趟云南，大约会有近半个月的时间不在家，如果她有什么需要可以找陈南帮忙。她听后淡淡地表示没什么需要帮忙的，然后就把电话挂断了。

而另一次，他本人不但没有露面，甚至就连电话都没打。而是直接派了陈南过来，给她送来一些衣物。

陈南转达了沈池的意思："马上天气就要转暖了，这些衣服是原来放在家里的，都是全新的，春天正好用得上。"然后又在屋子里溜达一圈，尽职尽责地问："嫂子，你这里还需要添置些什么东西吗？"

"没有了。"她生沈池的气，但不会迁怒给无辜的人，甚至还请陈南喝了杯茶。

等到陈南走后，她才打开袋子，发现里面除了外套裙子，竟然还有内衣。这种感觉实在有点诡异。

开春后，沈凌没回学校，而是留在云海实习。她在一家广告公司里找了份策划的工作，但事情并不算太多，空闲下来的时候就约承影逛街吃饭。

有一回她等着承影上瑜伽课，顺理成章地认识了肖冰。两个女孩子都是学生，自然有许多话题可聊。有时候承影在一旁，听她们讲学校里的趣事，自己倒像成了局外人。

沈凌事后不止一次地向她感慨：“大嫂，你都不知道我以前有多痛苦。大哥不允许我在外面乱交朋友，生怕我遇到什么危险，害我平时都没什么朋友一起玩。现在我还有一年就要毕业了，希望他能把我当作成人对待，不要再干涉那么多，那我真要谢天谢地了。”

承影听了却着实有点惊讶：“你大哥他会干涉你吗？可是，他看上去不像那样的人。”

“其他的事他都不会管啦，就唯有结交朋友这方面，他向来都谨慎得很。”沈凌像是突然想到什么，一边回忆一边说：“其实也不能说他的做法有什么错……危险总是无处不在的。就好像那次你……”

见她突然硬生生停下来，承影奇怪道：“我怎么了？”

沈凌察觉到自己一时口快，立刻尴尬地笑笑，企图敷衍过去：“没什么，我就是想随便举个例子而已。”

“那你就把刚才的话说完。”承影却不肯轻易放过她，表情严肃下来。

沈凌眼见这次逃不过了，只得咬咬嘴唇，把心一横，说：“我就是举个例子，就像你有一回被人‘请’去了，对方大概提了什么要求，原本是想扣着你来要挟我大哥就范的。可见有时候真的说不准，谁知道什么时候就碰上坏人了呢。”她一边说一边观察承影的脸色，结果看见承影似乎有些怔忡，她心想坏了，不由得又立刻解释道：“哎，其实这件事我也是道听途说啦，是那天他们在家里聊天时无意中提到的，也有可能是我记岔了，不敢保证就是事实啊……大嫂，你别害怕！更加别往心里去啊！”末了，沈凌又默默地加了句：否则大哥回来肯定得揍我！

承影好不容易才回过神来，只低低地“嗯”了声就不再说话了。

沈池的身份虽然从来没有明说，但这样多的信息组合在一起，她多少还是能够猜到个大概。

“后来呢？”隔了半晌，她才又问沈凌，“那件事后来是怎么处理的？”

沈凌立刻摇头，做发誓状：“这个我就真不知道了。”

仿佛看出她的担忧，承影略怔了怔之后，倒反过来安慰她：“放心，我不会去问你大哥的。今天这些话，你就当作自己没说过，我也全当没听过。”

“真的吗？”

“真的。”

沈凌似乎这才放下心来，重新笑逐颜开：“大嫂，晚上我请你吃刺身。”

“好。”承影却有些心不在焉。

她当年嫁的，到底是个什么人？

可是沈池现在人还在云南，一时半会儿不会回来，即便是想求证也找不到当事人。仿佛是被沈凌的话给困扰住，一连几天承影都心事重重，到最后就连向来粗线条的同事都看出来了，在去上瑜伽课的途中问她：“你最近怎么总是一副不大高兴的样子？和老公吵架了？还是工作不顺心？”

“都不是。”

“不可能，凡事总会有个原因的。你这两天的情绪明显不对劲，有什么烦心事快跟我说说，发泄出来或许就好了。”

承影很无语：“你在麻醉科真是可惜了，应该去居委会上班。”

“我这是关心你！”同事推推她，佯怒道：“真是不识好人心！”

“清官难断家务事。”最后承影只好说：“放心，我自己会解决的。”

同事点点头，一副了然状："看来果然是和老公有矛盾了……"

承影正自哭笑不得，结果同事突然拉长腔调"咦"了声，拉着她的手臂，示意她往斜前方看："……那边那个高大英俊的男士，莫非就是你丈夫？刚刚发现他一直盯着你看呢。"

同事没有见过沈池，但医院里也是个藏不住任何秘密的地方，自从那晚某人在KTV门口惊鸿一现后，短短几十小时之内，几乎各大科室都在传播着关于他的新闻和八卦。而此刻站在瑜伽馆楼下的那个倚着跑车的男人，拥有十分出色的长相和气质，又一直对着承影微笑，也难怪会让同事误会了。

看到对方，承影也有些惊讶，结果还没等她走到跟前，谢长云就已经优雅地扬起手，笑容无比炫目："嫂子，这么巧。"

是挺巧的。承影点点头，"你在这儿等人吗？"

"朋友在这里面上班，我接她去吃饭。"谢长云姿态慵懒地伸出一根手指朝身后的大厦比了比，又问："嫂子你吃过晚饭了没有？要不要一起去？"

他一口一个嫂子，让承影觉得很是别扭，忍不住说："以后你还是直接叫我的名字吧。既然你在等人，那我就不打扰了，一会儿准备和同事去练瑜伽。"

谢长云比了个OK的手势，甚至很有风度地冲着承影的同事点了点头。

两人说话间，已经有个年轻漂亮的女人从大厦里快步走出来。这样乍暖还寒的初春天气里，居然仍是一袭轻薄的连衣裙，配着大红色束腰风衣，露出一截修长匀称的小腿，整个人如同一束火焰般奔到谢长云身侧，在他脸颊上飞快地亲了一口。

谢长云也不避讳外人在场，一张英俊的脸上笑得玩世不恭，抬手摸摸那女人的头发，转头跟承影说："那我们先走了啊。"

承影点头，"好。"

她已经看清楚那女人的长相，与上次饭局上的那位显然不是同一个人。

她拉着同事上楼，在走进大厦之前，恰好隐约听到身后的小半段对话。那女人声音甜美娇俏，仿佛是在撒娇："好饿……你要带我去哪里吃饭？"

谢长云笑着说了个地方。

那女人喜笑颜开，立刻表示赞成。

跑车的轰鸣声很快就消失在沉沉暮色之中。

直到进入电梯，同事才似乎咋舌着感叹："西山会所耶，很高档的呀。你是从哪里认识这样的花花公子的？"

"是吗？"承影却是一脸茫然，"那是什么地方？从来没听说过。"

结果倒是凑巧得很，她们走进教室后没两分钟，肖冰也如约而至。她的手上还挂着一只做工精致的纸袋，里面装了三只同样精致可爱的杯子蛋糕。

"今天是我生日。"肖冰把蛋糕拿出来分享。

同事眼尖，一下子就看到纸袋上的LOGO和店名，迅速拉着承影的手臂说："你不是没听过西山会所吗？喏，这位显然刚从那里过来。你可以问问她。"

肖冰微微一愣，视线也顺着看过去，等到重新抬头的时候，脸上的笑容似乎有些尴尬："今天是一个亲戚在那儿请客，我吃完就顺便打包了蛋糕带过来。"

承影不以为意，大约连肖冰的解释都没认真听进去，只是趁着老师还没来，慢条斯理地品尝了两口蛋糕，忍不住称赞："蛋糕的味道还真不错。"

"真是个吃货！"同事嗤笑一声，于是这个话题就这么被带过去了。

承影这才知道，肖冰今年刚满23岁。

吃了人家的生日蛋糕，总应该有所表示才行，况且承影一直拿她当小妹妹看待，所以课程结束后便提议："肖冰，我请你吃消夜，好吗？"

肖冰却摇头，有些遗憾地笑道："今晚恐怕不行。"

“要和男朋友庆祝？”

“没有。”肖冰否认得很快，似乎犹豫了一下才实话实说：“我平时都在做兼职，今晚正好要上班。”

承影下意识地看了看时间。已经是晚上九点多了，什么样的工作需要这样晚才开工？

她并不是个粗心的人，平时也会留意某些细枝末节，肖冰在衣着打扮和见识谈吐上，全都远远超过了一般的同龄女孩子。

而她穿的用的，几乎件件都是低调的名牌，远非一个在读的女学生所能负担得起的。可是在以往的聊天中，承影分明记得，肖冰说自己的父母只是西南一个偏远小城镇里的普通工人。

一个来自普通家庭的女孩子，既没有嫁人也没有男朋友，如今却能在这样繁华的大都市里过着光鲜优渥的生活……承影忍了忍，到底还是没有多问什么，只是站在路口冲她摆摆手：“那你自己小心点，改天再补请你一顿。”

就像那个印着西山会所LOGO的纸袋，其实她早就注意到了，只是她并不想过多地参与旁人的私生活，只好装作没看见。

“谢谢。”肖冰笑得十分甜美，转身招了辆出租车离开了。

Chapter 17
梦想

不是她不够好，也不是别人不够好。只是哪怕再好又有什么用？那个在他心里的人，才是她永远也触及不到的梦想。

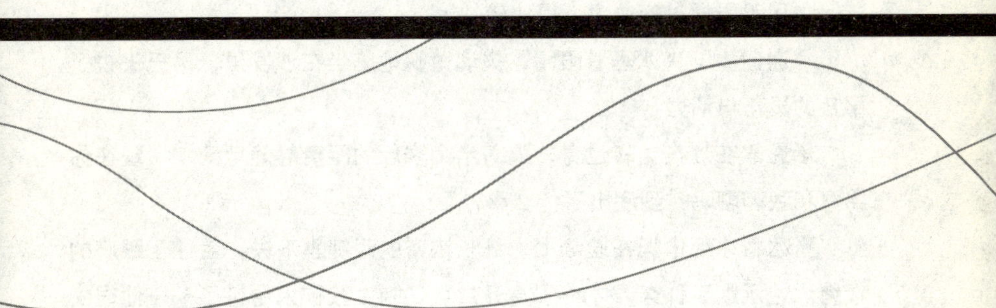

承影回到家洗完澡，突然接到肖冰的电话。

已经是接近午夜时分了，肖冰哭着向她寻求帮助，倒让她有些手足无措。电话里很难说清楚，最后她花了半个多小时，终于在北边郊外的一个废弃停车场外头找到肖冰。

借着明晃晃的车灯，承影几乎吃了一惊，她愣了一瞬之后便立刻脱下自己的外套覆住肖冰裸露的肩膀和后背。

“能告诉我出了什么事吗？”她一边问，一边仔细察看，只见肖冰的脸肿了半边，嘴角有明显的瘀青，显然是被人掌掴过。但幸好，除此之外，似乎没有其他创伤。

可是肖冰只是一径地摇头，好不容易止住了泪水，才眼神带怯地望向承影，“……承影姐，你能不能先送我回去？”

“好。”

承影略有些担忧地看看她，但也不好再多问什么，很快就载着她回到市里。

她们的样子虽然狼狈，但幸好半夜也没其他人出入电梯。肖冰自己拿钥匙开了门，承影这才发现，在这间四五十平方米的单身复式公寓里，装修风格竟然极为雅致奢华，显然是花了大手笔的。

承影从冰箱里找了些冰块出来，用毛巾包住拿给肖冰，然后又去煮鸡蛋。

"用鸡蛋揉过瘀血会消得比较快。"

"谢谢。"肖冰垂着眼睛，失魂落魄地陷坐在沙发里，早已失去了平日的灵巧与活力。

承影靠在灶具边转过身，隔着半个客厅的距离静静地问："现在你愿意和我聊聊吗？到底出了什么事？"

肖冰将冰毛巾摁在脸颊上，纤长浓密的眼睫垂下去，盖住了眼底的情绪。她沉默了许久，才终于肯开口："晚上我被人给打了……他很生气，特意脱掉了我的外衣，然后开车把我扔在郊外……"

"对方是什么人？"

"……客人。"

"客人？"承影顿了顿，语气依旧很平静，只是目不转睛地盯着肖冰："你说你晚上在做兼职，那到底是份什么工作？"

肖冰的身体似乎微微震动了一下，好半晌才抬起头来。其实她的脸上还带着红肿，手指印清晰可见，由此可以推断当时挨的那一巴掌该有多重。

嘴角裂开了，她讲话不是太方便，又或许是羞于启齿，所以才会语音含糊："如果……如果我说了，你能不能不要告诉其他人？"

承影不置可否："说吧。"

肖冰深吸了口气，声音很低："我每周都有几天在西山会所上班。那里是整个云海市最有钱的人才会去的地方……"

话说到这里，其实已经很明白了。

承影静了半晌，才点点头："我知道。"她回身关掉炉火，将煮熟的鸡蛋捞出来，仔细地剥掉外壳，拿过去递给肖冰，"自己放在脸上揉揉。"

肖冰抬起浮肿的眼皮看了看她，一副欲言又止的样子，直到一颗鸡蛋被彻底揉得凉掉了，她才又低声说："谢谢。"

承影在一旁坐下来："出了这样的事，为什么你不第一时间联系会所的人？"

"不行的。"肖冰摇头，脸上的神情有点凄惶，"会所里的每一位客人都是轻易得罪不起的。况且……这次是我自己有错在先。"她停了停，雪白的牙齿细细咬在嘴唇上，"……他只是让我陪吃消夜，是我在半途中变卦了不肯去，所以才会惹恼他的。"

这样一折腾，早已经是凌晨了。

肖冰的状态看上去很不好，大约是以前从没经历过这样的事，又一时间不知道该如何向会所那边交代，因此身心俱疲。

偏巧承影第二天不用上班，心想着即使现在回去了，也睡不了几个小时就要天亮，便干脆留了下来。

只有一张床，两人挤在一起。

仿佛是没有睡意，肖冰关了灯后仍旧睁着大大的眼睛，望着黑漆漆的天花板，忽然说："承影姐，我总觉得你跟我亲姐姐很像。"

"你家里还有个姐姐？"承影也没睡着。

"嗯，比我大三岁，在我们镇上的中心小学当音乐老师。"

承影想了想，终于还是说："为什么要做这种工作？像你这样的学生，有很多种方法去赚零花钱，可以去当家教，或者找家公司做做兼职，为什么你要到会所里去做事？"

"因为赚得多。"肖冰仿佛轻笑了声，语调低幽地回忆，"你也知道的，我们家就是最普通的工人家庭，爸妈工资都不高，平时省吃俭用地供我姐和我念书，家里根本就没什么存款。后来我姐工作了，但是镇上的小学又能赚几个钱呢，况且她还要养孩子，小孩子每个月的开销比大人还要多。前两年我母亲的心脏出了很大的问题，差一点就救不回来了，当时医生说要尽快做手术，可是光一个支架就要好几万块钱，家里怎么负担得起？如果我不做这行，很可能我现在就没有妈妈了。"

都说贫贱夫妻百事哀，或许贫困家庭也同样如此吧。

虽然自己从来没有为钱烦恼过，但承影还是能够理解隐藏在这番话后头的那份无助和悲哀。

肖冰是名牌大学的学生，年轻又漂亮，拥有这样得天独厚的好条件，或许在当时的她看来，唯有这样一条路才是自己援助家庭的最佳选择。

两人聊到后来，仿佛也说开了，肖冰大致形容着自己的工作内容："其实也没有你想象中那么不堪。大多数时候，我们只是陪着喝酒、聊天，或者打牌。如果客人喜欢，会叫着一起出去吃消夜。至于其他的事，只要离开了会所，会所就不会再过多地干涉我们的行为，要做什么都自便。"

"所以这一次，你只是因为不愿意陪吃消夜，于是就被人打了？"

"嗯……不过这种事平时极少发生的。那个客人晚上喝了不少酒，大概脾气也有点暴躁。况且……确实是我不对。"

承影仍旧觉得荒谬："出了这样的事，你以后还要继续回去上班？"

"是的。"肖冰用一种稀松平常的语气说着一个事实，"我的家里还需要继续用钱，而我自己……在过惯了现在这种生活之后，恐怕也没办法重新回头去过那种为钱发愁的日子。我现在供着这套房子，出门不用挤地铁公交，买衣服不需要到小店里去讨价还价，也可以和那些廉价的化妆品保养品说拜拜。在进会所之前，我从来不知道有钱是这么好的一件事情，而现在，我无法想象自己拥有过又失去这一切后的样子。"

承影在黑暗里沉默着。

"你是不是觉得我特别虚荣？"肖冰自嘲地问。

"你有权选择自己的生活方式。"承影说，"只不过，既然你认定了这一行，我希望你能学会如何保护你自己。至少像今天这样的事，原本是可以避免的。"

"我明白你的意思。其实我平时是不会这样任性的，也从来没有惹恼过任何一个客人。只是因为，今天晚上我心情不好。"

"今天是你的生日。"承影强调。

结果肖冰却叹了口气："就因为是这样。"

"什么意思？"

“我想……我可能喜欢上了一个男人。”仿佛是斟酌再三，肖冰还是决定坦白。

承影心中隐约有预感：“难道也是你们会所里的客人？”

“嗯。可是我心里清楚，他不是我的。”

“他有女朋友？”

“不，他已经有家庭了。”肖冰笑了声，仿佛无限悲哀，“我在那里做了两年，见过形形色色的人，他是唯一一个令我动心的男人。我不奢望自己能够拥有这样的男人，只希望自己可以属于他，可是就连这样都做不到。”

她说得这么严重，承影不禁有点吃惊：“他拒绝你了吗？”

“没有，我甚至都没和他说过呢。但我知道，我和他是永远不可能的了。”

* * *

其实他并没有拒绝她，甚至曾经有一段时间，他让她享受到了仿佛众星捧月般的待遇。

那是一种她此生从未有过的体验，幸福得近乎不太真实，就因为被人宠爱着，于是仿佛被托到了高高的云端之上，这世间万千繁华都唾手可得。

被那样一个男人宠着的感觉，让她几乎忘掉了自我。

她不介意他是否只是逢场作戏，也不敢介意他是否还有其他的女人，甚至就连他的真心她都不敢奢望去占有。

他的心、他的感情，她只要一点点。

她只要能分到一点点就心满意足了。

会所里的姐妹们闲暇时便会聚在一块儿聊天，有人感叹说：“干我们这行的，也是要和客人讲缘分的。比如和那谁谁谁相处，我就特别顺心。可如果碰到某人的公子，那简直是忍着呕吐的欲望在赚钱……”

而她总是想，能遇上那个男人，恐怕就是此生的缘分吧。

当时她才刚来没多久，就连陪笑都还不够专业，有时候几杯酒灌下去整张脸立刻烧起来，脸颊是僵硬的，嘴唇舌头也是麻的，哪里还能笑得出来？为了这个没少被经理责骂。

可是偏偏就被他看中了。

第一次见面的那天，因为学校临时加了课，她上到一半便匆匆忙忙地逃了，赶到会所的时候甚至连衣服都来不及换，就被催着去VIP包厢。

于是她一手拎着长到脚踝的裙子，一手小心翼翼地推开门。

巨大的音乐嘈杂声扑面而来，有人怀里搂着美女，正举着话筒将一首流行歌曲唱得荒腔走板。她穿了双新买的夹脚拖鞋，脚趾被新鞋子磨得生疼生疼的，包厢里光线又幽暗，她似乎是有点走神了，踩在绵软厚实的地毯上微微一绊，几乎摔倒。

幸好站在旁边的经理眼疾手快，不着痕迹地扶了她一把。

她轻咬住嘴唇，以为又免不了一顿责骂，结果经理却一反常态，只是催促说：“愣着干吗，快过去呀！”

她抬起头，顺着经理的示意看过去。

偌大的豪华包厢，那一整排宽大的沙发上却只坐着一个人，灯光犹如碎裂的星片，幽幽落在他身前的位置。他仿佛是喝醉了，姿态慵懒地深陷在沙发里，那张脸隐在晦暗的阴影之中，但眼睛却极深极亮，正看似漫不经心地打量着她。

她虽然是新来的，但也知道他才是这间包厢的主宾，其他人都只是陪衬罢了。况且，其他人……每人手边几乎都搂着一至两个女伴，玩得热闹非凡。

就只有他身边是空的。

她还有些发愣，结果就听见他说：“你过来。”低沉的声音里带着轻微的醉意。

她只好乖乖地走到跟前。

光影交错间，她终于看清楚他的长相，年轻的眉眼英俊得近乎犀利，明明看似已经醉了，但目光灼人，有一种清俊凛冽的气息。

他维持着那副慵懒的姿势，微微眯起眼睛看了她片刻，眼底深处仿佛有细微的光芒极轻地闪过，突然就伸出手将她拽到身前。

他的力道不小，她几乎是跌坐过去。隔得这样近，能隐约闻到冰凉沁人的味道，她拿手轻抵在他胸前，心头扑扑跳得厉害，就连声音都不禁有些颤抖：“您……请问怎么称呼？”这是头一次，她感觉到自己气息不稳，却并不是因为害怕。

“沈池。”他微微笑了笑，目光中带着些微醉意，仍旧停留在她的眉眼之间。

她轻轻咬着嘴唇，倒了杯酒想要敬他，结果他却只是淡淡地把酒杯从她手中拿开，微微扬眉问：“你的酒量很好？”

她摇摇头。

他笑了声：“那就别喝了。”

那个晚上，他喝了许多的酒，却从头到尾都只让她用矿泉水作陪。到最后，任谁都能看出她得到的特殊优待，好几个姐妹分明流露出艳羡的神情。午夜离场的时候，他明明已经醉得厉害了，却还伸手在她的下巴上捏了捏，问：“饿不饿？”

从来没有人这样问过她，以前没有，包括后来的日子里，也没有人会这样问。

那些想要带她们出场的客人，通常都只说一句：“跟我出去消夜。”

他却问她，饿不饿？

他醉后的声音里仿佛带着醇酒般的清冽，在幽暗迷离的灯光下微眯起眼睛看她，她明知道他已经醉了，却又觉得那是她此生见过的最温柔宠溺的眼神。

而那样的眼神，在她成为他的专宠之后，再也没有见到过。

她甚至不知道自己什么地方吸引到他了，只知道这一切真跟做梦一样，而且是一场美梦。

而那段时间他去会所的次数很频繁，有时候是喝酒，有时候是和人打牌，几乎场场都叫她来作陪。

每晚活动结束后，她就顺理成章地跟着他下山去消夜。

她渐渐知道他的身份，无论走到哪里都前呼后拥，她跟着他过众星捧月的生活，也皆因为他对自己的宠爱。

可也只是如此而已。

他带她吃最好的东西，送她昂贵的礼物，甚至有他在的时候，她可以滴酒不沾，可也只是如此而已。

哪怕人人都知道她是他的专宠，然而事实上，她从来没有得到过她真正想要的，哪怕是一个亲吻。

她隐约知道出了问题，却又摸不透到底是为什么。

唯有那么一次，他居然是单独一个人到会所来的。其实他到会所的时候已经醉得一塌糊涂，半躺在沙发上似睡非睡。她拿温热的毛巾进来，想要替他擦掉额前虚薄的汗水，结果人才刚刚靠近，他却突然警觉地睁开眼睛。

明明是醉着的，眼神却似锋利的刃，落在她的脸上。她立刻轻声说：“是我。”

在之后的数秒钟里，她亲眼见到他的目光在瞬间的怔忡之后逐渐柔软下来，到最后变为些微的醉意和毫无防备的迷茫。

他重新闭上眼睛，眉心微微蹙起：“很难受……”

他的声音低哑，听得她心头又疼又紧，连忙拿起毛巾替他擦拭。而他居然十分老实顺从，任由她摆弄自己。

到最后，她正准备起身去倒水，却冷不防被他抬手按住了。

他的手心滚烫，就那样又牢又紧地捏着她的手腕，将她的手放在自己胸前。她半跪在沙发边，觉得有点莫名，又似乎是好笑，声音柔软地哄劝：“我去给你倒水喝。”

他低低“嗯”了声，眼睛仍旧闭着，握住她的那只手也一动不动。

她怀疑他根本就没有听清，不由得俯身下去凑近了些，又说了一遍。可他还是毫无反应。

安静的包厢里，射灯照在沙发周围，圈出一团光影交叠的暧昧。她就这样近地看着他，忽然心底生一股冲动，大着胆子轻轻地将唇贴上去。

原本她只是想吻一吻他就退开，毕竟她过去从没做过这样的事情。可是万万没有想到，就在她准备离开的一刹那，后颈突然被人用力地扣住。

不知何时，他的眼睛已经半睁开来，幽深的目光正落在她的脸上，可是又仿佛因为距离太近，所以焦点模糊，又似乎并不是在看她。

她趴在他身上还来不及反应，他却已经占据主动，加深了这个吻。

像是长久困在干旱沙漠里的人，一朝之间终于看见了绿洲，他近乎贪婪地攫取着她唇上的每一分甜美柔软。唇舌辗转间，她承受着他狂风暴雨般的侵入和掠夺，淡淡的烟草味和酒香混在一起，由他毫无保留地过渡给她。她觉得自己仿佛也要醉了，整个人犹如陷在擎天巨浪中的独舟，天旋地转又无力挣扎逃离，就这样任由他无止尽地索取。

她知道他是真的喝醉了，因为清醒的时候，他从来都不会碰她一下。而如今，这个吻深沉热烈得近乎要将她淹没。

到最后，她几乎就要透不上气来，他才终于肯放开。

她气喘不止，身体仿佛脱力一般，连手指都是虚软的。酒精的作用让他的心跳变得有些急促，她就这样隔着一层单薄的衣料，安静地趴伏在他胸前倾听。

似乎过了很久，她才感觉到他的手指，顺着颈侧的曲线一路向上，抚过她的下巴和脸颊，仿佛带着无限的耐心和温存。她知道他根本就没醒，这样的触摸倒更像是一种无意识的举动。

她无声地闭上眼睛。

晚上发生的这一切，就如同做梦一般。但又不像是做梦，因为哪怕是在梦里，自己也从不曾被他这样温柔地对待过。

她一声不吭，默默地感受着他指腹间的温度，直到最后，他的手指在她的眉角边停了下来，之后便是长久的沉寂。

她是真的不舍得打破这一刻的梦境，她等了这样久，心里期许了这样久，才会知道这一刻得来有多么不容易。

最后直到双腿发麻，她才下意识地动了动。结果就在这个时候，头顶上方传来一道极低极轻的声音，她从来没听过他用这样低缓温柔的语气说过话，叫的却是一个女人的名字。

他似乎已经醉得厉害了，又说得太快太轻，所以她并没听清楚是哪两个字，但心里还是隐约知道那一定是个女人的名字。

却不是她的。发音和她的姓名差了很远。

一瞬间，心头恍如擂鼓，背脊上却硬生生地浮出一层虚汗来。

有些道理不需要想得太久，有时候只在那么短短的一霎之间，她便彻底醒悟了。

她曾经有过最卑微的愿望，卑微地认为哪怕是和其他众多女人分享着这个男人的爱，也是心甘情愿的。

可是直到如今，直到这一刻，她才知道哪怕愿望已经那样卑微，却仍旧遥不可及。

永远也不可及。

不是她不够好，也不是别人不够好。只是哪怕再好又有什么用？那个在他心里的人，才是她永远也触及不到的梦想。

* * *

“……如果对方已经有了家庭，那你还是少掺和为妙。”

枕侧的声音拉回了肖冰的思绪，肖冰兀自笑了笑，“放心，我清楚的。”

承影翻了个身，给自己寻到一个舒服的入睡姿势，语调因为困意而变得有些模糊：“我是怕你陷得太深，到时候伤害到自己。”

“不会的，我已经想通了。而且，我也已经有好长时间没有见到他了。”

“是吗？或许他有了新欢。”承影随口说。

肖冰却很肯定：“不可能。”

“为什么？”

“我猜的。”肖冰不愿多谈，只掩了掩被子说，“承影姐，我们睡觉吧，今晚你应该也累坏了。”

“好。”承影闭上眼睛，“晚安。”

接下来的一段日子里，承影没有再在瑜伽课上见到肖冰，通过电话才知道她暂时待在家里养伤。

“会所那边有没有为难你？”

“没有，你不用担心。”肖冰的心情显然是恢复了，开玩笑道，“你就快要比我亲姐姐还关心我啦。”

承影也笑：“你和沈凌差不多大，可不就跟我妹妹差不多吗？”

电话挂断的时候，她正开车从地库出来，经过医院大门口，只见一群男男女女挤在那里，还拉了数条白底红字的条幅，吵闹声传出很远。她透过车窗匆匆看了眼，很快就绕到另一条路上去了。

最近医院里出了一起医疗事故，因为某位医生误诊导致病人死亡，病人家属前来索赔，结果和院方没有谈拢，于是起诉医院的同时还找了一群医闹来，连续一周都堵在医院门口示威滋事。有时候医生们的私家车都会被他们强行拦下来，态度蛮横且口出秽言，不但影响了医院的正常运行，也搞得人心惶惶。医院内部不得不发出紧急通知，提醒大家出入尽量绕行。

就因为这样，承影到家的时候比正常时间稍晚了点。车子开到楼下，迎面便有车灯冲她闪了两下。

她被晃得眼花，将车暂时停下来，很快对方也熄了火，一道高大修长的黑色身影推开车门走出来，几乎融在这沉沉的夜色之中。

她吃了一惊，也不知道为什么，心跳突然比平时快了一些。但她也只是坐在驾驶座里，不动声色地看着对方走近。

“怎么，看见我就连一点反应都没有吗？”沈池一只手插在风衣口袋里，单手敲了敲车窗，等她把窗户降下来，他才微微挑眉问。

她面无表情：“懒得下车了，一会儿还要开进地库去。”说完才又瞟了瞟他，不痛不痒地问：“大驾光临，有何贵干？”

沈池似笑非笑地打量她：“上楼再说。”

不提这个还好，一提起来她就不高兴，不由得立刻沉下脸：“不了。想必我那里你是不爱去的，有话就在楼下说吧。”

结果这下子沈池倒是真的笑出声了。他仿佛十分欣赏她此刻怒气冲冲的表情，深黑的眼睛里蕴含着毫不掩饰的兴味，专注地看着她：“已经过了大半个月了，居然还在生气？”

谁生气了？

她忍不住拿眼角鄙夷过去，似乎不屑于和他辩驳。

可是他直接伸手拉开车门，握住她的手：“如果不想上楼，那就和我去吃饭。”

他的力气并不大，但是动作十分坚决，甚至不给她反抗或拒绝的余地，就叫了一个司机过来，吩咐说："你把这车开到地库去。"说完便拉住她坐回自己的车里。

她本能地挣扎了一下，结果他只是不动声色地将手握得更紧，同时善意地提醒她："车子已经开动了，现在跳下去会受伤的。"

"那也是被你给逼的！"她简直有些气急败坏，但又不得不压低声音，免得被前排的司机听到笑话。

可是沈池的司机素质极好，任凭后面发出什么动静，都能做到目不转睛直视前方，完全一心一意地开着车，就连半点余光都不会透过后视镜分散过来。

车子果然迅速地离开小区，开到大路上，并且朝着陌生的方向驶去。

承影沉默了半晌，才突然问："难道你是怕我真的会打开车门跳下去吗？能不能松开我的手？"

"不能。"沈池语气平平地回答。

她吸了口气，暗暗咬着牙侧过去看他。为什么突然就觉得沟通无能了呢？也不对，好像他们之间一直就没办法沟通。

虽然他当初只说要离开半个月，但事实上，他们已经有二十几天没见过面了。也不知道是不是光线的缘故，只觉得他这次回来似乎清瘦了些，于是越发显得轮廓清晰眉目清俊。而他握住她的那只手，不会太凉，却也不是太热，温度刚刚好……

承影很快就发觉自己走神了，脑海里也不知在想些什么乱七八糟的东西。而就这么一会儿的工夫，他们就已经上了外环高速。

两侧的路灯正急速倒退，光影忽闪在沈池的脸上，隐约照出一丝浅淡的倦意来。

但承影怀疑这只是自己眼花了。自从她失忆后重新认识这个男人以来，他从来都是气势凌人，永远都占据着主导者的地位，他大概已经习惯了强者的姿态，什么时候示过弱？

所以她把刚刚莫名涌上的一点关心的念头压下去，只是问："你这是要带我去哪儿？"

“吃饭。”沈池惜字如金。

多说两个字会死吗？她忍不住瞪他，可是他恍若未觉，反倒把眼睛闭起来，向后靠在椅背上，“大概要开一个小时，你如果觉得无聊可以睡一会儿。”

她不语，像是故意要和他作对似的，眼睛睁得大大的，过了会儿才说：“我的手指很酸。”

自从上车以来，右手就这样一直被他牢牢握着，她尝试过挣扎，但发现挣扎不开，又不好当着司机的面做出太大动作，于是只能僵硬地任由他去了。本以为自己这样讲了，他就会识趣地放手，结果没想到他似乎懒得再出声，却也依旧没有放开她的手，反倒由普通的牵法改成了十指交握的状态。

承影简直目瞪口呆，因为他在她反应过来之前，就已经完成了这一系列的动作。偏偏也算是帮她换过姿势了，所以她连继续抱怨的借口都没有了。

而沈池似乎真的睡着了，因为在接下去的很长的路程里，他始终都没有开口说过一句话。她独自一人百无聊赖，又不能找司机聊天，只好掏出手机来玩游戏，只是一只手实在不好操作，导致死了很多回。

最后唯一值得庆幸的是，晚上这顿饭菜实在很好吃，也不枉这一路上花费的时间。

其实承影没想到自己竟会被带来吃农家土菜，而且是老板亲自掌厨，端上桌的菜肴色香味俱全。就连他自己酿的酒都别有一番滋味，可惜她酒量不是太好，只能浅酌一小杯。

“我们以前见过一次。”老板老凌笑眯眯地和她讲。

“是吗？那我以前有没有说过你的手艺很好？”

“当着我的面没有，至于回家之后有没有和沈池说过，我可就不知道了。”老凌笑得贼兮兮的，她很怀疑他是在故意逗她。

可她还是下意识地去看沈池，后者刚刚放下筷子，轻描淡写地说：“如果这顿饭菜不能唤醒你哪怕一丁点的记忆，那么也只能说明它的味道一般了，有什么值得夸奖的。”

老凌哈哈大笑："如果我做的菜还能有那功效，不如趁早开医院去。"他一整个晚上都在自斟自饮，觉得非常无趣，忍不住和沈池说："今天就算了，改天你可得过来好好陪我喝几杯。"

今晚就连承影都喝了一小杯，可是沈池却滴酒未沾。况且，他破天荒地全程都用左手拿筷子吃饭，虽然动作也很熟练流畅，灵活程度并不比右手差，但承影记得他并不是个左撇子。

而刚才在车里，他也始终是用左手握住她的。

她不傻，事到如今，也隐约猜到他的右手大概是出了点问题。可是到底出了什么事，她还是一直忍到回程的路上才问出口。

其实车子都已经开到公寓门口了，她才犹豫着问了句："你的手，没事吧？"她是个医生，关心和照顾人原本应当是她的本能直觉，可是偏偏面对着他的时候，仿佛一切判断都暂时失灵了，又仿佛是忽然变得有些畏缩，就连想要保持正常语气都是件困难的事。

沈池的精神似乎比去时要好一些，似笑非笑地，不答反问："你这是在关心我？"

她不想承认，抿着唇多看了他两眼，转身便推开车门，声音微微僵硬："不说算了，我上楼了。"

她摸不透他的想法，不但如此，她忽然发觉，有时候就连自己的想法都变得有些难以捉摸了。

就像刚才，只有她心里清楚，自己推开车门的那一刻几乎是落荒而逃。

只不过是要承认她在关心他，这又有什么难的？

类似的事情，她在医院做的还会少吗？

可是一旦面对他深亮灼人的目光，她忽然就胆怯了，仿佛只要承认了，某些东西就将发生翻天覆地的改变。

而她惧怕这种改变。

她好不容易才适应了现在这样的生活，如今从心底里抗拒再有新的变化。

其实她走得并不快，可是沈池也没有挽留。身后就这样一直静悄悄的，直到她进了大门之后，依旧没有听见汽车发动的声音。

Chapter 18
改变

过去如何，毕竟她全然不记得了，根本没有什么发言权。或许她曾经真的和他如胶似漆呢?

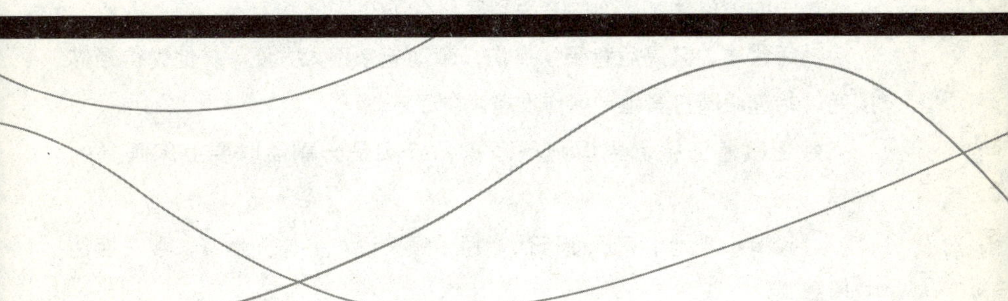

承影心不在焉地回到家，很快就去洗了个澡。她原本总喜欢在淋浴头下多冲一会儿，可是今天只觉得没心情。她连头发都懒得洗，裹着浴袍出来的时候，便听见门铃在响。

她警觉地先是透过猫眼看了看，整个人却不觉愣了一下，然后才打开门。

沈池就这样闲适地站在门外，语气浅淡："这么久，我以为你已经睡着了。"

她不由得惊讶："你等了很久吗?"

"大约十几分钟。"他的神态有些慵懒，又或许是真的因为疲倦，就连声音都带着微哑："能不能请我进去坐一会儿?"

她还处在震惊中，根本没想到他会上楼来，而且居然就这样站在门口等着她开门。万一，她真的睡着了呢?

她张了张嘴，最终也只能侧过身将他让进屋里，同时忍不住提意见："下次能不能别再这样出人意表？"

沈池似乎笑了声，却是不以为意："你不肯再邀请，我只好自己上来了。"他在沙发上坐下来，"冰水，谢谢。"

"你还真自觉！当我是服务员吗？"她冷哼一声，但到底还是把矿泉水和冰决兑在一起，递给他。

他接过杯子的时候，依旧用的是左手。

她一时没忍住："你的右手到底怎么了？"

"手没事，只是后背受了点伤，牵动起来不太方便。"他说得轻描淡写，抬起眼睛打量她："你准备睡觉了？"

她还裹着浴袍，里面则是睡裙，确实是一副随时要上床睡觉的样子。

"没有。"她下意识便否认，顿了顿又说，"你先坐着，我去换件衣服就来。"

其实不过短短几分钟的工夫，可是等她换好衣服出来，就发现沈池已经睡着了。

他就那样歪在沙发上，大概是为了避免压到受伤的后背，所以姿势有些别扭，看起来睡得不太舒服。但他的确是睡着了，尽管眉心微蹙，可呼吸均匀绵长。

承影站在沙发前面，有好几次都想伸手将他推醒，但最终还是忍住了。在这样光线明亮的环境里，她才发现自己之前看到的并不是错觉，二十多天没见，他是真的清瘦了些，眉宇间有掩饰不住的倦意。她静静地看了一会儿，转身回卧室里抱了床新被子出来，小心翼翼地给他盖上，然后又去关了灯。

这一晚，承影睡得并不安稳，甚至有轻微失眠的迹象。她在床上翻来覆去很久，后来好不容易迷糊了一会儿，又突然清醒过来。

凌晨时分，她在黑暗中摸索着走出去。她刻意放轻了脚步，明明在自己家里，却搞得好像做贼似的。

借着客厅窗外透进来的一点月光，能看见睡在沙发上的那人的轮廓。不知道他中途什么时候醒来过，因为他的风衣就那样随意地扔在地板上，而他整个人也换了个相对舒适的睡姿，侧卧在沙发上。

承影靠在卧室的门框边，也不知道看了多久，随后才突然想起来，自己出来的目的只是为了倒杯水喝。

她暗暗骂了自己一句，快步穿过客厅走到厨房。拿水杯的时候，她不小心弄出了一些轻微的响动，但是发现沈池并没有被吵醒。

她心里隐约有点奇怪，但又说不上来原因，或许是在潜意识中认为沈池本应该是个十分警醒的人。

她原本已经一边喝水一边走进卧室了，结果却又鬼使神差般地折返回来。她停在沙发前，犹豫了片刻，到底还是伸出手去摸了摸他的额头。

果然热得发烫。

她很快就将他弄醒，说："你发烧了。"她把这一切归于自己的本能，否则这样大半夜的，屋子里又暗，是无论如何也不会察觉他有任何异样的。

沈池的神智似乎并不算太清醒，只是极低地"嗯"了声，便又重新闭上眼睛。

她起身，果断地打开顶灯的开关。

灯光将他的脸映衬得有些虚弱苍白，而他仿佛有些不耐烦，微微皱了皱眉："关掉。"

她不得不再次提醒他："你在发烧。"

"没关系。"他的嗓音低哑，可语气却似乎真的不怎么在乎。

她忽然觉得既可气又可笑，但是没办法和一个病人计较，只能下意识地软下声音："去医院好不好？"

"不用。"这一次他拒绝得更加干脆。

能看得出来，他明明已经很难受，呼吸急促沉重，胸口起伏得厉害，而额角也冒着虚汗，可他就这样侧躺在沙发上坚决不肯动一动，就连眼睛都不肯睁开。

最后承影没有办法，只能一言不发地去翻急救药箱。

医用酒精、棉签、感冒药、退烧药、消炎药……家里的东西倒是很齐全，可她还不知道是什么引起的发烧。

这是她头一次不懂得要如何对症下药，说出去恐怕会被同事们笑死吧。

她只好再度蹲下身来问："先吃粒退烧药好不好？"说完才发现自己太过温柔，简直比上班时对待最难缠的病人还要耐心。

幸好这一次沈池十分配合，睁开眼睛，就着她的手把温水和药片一起吞下去。

其实她有点怀疑是他的伤口发炎了，但在这种情况下，又不好随意移动他脱掉衣服察看。结果反倒是沈池自己说："家里有没有消炎药？"

"有。"证实了心中的猜想，她立刻又找了两粒消炎药喂他吃下去，然后趁势提出来："让我看看你背后的伤。"

他其实已经醒了，只是因为高烧精力不济，脸色看上去差得一塌糊涂，但是那双眼睛却反倒又深又亮，目光从她脸上掠过，隐隐有着莫名的情绪在浮动。

那种心跳忙乱的感觉再度侵袭而来，她不敢与他对视，只好下意识地错开视线，说："我先扶你起来。"

最后他在她的搀扶下坐起身，其间大概是牵动了伤处，只听见他极低地哼了一声。她皱眉："拖着这样的身体，还到处乱跑做什么？"

他没作声，只是神色坦然地在她的协助下脱掉衣服。

伤口露出来，却令承影微微骇然。

她不知道自己以前有没有处理过类似的伤患，但还是凭着本能问："这是枪伤？"

很显然，子弹已经取出来了，似乎前期的扩创和引流清理做得也不错，只是如今缝合的地方明显裂开了。

沈池若有若无地低"嗯"了一声，算是回应。

她的手指有些发凉，胸腔里仿佛也是冷的，一颗心不禁往下沉了沉……许多猜测和念头如同得到证实一般正在蜂拥而出，堵得她一句话都说不出来。

为了镇定情绪，她借着翻找药箱的机会避到一边，狠狠地做了几个深呼吸让自己平静了一下，然后才拿着工具回来。

沈池淡淡地看了她一眼，视线又落到她的手上，居然还有心情说笑："你这里的配置还真是齐全，可以开个私家诊所了。"

"医院配发的，职工福利。"她的脸上没什么表情，很快绕到他身后，沾了酒精的棉球停在半空中，她才发现自己的动作有些犹豫，"我这里什么都有，唯独没有麻醉剂。"

"好。"沈池点点头。

在酒精接触到伤口的那一刻，承影明显感觉到沈池的身体剧烈地震动了一下。那样巨大的痛楚，竟然仿佛会被传递一般，害得她的手也跟着莫名地抖了抖。

她的另一只手原本正扶在他的左肩上，此时也条件反射般地微微扣紧，指甲微陷入赤裸的皮肤里。

他低喘了口气，声音中却带着轻忽的笑意："怎么，不忍心了？"

仿佛心思被人看穿，她可不想承认，于是恼火地定了定神，不带任何感情地回应："我是在等你适应疼痛。"

说完这句话，她再没有任何迟疑，迅速拿起针线开始缝合。

针尖穿过皮肉，新鲜的血液随着她的动作再一次涌出来，而沈池竟然全程一声不吭。他十指紧扣在沙发边沿，身体僵硬着硬生生地承受痛楚，却又似乎完全放心地将自己最虚弱的一面暴露在她面前，任由她摆布。

承影站在他背后，从头到尾无法看见他脸上的表情，只能见到那微垂的后颈上浮起一层又一层的冷汗，将黑色短发打得濡湿。

最后终于收线，她才发现自己的掌心也是又湿又凉，银针滑腻得几乎拿捏不住。她忍不住重重喘了口气，顺势跪坐在沙发上。

沈池闭上眼睛略微缓了缓，才转过身来打量她："你的脸色看起来很糟糕。"

她仍旧气息不稳，却似乎没有心思理会他的调侃，只是微微皱起眉看向他："以前我是不是也为你做过类似的事情？"

其实此刻沈池身上已经被冷汗浸透，脸上几乎没有任何血色，整个人也疲惫不堪，但听她这样讲完，他下一刻便抬手握住她的肩，沉声急问："你是不是记起什么了？"

"没有。"她闭了闭眼睛，"只是刚才有很模糊的印象……"随即就发现他居然在情急之下用了右手来握她，不禁拉下他的手，又急忙站起来去察看伤口："……你别乱动，要是伤口再裂开，我可没本事再替你缝一次。"

他却恍若未闻，只是牢牢盯着她："大约在十几年前，你帮我处理过一次刀伤。"

"十几年前？"她愣住，是因为着实没想到，"我和你……我们认识了这么久吗？"

"是很久。"他若有若无地笑笑，仿佛终于扛不住这巨大的疲惫感，靠在扶手边半合上眼睛，声音沉哑。

折腾了大半夜，承影也感到有点脱力。刚才替他缝合完，其实她的手脚都在发软。作为一名外科医生，这恐怕是她唯一一次这样艰难地完成缝针这种小事吧。

她这会儿好不容易缓过来了，才起身拿了条干净毛巾替沈池擦掉身上的汗水，然后说："如果改天你有空，我想听听以前的事。"

倘若她在十几岁时就和他认识，那么有些事情倒也不难解释了。

比如，为什么在上海初见时就有熟悉的感觉。

又比如，为什么只有他才会唤醒自己零星而又模糊的记忆。

沈池穿上衣服，重新躺下来，应了声："好。"

在返回卧室之前，她又停下来问："明天你想吃什么？"

"随便。"他抬眼看她，"为什么突然变得这么好心？"

她愣了愣，其实就连自己也没弄明白，居然就这样稀里糊涂地将他留了下来，而且还主动自觉地包了他明天的伙食。

"照顾病人是医生的天职。"她尽量掩饰住复杂的心情，不以为意地说，"不过如果你明天退烧了，我就可以不用管你了。所以，祝你尽快痊愈。"

她说完转身走出两步，才听见身后传来声音："前段时间，每当我以为我们之间终于可以前进一点的时候，你就用自己的身体语言告诉我，其实你仍然在排斥。幸好，今晚不会再这样了。真希望这不是昙花一现。”

他的声音很淡，听不出是认真的抑或是开玩笑，而她只是停在原地没有回头，半晌后才沉默地走进卧室。

然而不得不承认的是，沈池的体力和复原能力实在一流。等到第二天早上承影起床，就发现他早已神清气爽地坐在沙发上看报纸，好像那个半夜发高烧又缝针的人根本不是他。

“早。”他抬眼看了看她，很快就又把注意力放回到晨报新闻上。

承影觉得自己一定是睡眠不足，所以脑子才会这样不好使：“这报纸是从哪儿来的？”她记得自己从来没有订阅报纸的习惯。

“对门邻居送的。”

“对门？”她还是反应不过来。

“我早上出去了一趟，回来的时候正好遇见对面邻居在取报纸，然后那个阿姨就送了一份给我看。”他把手上的报纸抖了抖，又翻过一页，终于肯分出一点目光给她，“你今天不用上班？”

“轮休。”

承影一边用手梳理头发，一边走到茶几旁，把昨晚自己随手扔在那里的大门钥匙收起来，顺便瞪了他一眼。

既然出去了，为什么还要回来？而且，看样子他十分“自觉”，走的时候还不忘带上她的钥匙，不然哪里还能进得来？

早餐是清粥配小菜，承影从冰箱里取了一袋速冻馒头，放进蒸锅里去热。其实她不了解沈池的饮食习惯，刚从上海回来的那段时间，虽然住在一起，但平时就连碰面的机会都很少，更别提共进早餐这么温馨的事了。

所以把碗筷摆上桌的时候，她说：“如果不合你胃口，我也没办法。”

沈池脸色平静地看她：“不过才几个小时的工夫，你身上的刺长得倒快。”

“我只是提前打个预防针，免得一会儿听你抱怨。”

“你觉得我是那样的人吗？”

“难道你不挑剔？”

“哦？”沈池似笑非笑地扬眉，“除了挑剔，在你心目中我还有哪些特点？”

应该是缺点吧！她在心里默默跟了句，见他难得这样好兴致，心想自己也总得给点面子配合一下，于是想也不想便列举了一长串：“野蛮、自私、霸道、不讲理。还要听吗？”

沈池嘴边仿佛带着一丝轻笑，低头喝了口白粥，才慢悠悠道：“我发现你失忆之后口才却变好了。”

“或许我以前只是敢怒不敢言。”她若有所思。

“现在你就不怕了？”

“没什么可怕的。”她摇头，“所以我也想不通，自己从前真的没有当面指出过你的这些特点吗？”说到最后，她故意把特点两个字加重了读音，以示讽刺。

沈池却仿佛没听出来，只是拿起一个馒头，掰开一半递给她，直到她接了之后，才说：“还记得那天在网球场里你问我的那个问题吧？”

那天他带她去打球，在球场边她忍不住质疑：为什么我能一直容忍着你，居然没和你分手？

她点头：“对了，你不是说你知道原因吗？说吧。”

沈池笑笑，用那双墨色深浓的眼睛专注地看着她：“那天的问题和今天的问题，或许可以用同一个答案来解释。那就是，因为你太爱我了。”

承影正好咬了一口又白又软的馒头，结果差一点就被呛到。她不得不停下来咳了一阵，而沈池十分好心地放下筷子，探手过来替她拍了拍后背。

她有点恼怒，挥手格开他，自行缓了口气才拿眼角瞥过去，语气很不屑：“一大早说这种笑话，你的幽默感还真强。”

沈池不以为意，淡淡地反问：“难道你觉得这个答案不可信？”

她有点语塞。

确实，不能说可信，但也不能完全否认它的真实性。

过去如何，毕竟她全然不记得了，根本没有什么发言权。或许她曾经真的和他如胶似漆呢？但她只是目前并不想当面承认这一点。

吃过早饭之后，沈池站在阳台上打电话。她把碗筷收了，立在水池边却有点恍惚。

今天本是个休息日，但是因为有他在家，反倒弄得她心神不宁，似乎所有计划都被打乱了。而她甚至不知道他什么走，又或者会不会走。

过了没多久，身后便传来声音：“我有事要出去，午饭前应该会赶得回来。”

她满手是水，怔了怔才转身：“回来干吗？”

“难道昨晚不是你邀请我今天留下来吃饭？”沈池站在厨房门边，微微眯起眼睛质疑。

他的这个表情让她有点心虚。她当然记得，昨天半夜里是自己亲口问他今天想吃些什么。

结果也就这么一愣神的工夫，他已经走了。她伸手关掉水龙头，及时阻止了差点漫出来的水势，心里说不出是什么滋味，仿佛尴尬，又仿佛是不安，但最终却还是认命地换了衣服去买菜。

沈池果然像他临走时说的那样，到了饭点准时现身，她正好炒完最后一盘菜，几乎都要怀疑他是掐着时间出现的。

“为什么只有一套餐具？”沈池身上穿的不再是昨晚那套衣服，他把手里拎着的外套扔到沙发上，闲适地走到餐桌边视察。

承影绷着脸：“因为我预计你不会准时回来。”

“这么难得的机会怎么能错过？”沈池自顾自走进厨房洗手，然后又拿了一套碗筷出来。

她看着他的举动，实在觉得很无语。才不过一晚上的时间，他似乎已经将这里变成了他的第二个家。

吃饭的时候，承影才像是突然想起来，问：“你是什么时候从云南回来的？”

沈池不以为意地回答：“昨天傍晚吧。”

傍晚?

她微微一愣:“意思是,昨晚在楼下见到你的时候,你才刚刚回来?”

“嗯,”他停下来看她一眼,“有什么问题?”

当然有。她简直觉得匪夷所思:“你是故意的吧,身上带着崩裂的枪伤,不去找医生处理,也不回家休息,反而若无其事地领我出去吃了顿饭,然后又在我面前上演一场苦肉计。”

他饶有兴致地听她讲完,才不紧不慢地说:“你的意思是,我在利用你的同情心?”

“难道不是吗?”她低下头吃饭,不再理他。

因为除此之外,她实在想不出更好的理由去解释昨晚发生的一切。

他这样不爱惜自己的身体,倒似乎第一时间见上她一面然后共进晚餐比什么都来得更加重要。这简直太荒谬了,说出去谁都不相信的。

而且,如果不是她昨夜同情心泛滥,又如果她能够狠心一点,那么此时此刻自己的地盘也不会这样被他顺理成章地入侵。

如今同桌吃饭,再一次让她心生惶惑,那种隐约意识到现状即将改变的不安令她十分难受,只好用这样的恶形恶状来掩饰情绪。

结果沈池却不置可否,只是顺着她的话说:“如果这招真这么管用,那我以后会考虑多用用,以实现我的各种阴暗的目的。”

她几乎被这种不冷不热的腔调噎住,过了一会儿才看似认真地请教:“在我失忆之前,我们也是这种交谈模式吗?”

“不是的。”沈池显然已经吃饱了,放下筷子同样认真地看向她,“我们曾经错过了这一段。好的时候太好,而糟的时候又实在太糟,所以像现在这样我反倒认为还不错,很有新鲜感。”

承影总算看出来了,他竟然十分享受目前两人斗气或斗嘴的状态。所以她决定闭嘴,免得自己更郁闷,而让他更得意。

但是在此之前,还有一个问题是需要彻底弄明白的。她不想再拖,于是趁着沈池准备午休的时候提出来:“能不能告诉我,你的职业是什么?”如果他不肯讲,她就决定立刻将他赶出门去。

结果沈池极难得的怔了怔,反问:“你对这个感兴趣?”

“当然。我总应该要知道，自己到底嫁了个什么人，你说对吧？”

“可是我不认为我们现在的样子像一对夫妻。”他看似漫不经心地笑笑，语气却很邪恶，“至少有些做妻子的义务，你失忆之后就不肯再履行了。”

她当然听得明白其中含意，不禁微微一窘，但很快便反应过来：“别打岔。你先回答我刚才的问题。”

她的态度坚决，沈池沉默下来，仿佛很专注地看了看她，墨色的眼底没有什么情绪，片刻后才说：“晚上我带你去一个地方。”

Chapter 19

尾声

只因为，不管是以前，抑或是现在，哪怕命运给了她重生的机会，而她的选择却一直都没有变。

对于沈池所说的地方，承影心里是既期待又畏惧。等到夜幕降临，整个城市都被华灯笼罩之后，她才在他的带领下，见识到一个灯红酒绿纸醉金迷的世界。

那是与白日里的世界截然不同的另一番景象，甚至与她认知中的夜生活都有很大的差别。

他竟然带她去了地下赌场。

而她发誓，就在今晚之前，她甚至从来不知道在云海还存在着这样的地方。

金碧辉煌，人头攒动。

这里有形形色色的赌客，不同性别，不同年龄，不同肤色，却都同一时刻聚在一起，尽情挥霍着他们所拥有的财富。

“并不是所有人都有资格进出这里。”沈池说话的时候，正带她站在三楼的围栏边，从这里可以将整个热闹的中庭一览无遗，“而在这里输赢或交易的，也不一定是金钱。”

“还有什么？”她扶着雕花栏杆，目光落在那些看似疯狂而又投入的赌客身上，下意识便问。

“古董、象牙、木料，一切看得见或看不见的东西，只要你拥有足够的资本和价值，就都可以被当作赌资下注。”

她震惊于他所说的，这些在平时都是闻所未闻的，“听起来很新鲜。”

沈池神情平静地俯视着楼下众人，继续告诉她：“如果不愿意用这种投机的方式博取利益，那么也可以在这里，用你认为自己所掌控的最有价值的东西，去和别人交换你最想得到的东西。那就是平等交易，各取所需了。”

她转过脸看他：“所以，这个地方，是属于你的？”

沈池也调转目光回视她，点了点头。

她当然知道，这座建筑只不过是一个无比庞大的地下世界的外在具象而已。在那个看不见的地下世界里，每分每秒都可能发生着巨大的、甚至不可估量其价值的各种交易。而沈池，她嫁的这个人，则是那个庞大世界的主宰。

明明踩在坚实光亮的大理石地面上，然而承影此刻却恍惚着，如同陡然间坠入了一个深不见底的巨大黑洞中。

繁星般的射灯从天花板上照下来，没有遗漏任何一个角落，每一个人的一举一动都在光明之下，可她茫然地望下去，只仿佛四周都笼着一团触不到的黑暗。

而沈池呢？

她看着眼前的这个男人，他自始至终都维持着一种淡定闲适的神情，不管楼下是怎样的人声鼎沸，他也只是冷眼旁观着，就连向她讲解的时候，语调都是冷淡平静的。

那些在她听来足够震撼的词句，由他说出来却是那样稀松平常。

他站立在辉煌的灯火下，甚至不需要任何动作或言语，那些数不清的交易、算不清的巨大价值，就从他手掌中像流水般淌过。

他一手掌控着整个地下交易的命脉，在不动声色间，翻手为云覆手为雨。

她发现自己好像从来都不曾认识过他。

又或许，只有在见识到了今夜的沈池之后，才算是认识了一个真正完整的他。

楼下仍在上演着疯狂销金的戏码，而他们所处的楼层倒是极为安静，没有任何人来打扰。

显然沈池也无意让她在这种环境下多做停留，就在他准备带着她离开的时候，有人一路上楼来到沈池跟前，在他耳边低语了两句。

沈池听后略一点头，说："我知道了。"

那人很快就退开了，却没有走远，而是守在楼梯口。

"有事吗？"承影问。

"楼上有几个朋友想跟我谈些事情。"沈池看着她，微微笑了笑，"你想跟我一起去吗？如果不愿意，我就先送你回去。"

其实她还没从刚才的震惊中回过神来，只觉得楼下缭绕的烟雾一路飘散上来，胸口被熏得发闷，又更像是堵了块石头，呼吸有些不顺畅。她想离开这里，可仅仅只是迟疑了一下，到底还是抬起眼睛直直地望向他，说："我和你一起去。"

沈池略微讶异地挑了挑眉，随即露出一个似是而非的笑意，倒更像是无奈："看来你是打算在这一个晚上彻底把我给看个清楚了。"

几乎是一语道破了她的心思。承影却没有否认："或许这是好事。"

沈池眼底的情绪不禁加深了几分，又静看了她两眼，才说："我也是这样想的。"

最后回到家，已经是半夜了。

承影一路上都少言寡语，将自己置于一种绝对安静的状态里。而事实上，就连刚才沈池与朋友见面的时候，她也同样没开过几次口。

她并不是太适应那样的环境。

一群男人开了台子，凑在一起抽烟打牌，间或聊着女人们都不关心又或者根本听不懂的内容。他们才是那个房间里绝对的主角，而在他们身边跟着的女伴，哪怕打扮得怎样明艳动人，也都彻彻底底沦为陪衬。

那几个明眸皓齿的美女看上去兴致高昂，无论场上谁赢了牌，都会给足面子地欢呼叫好。

恐怕就只有承影是个例外，她从头到尾都只是静静地旁观。因为沈池在打牌，她的座位理所当然被安排在他身侧，所以大多数时候，她只需要稍微偏过目光，就能够很清晰地看见他脸上每一个细微的表情。

他们似乎打得很大，因为直接拿了筹码代替现金。沈池晚上的手气不是太坏，但也绝对不能算好，总在输输赢赢之间，而他始终一副漫不经心的样子，打得并不太认真。花花绿绿的筹码堆得像小山一样，有时候就那样直接推给别人，他却连眉头都不会动一下。

她从没见过这样的豪赌，每一局金额倾城的输赢都在谈笑风生间被轻易地完成，而在场的这几个当局者却似乎全然不在乎。

至于沈池与他们谈话的内容，她刻意选择了忽视。

那些事情，原本她就不懂，又或许根本就不应该懂。

这一整个晚上，她跟在他身边似乎就只有一个目的。她只是想要看清楚，他究竟是个什么样的人，他过的究竟是一种什么样的生活。

车子停在楼下，沈池亲自将她送上去。到了家门口，他才淡淡地问：“现在你有什么想法？”

这一路上，他任由着她沉默再沉默，仿佛是在给足她安静思考和沉淀心情的时间。

她手里捏着钥匙，已经插进锁眼里了，才回过头说：“很震惊。”

他似乎一点也不意外：“还有吗？”

“我不知道该怎么回答你了。”她坦诚地摇头。

“可是我想听。”他的眼睛深亮，不肯放过她脸上任何一个表情。

承影就这样被堵在他与门板之间。

他身材高大修长，几乎遮掉了门廊上方的大半光线，从她的角度看过去，他的脸逆着光，表情显得有些晦暗难明，但她还是清晰感觉到了他强势而又坚决的态度。

她有些怔忡，眼里露出真真切切的迷茫来。他亲手带领她走进了一个陌生的世界，那里有最繁华的纸醉金迷，也有最黑暗的地下交易，那里的每一个人都手握财富和权势，可是都要服从于他所制定的规则。

她确实被自己的所见所闻震慑住了，更何况，那些见闻或许只是冰山一角而已。

倘若不是因为他，恐怕自己这辈子，又或许下辈子，都不太可能和那样一个复杂的世界扯上一丝一毫的关系。

如果以前只是觉得沈池既霸道又专横，那么如今她才忽然发现，其实这个男人有点可怕。她就是一个最简单普通的人，是这普通世界中的芸芸众生之一，总是对强大神秘的事物怀着天生的畏惧之情，对待人，也同样如此。

想到这里，她虽然一声不吭，但目光还是下意识地回避了一下。

沈池看着她的脸，低声说：“你害怕了。”

她既没有承认也没否认，他有着太过敏锐的观察力和判断力，往往不需要花费太大力气就能一眼看穿她的心思。

她不想在他面前徒劳地装模作样，更加不想掩耳盗铃自欺欺人，因为那样实在太累了。在平时的每一次相处中，她刻意表现出来的疏远、警惕，甚至偶尔的恶形恶状、负气作对，都只不过是为了掩饰他所带来的一次比一次更加强烈的冲击。

她在失忆之后，俨然已经重新开始一段人生，而在这个世上明明有这样多的人，却偏偏只有他，有本事轻而易举地扰乱她的心绪。

失忆后，她首先遇上的是林连城，并且在上海与林连城相处了几个月，可是她从来没有动过心。

沈池说得没错，在替他缝合伤口的时候，她简直紧张得要死，就连专业水准都突然丧失了，只是因为她不忍心。

她是不忍心。

她从没有过这样的感受，对任何人都没有，只除了他。可是就在她发现，并不得不承认这个事实的时候，却又见到了他另一面真实的样子。

虽然已经提前做好了心理准备，但真相仍然让她无法消化。

她几乎没办法表达此刻的心情，最后也只是说：“很晚了，我想早点休息。”

沈池没作声，于是她自顾自地转过身扭动钥匙。

清脆的开锁声响起来，承影这才发现自己的手指仿佛不受控制一般，正在极轻微地颤抖。也不完全是害怕或震惊，其实就连她自己也说不清，如今这样面对着沈池，究竟是怀着怎样一种心情。

心里乱得像一团纠缠不清的麻，她只能强自镇静着说："晚安。"不过是一次寻常的告别，却仿佛比以往任何一次都要让人难受。

沈池站在她身后，依旧没有说话。

承影低头跨进屋里，结果就在她准备关上门板的时候，突然被一股力量给阻住了。

沈池单手扣住门沿，硬生生地截停了她的动作。她吃了一惊，转过身的同时恰好对上他的眼睛。

两人挨得很近，他居高临下地垂眸看她，声音微沉："你这个样子，只会让我后悔自己今晚的决定。"

她还有点怔忡，他在下一刻便已经推开门板，伸出左手紧紧扣住她的下巴，吻了下去。

他的薄唇温凉柔软，可是动作却很猛烈，如疾风骤雨般在她的唇上放肆掠夺。她初时还在发愣，但很快就想要挣扎，他对她抵抗的态度置若罔闻，只是抬起右手环抱住她的腰，将两人的距离锁得更近。

他身上有烟草的味道，混在古龙水凛冽冰凉的香味里，向她席卷而来。承影有一瞬间的眩晕，仿佛是剧烈挣扎导致的短暂缺氧，又仿佛是神思恍惚，脑海中闪电般掠过数帧极为模糊的影像。

而他就趁着她恍神的工夫，成功地撬开了她的齿关。

他的吻并不温柔，甚至带着某种近乎疯狂而又粗暴强硬的姿态，仿佛不管她同意与否，这都是他此时此刻必须要做的一件事。

也是唯一要做的一件事。

他在她的唇舌间辗转，轻而易举便夺走她的氧气，而她发现自己每多抵抗一分，他环抱的力量便也加大一分，到最后两人之间几乎没有一丝缝隙，紧紧地贴合在一起。这样的姿势让她失去平衡，不得不伸手反抱住他才不至于摔倒。

在这样的情势下，他已经完全占据了主动，正如同一个贪婪的暴君，一径地在她唇齿间无度地索取。而她仿佛是被这样的态度激怒了，双手扣在他的后背上，摸索着终于找到受伤的位置，重重按下去。

她是医生，当然知道那样大的力道按压在新鲜的伤口上会有多痛。果然，沈池的身体很明显地震动了一下，同时忍不住低低地闷哼一声。

她趁机将他推开一些，哪怕只有几厘米，但总算为自己争取到了新鲜的氧气。沈池疼得脸色微微发白，却愈加衬得那双眼睛沉郁浓黑，看不出任何情绪。

他的手没有离开，仍旧紧紧扣着她的腰，令她动弹不得："你还真够狠心的。"低沉喑哑的声音里分辨不出喜怒。

她大口喘着气，不忘威胁："放开我，不然我会再狠心一次。"

"那就试试看吧。"他似乎无所谓，淡淡地说完之后，便再度俯身吻住了她。

不同于刚才的粗暴肆虐，这一回他却极有耐心，轻巧灵活地顶开她的唇齿，在她温软的唇上辗转厮磨，像是品尝着一杯珍贵的美酒，又像是在对待最娇柔的情人。

她原本已经做好了再次承受狂风暴雨般侵虐的准备，结果面对这样突如其来的温柔，一时竟有些反应不过来，手掌还贴在他的伤口位置，却怎么也无法再用力。

他稍稍停下来，安静地看她了一眼，然后便加深了这个吻。

不得不承认，他的吻很有技巧性和诱导性，在被他攻城略地的那一刻，仿佛有什么东西在承影的脑海深处轰然炸开了……犹如陷入了一团黑暗里，而唇舌纠缠间，她唯一能够感受到的是来自于他的气息，就那样沉默无声地将自己包围，然后渐渐融合。

她心中想要继续推开他，可是身体似乎已经不听使唤，甚至违背了自我意识，开始情不自禁地去回应。

也不知这样过了多久，一切才终于结束。

沈池稍稍退开一点，似乎笑了声，然后伸出两根手指在她太阳穴的位置上比了比，下结论道："虽然你这里失忆了，但是你的身体却还记得我。"

承影还有些茫然，用了好一会儿才明白他的意思，却十分难得的没有立刻反驳。因为就连她自己都觉得吃惊，刚才那样亲密的接触，似乎真的唤醒了身体深处的某些本能记忆。

“你现在很得意是吗？”靠得太近，她不得不微微仰起脸才能看清他。

沈池却没有回答，沉默片刻之后才突然说：“在云南的时候，我差点以为没机会活着回来找你了。”

原来之前的枪伤竟有这么严重，倒叫她着实愣了一下，不由又想起之前他似乎说过的，从云南回来之后第一件事便是在楼下等她。

或许也正因为如此，刚才那个吻，在初始的时候才会那样疯狂。

她不禁皱眉，忽略掉心头那一丝后怕，故意绷起脸说：“既然都在生死边缘了，就该考虑更正经一点的事才对吧？”

“活着回来找你，也是正经事。”

她才不信，忍不住嗤之以鼻：“找我干吗呢？”

“吻你。”沈池换了副似笑非笑的样子，有些轻佻地垂眸看她，“这难道不算正经事？”

……

简直是个野蛮的流氓。

她被噎得说不出话来，强行扯开抱在腰后的手臂，示意他坐到沙发上去：“给我看看你的伤。”

他眉梢微动：“这时候才想起来，不觉得有点晚了？”但到底还是听话地坐过去。

“不觉得。就算又裂开了，那也是你活该。”她没好气地说。

检查过后，发现幸好伤口没事，承影这才暗暗松了口气，犹豫着问：“当时伤得很重吗？”

“放心，我现在不是还好好的吗？”仿佛是看穿了她隐藏着的不安，沈池不以为意地安慰道。“我可没担心你。”她朝他斜去一眼，起身低头去收拾急救箱，“我只是在想，万一你出了什么事情，会不会有很多人跟着遭殃。”

“不排除这种可能。但是如果我真的有事，至少你的安全是会被优先保障的。”

沈池语气平淡，仿佛这件事情他是真的早有准备，可她却听得心头微微一跳，觉得这真不是一个吉利的好话题。

“我不在的时候，沈凌是不是给你讲过故事。”过了一会儿，他忽然问。

承影不禁有点想笑，那个小丫头，说漏了嘴之后明明害怕被她大哥责骂，可是偏偏自己又忍不住主动坦白。

“嗯，”她点头，“据说就因为你的缘故，我曾经被陌生人‘请’去喝茶。”

“这恐怕是嫁给我的唯一坏处。”沈池半自嘲地笑了笑，一边说一边从外衣口袋里摸了烟盒出来，他似乎是想抽烟，但不知为什么却又很快地打消了这个念头，顺手把整包烟连同打火机一起丢在茶几上。

而对于他的这句话，承影用了很长的时间去领会和分析，最终说出了长久以来一直埋在心底的疑问：“这么说来，我出意外失忆，是不是也和你有关？”

其实她已经不记得这中间发生过什么，还是醒来的时候听人说起，她是连人带车冲进江里的，最后能够得救生还实属命大。

把她救起来的是一对住在江边的中年夫妇，靠渔业为生，他们大概这辈子都没遇见过这样的事故，所以看上去竟比她还要紧张。从她清醒之后，那位妻子就一直絮絮叨叨，说是要多谢观音菩萨的保佑，强烈建议她身体好转之后立刻去寺庙里拜拜。

其实她是无神论者，并不相信什么神佛鬼怪，平时更加不会烧香拜佛，但是面对着虔诚无比的佛教徒，又是自己的救命恩人，她实在不好意思当面拒绝。幸好还没等到完全复原，林连城就找上门来了，立刻将她带回了上海。

此时此刻，面对着她的疑问，沈池极难得地迟疑了一下，深幽的眼神在灯光下微微一闪，竟似不太稳定。

她简直就像是看见奇迹一般，觉得这真是稀奇极了。

要知道在她的眼里，他向来都是冷静果断的，仿佛一切事物尽在他的掌控之中。结果没想到，这次他却意外地安静了许久，最后才指了指身旁的位置："你先坐下。"

她把急救箱放回到茶几上，然后侧坐下来，眼睛一眨都不眨地看着他。

他没理会她的眼神，只是语气轻淡地说："大约几个月前，你在云海机场突然失踪。有人绑架了你，大概是想拿你来当作要挟我的筹码，可是后来也不知道为什么，竟然被你自己给逃脱了。"

她微微吃惊："……我有这么厉害？"

"我也没有想到。"说到这里，他才似乎终于笑了一下，"从前一直没发现，你竟然也有自救逃生的本事。"

"要么是你太小瞧我，要么就是过去你把我保护得太好了。"她随口猜测。

他看她一眼，神色认真："或许你说得对。"

这下她忽然就觉得有点好笑了，于是真的笑出来："这可真是难得，你也会附和我的话。"说实话，没有了互相讽刺或剑拔弩张的气氛，还真不大习惯。但是她又觉得这样很好，如果能够一直这样，也是个不错的选择。

"你太容易满足了。"他没计较她的嘲笑，只是脸色轻松下来，将茶几上属于自己的香烟和打火机通通收起来，然后站起身："很晚了，早点休息吧。"

"可是我还有很多疑问。"

她不太情愿地打开门，心里深深怀疑，他今晚如此配合只是昙花一现罢了，或许天亮之后，他又会换上那副刀枪不入水火不侵的姿态，随随便便一句话就能将人气得半死。

"还想知道什么？"他继续配合着。

她想了想："以前的我，是不是根本就不清楚你在外面干的那些行当？"

"不要说得这样难听。"他好脾气地纠正她，"其实你确实说得对，是我一直以来都将你保护得太周全。你失踪之后，我也曾经设想过，如果早早地就让你接触那些东西，会不会反而降低潜在的危险性。"

"可你为什么不那样做呢？"

沈池已经走到门边，一时没作声。

她兀自猜测：“莫非……你是害怕我当时会接受不了而选择离开？”

“难道不会吗？”他微微垂下眼睛，深郁的眼底没什么情绪，只是牢牢地锁住她的表情。

“我不知道。”她很坦诚地回答。

他接着问：“那么现在呢？”

现在？

她花了一点工夫才明白他在问什么，不禁恍然：“这么说来，你今晚是有意带我出去的，对吧？哪怕今天我不主动提出来，你也总会找个机会，将这一切都展示给我看，是不是？”

沈池的表情不置可否，声音也很平静，只是眼神终于变得有些复杂，“所以我想知道，我今晚所做的到底是不是一个正确的决定。”

“听起来倒像是在赌博。”

“回答我的问题。”

“或许吧。”她给了个模棱两可的答案。

果然，这并不能让沈池感到满意，只见他微微眯起眼睛，“或许是什么意思？”

“意思就是……”承影深深吸了口气，去看他逆着光的晦涩不明的表情，“我原本也认为接受不了，可是后来又发现，或许应该让自己暂时试着去接受，毕竟你是唯一一个有可能帮助我找回记忆的人。”

她刻意将他形容得只剩下这么一点利用价值，本还以为这会激起他的什么反应，结果他根本不为所动，只是很迅速地抓住了话里的重点：“如果这真是一场赌博，看来我是赢了。”

“话别说得太早吧，”她掩住嘴唇打了个哈欠，“万一到最后发现你帮不到我，很可能我就会躲你躲得远远的。”

沈池不以为意地笑了声，显然不把这种威胁放在眼里。

两人就这样站在门口，耽搁了十几分钟。

幸好夜深人静，门廊外也不会有其他人走动，否则被人看见了必然觉得这对男女无比奇怪。

其实承影有些后悔了，刚才自己的那句话，分明就是给了对方一个再次嚣张起来的理由。

似乎是为了扳回一城，她仔细地打量着沈池，突然扬起唇角，不怀好意地挑衅：“刚才你吻我吻得那么激烈，难道就是因为害怕我离开？”

沈池本来已经准备走了，闻言不禁重新停住脚步，不动声色地回过身来。

她心里得意，等着听他如何辩解，结果他抬起一只手撑在门框上，毫无征兆地突然凑近。

温热的气息擦过她的耳边，只听见他用低沉暧昧的声音说：“相信我，那是我在找到你之后一直都想做的事。”

眼见着她脸上笑容微僵，他似乎心情大好，重新直起身体，伸出手在她头顶揉了揉：“早点休息，明天晚上我会接你下班。”

事实上，何止是第二天晚上，连着下去几乎有一两周的时间，他都亲自到医院去接她下班。

他出行的阵仗那么夸张惹眼，很快就令整个医院都在八卦，最后承影实在架不住了，只好央求：“你能不能稍微低调一点？”

“怎样才算低调？”

好吧，她也承认，这个词和他确实不太相衬，于是只好再退一步：“如果非要来接我，那请你下次让司机们把车都开到地库去吧。”

“没问题。”沈池这次答应得很轻松。

可是停到地库也照样有新的麻烦事。比方说，许多女同事的另一半通常也都会在地库里等着充当护花使者，沈池难免会和他们打照面。

有一回，她和同事结伴坐电梯下来，刚一出电梯门，就见到沈池正在和一位年轻男士聊天，而那位男士恰好是她身边女伴的未婚夫。

于是她不得不加入到话题当中，陪着强颜欢笑了好一会儿，直到坐进车里才质疑：“你纯粹是故意的吧？是不是巴不得让我所有的同事都知道你的存在才好？”

沈池却不以为然地反问：“难道我见不得人吗？”

当然不是。

非但不会见不得人，反倒是因为太过出众，害她不得不总是处于八卦漩涡的中心，接受各种各样好奇或羡慕的目光。

经常会有一部分人喜欢问："你和你老公是怎么认识的呀？"

她只好郁闷地回答："不知道。"

而另一部分人则来打探："你老公是做什么的呀？"

她只好含糊其辞："做生意的。"

至于再问到："是做什么生意的？"

她想了半天才勉强说："他是做代理的。"

后来讲给沈池听，倒让他点头赞许："代理？这个称呼不错。"

可是她都快被烦透了，"我终于知道自己以前为什么从不肯让你在医院里露面了。"

"你不觉得，现在这一切都像是个新的开始吗？"

"你所说的新开始，对我来讲似乎没有任何好处。"

"那可不一定，"他好心地安慰她，"日子还长着。"

是啊，日子还长着。

她初听这句话倒没觉得什么异样，可随即才又反应过来，不禁故意哂笑："谁要和你过日子了？"

他看看她："除了我，你觉得自己还能和谁过？"

"如果你不横加阻拦的话，或许我立刻就能找一个。"

"那你为什么不试试看？"他说得轻描淡写。

她当然不会真的去尝试。也许她这一刻确实能够找到一个比较适合的男人，但谁也不能保证下一刻那人会不会突然人间蒸发掉。

因为以她对他的了解，完全相信他是有可能做出这种事来的。

只是她万万没想到，所谓的过日子，居然是现在这样的一种状态。

沈池有时候似乎心血来潮，竟然还会拉着她去超市买菜！

这种普通大众的行为，放在他身上，无论怎么看都十分别扭。所以她一开始感到很莫名，几乎要怀疑他是不是上次发烧把脑子烧坏了。否则为什么自从那夜起，他的行为就越来越古怪，越来越难以捉摸？

结果他只是淡淡地瞥她："是你自己说喜欢过这种生活。"

"有吗？"她很怀疑，"不要欺负我不记得了。"

他甚至都懒得再讲话，只是把自己的手机扔给她。

其实看得出来，他并没有保存短信记录的习惯，可是唯有那么两条信息，始终存在他的手机里，而接收时间则是好几个月前。

她把最长的那条读了一遍，忍不住深吸一口气："……想不到我会说出这么文艺腔调的话来。"

他收回手机，看似语气平淡地说："所以你该感谢我，替你实现愿望。"

"谢什么？"她存心和他唱对台戏，"谢谢你像这世上无数的普通丈夫一样，陪着妻子出来买菜？麻烦你转过头看看那边……还有那边……这是件多么平凡的小事，有什么值得被感激的？"

她一口气说完，终于停下来，这才发现沈池的表情似乎有些奇怪，他一言不发，只是安静地看着她。

"干吗？"她被他突然专注的目光弄得有些心虚。

"没什么。"他转过头，弯腰拣了一把青菜扔进购物推车里，似笑非笑示意她继续往前走，"再去那边看看。"

最后他们买了许多菜回家，足够两个人吃好几天。

整理冰箱的时候，承影才后知后觉，微微皱眉问："你是打算长期在我这里蹭饭吃？"

"丈夫吃妻子做的饭菜，有必要说得这么难听吗？"他用她在超市里的话回敬她。

她这才明白，为什么他当时的表情会那样奇怪。可是她真的是无心的，甚至在讲完那句话之后，仍旧没有意识到有什么问题。

她不禁有点尴尬，一声不吭地把生肉和蔬菜分门别类归置好，又一声不吭地去厨房洗菜。

三四月份的天气，已经渐渐有些暖了，她在家里只穿着单件的薄线衫，水流从指间缓缓淌过，带来舒适惬意的清凉。

她一边洗菜，一边为刚才的事出神，甚至完全没有注意到沈池是何时走进来的。

等到她听到动静下意识回过身，鼻尖却差一点撞上他肩膀。

她吓了一跳，整个人不自觉地朝后仰去，幸好沈池反应快，及时伸手扶住她。

其实她的背后就是水池，水龙头没关，水声兀自哗哗响着。她感觉腰后微微有些凉，仿佛是被溅湿了，又仿佛是因为他的手正好抚在那里，所以才会引来一阵不可抑止的战栗。

而那一线凉意正极迅速地向四面八方延伸开来，犹如蹿行在血管和经络里，很快就蔓延到全身，带来的最直接的后果便是让她连手指尖都在微微颤抖。

她想推开他，可是手掌触到他胸前，却仿佛顿失了大半的力气，于是明明是抵挡，最终反倒更像是挑逗般的抚摸。

这样的突然失控令承影感到一阵懊恼，她咬了咬嘴唇，迟疑着开口："你想干吗？"

他低下头，用一个沉默而缠绵的亲吻回答了她。

她半靠在水池边，看似被动地承受着，微微张启的嘴唇在他的辗转爱抚下逐渐变得滚烫柔软。而脑海深处，仿佛也正有一簇细小的火焰，在瞬间燃起。

这还是自那晚之后，他们第一次亲吻，却又似乎无比契合，就连气息的节奏都很一致。

沈池一边加深着这个吻，一边用手掌在她背后灵巧地游移，仿佛在挑逗着她每一根脆弱敏感的神经。最后他的手指顺着优美的颈部曲线一路游走到她脸侧，趁着她喘息的空当，扶住她的脸，低声说："我很想你。"

"轰"的一声，伴随着这句充满情色而暧昧的话，承影脑海里的那簇火焰在顷刻间炸裂开来，她甚至来不及思考，就已觉得浑身热得发烫，脸颊也热得发烫，但还是微喘着说："不能在这里。"

但沈池已经重新俯下来，轻啮她的耳垂。

她甚至都不知道，原来那里是自己的敏感地带，随着他的每一下不怀好意的动作，她渐渐连气息都不再完整，只能喘息着一径地往旁边躲。

他很快就用手扣在她脑后，趴在她耳边低低笑了声，暧昧地评价："你还和以前一样……"

"……流氓。"她咬着嘴唇，努力抑制住差点脱口而出的呻吟。

他的眸色渐深，在灯光下仿佛黑夜里的海，仿佛随时都将倾覆她飘摇欲坠的理智。

这样温暖的夜晚，她下身穿着羊毛半裙，而他的手很快强行拉高了裙摆，沿着大腿内侧一路探索上来。

她几乎忍不住，娇喘着叫了一声，结果立刻被他用嘴唇堵住接下去的所有声音。

他的手指在她最敏感的地带流连挑逗，引来她一阵接一阵不可抑制的战栗……最后她终于在刺激和缺氧的双重折磨下双腿发软，几乎站立不住，只能用双手牢牢攀住他，像一个溺水者攀住唯一可以救生的浮木。

在理智彻底沦陷之前，她被他用力抱起，被迫抬高双腿环在他结实的腰间。

他进入的速度很快，甚至有些野蛮，像是久渴的人终于找到水源，又像是在经历了漫长的分离后终于重逢，再没有什么可以阻止他重新拥有她。

他结实有力的手臂牢牢托抱着她，脸孔深埋在她的颈边，无法看清表情，只是那每一下的冲击都像是要将她贯穿一般，又深又重，撞击在那遥远的最深处……

第二天醒来，承影发觉自己身体酸软，下床的时候几乎绊倒在散落一地的衣物上。

昨夜的疯狂将她的忆记扯成一个又一个零散的片断，她甚至已经记不清他们到底做了几次，又做了多久，只知道最后累得连抬手的力气都没有了，就那样靠在沈池的怀里，被他喂了几口温水，然后沉沉地昏睡过去。

起床后，她去浴室里洗了个澡，出来的时候才发现沈池也醒了。

“我要迟到了。”她一边说一边穿上外套，有意低头不去看他的表情。

“我送你。”他下床的时候，露出赤裸的背部，那上面有几道纵横交错的红痕，显然是她昨夜的杰作。

她不大自在地轻咳一声，错开视线，“我在外面等你。”

“好。”他似笑非笑地看看她，然后才走进浴室。

这大概就是引狼入室吧。

在此后的很长一段时间里，承影都会忍不住这样想。

自从那天之后，沈池便以极其自然的姿态开始随意进出她的公寓。他出现的时间并不一定，有时候会赶在晚饭之前，而有时候则是三更半夜才悄无声息地上床来，然后也不管她睡着没有，他总是有各种各样的法子将她弄醒，然后狠狠地折腾一番。

到最后沈凌都看不下去了，跟她说：“大嫂，你什么时候搬回家住啊？我现在一个月也见不到大哥一面，好像他都已经忘记这里才是他真正的家了。”

“这话你最好直接跟他去讲。”承影也很无语，趁机建议。

沈凌做了个鬼脸，“我可不敢。现在我每天一个人住那么大的房子，常常觉得很害怕。”

“家里不是还有阿姨吗？”

“哎呀，那不算啦。”沈凌开始耍赖，“大嫂，我希望你回去陪我嘛，好不好？”

于是承影挑了一个自认为比较合适的时机，和沈池反映：“你放着别墅不住，放着亲妹妹不管，每天跑到我这里来算怎么回事？沈凌已经跟我抱怨过好多次了，你是不是该考虑晚上回去睡？”

沈池刚刚洗完澡，随意擦了擦头发便把浴巾扔到一边，淡淡地说：“那你和我一起回去。”

“不要。”

“为什么？”他微微眯起眼睛。

“我觉得现在这样挺好的。”她半靠在床头，下意识地捏紧被子，警惕地看着他，“你别故意露出这副危险的表情吓我，我今天很累了，什么都不想做。”

他笑了声，走过去，“你以为我想和你做什么？”

明知故问！她忍不住瞪他，翻身躺下去，不再作声。

很快，他也在背后侧躺下来，手臂很自然地绕过她的腰间，将她往自己怀里带了带。

她微微挣扎，结果只听见他懒洋洋地威胁：“别乱动，除非你不想睡觉了。”

只这样一句话，果然就令她老实许多。

春日的暖风从窗外徐徐拂过，仿佛一只温柔的手，无声地穿过寂静的夜晚。

她今天是真的累极了，因为最近重新回到手术台上，工作一下子繁重了许多。只要他不故意吵她，其实她很快就能入睡。而近来，似乎就连做噩梦的次数也少了，常常在他的怀里一觉睡到天亮。

但她没将这事告诉他，免得他把这个归结为自己的功劳，然后更加堂而皇之地登堂入室。

睡得迷迷糊糊间，恍惚听见背后传来声音："我现在有点后悔，为什么当初没买套更大一点的房子给你……"

"现在这套还不够吗？"她意识模糊地应着。

"跟我回家，好不好？"

"……不好。"

"你到底打算在这里住到什么时候？"

一句接一句，她从没发现他会有这么多的问题。

"不知道。"她睡眼蒙眬地朝他怀里挤了挤，随口敷衍，"或许……等我恢复记忆吧。"

身后终于安静了片刻。

就在她以为可以睡觉的时候，才听见沈池说："其实这不重要。"

"什么？"

"你能不能恢复记忆，对我来讲并不重要。"

这下她终于清醒了一点，忍不住转过身，面对面看向他，有些疑惑："为什么？"

黑暗中的两人隔得这样近，她看着他的眼睛，而他也很仔细地在看她。

"为什么？"长久没有得到回应，她不禁又问了一遍。

他似乎笑了笑，又似乎没有，温热的嘴唇落在她的眉眼间，吻了一下，才说："对我来讲，无论哪一个你，其实都是一样的。最重要的是……"

“是什么？”她闭上眼睛，又重新睁开，黑暗中眸光盈盈闪烁。

“是我没有失去你。”他并不习惯说这样的话，但是这一次，语气竟是无限深情温柔。

她忽然心中微动，仿佛五味杂陈，却又都在瞬间化成软软的一摊水。

她伸出手去，抱住他的腰，在主动凑上去吻他之前，低低地微笑着说：“其实我也有句话想说。”

“什么？”夜色中，他的声音清冽如水。

“我很庆幸，你重新找到了我。”

或许他说的对，无论哪一个她，其实都是一样的。

只因为，不管是以前，抑或是现在，哪怕命运给了她重生的机会，而她的选择却一直都没有变。

（完）